康奈尔·伍里奇黑色悬疑小说系列

黑夜天使

[美]康奈尔·伍里奇 著

薛璇子 译

上海文艺出版社
Shanghai Literature & Art Publishing House
上海故事会文化传媒有限公司

康奈尔·伍里奇黑色悬疑小说系列（全18种）

编委会

总策划 夏一鸣

主　编 黄禄善

副主编 高　健

编辑成员（按姓氏拼音为序）

蔡美凤　高　健　洪圣兰　胡　捷

黄禄善　唐　祯　吴　艳　夏一鸣　朱鉴滢

序　言

你见过妻子为丈夫的情妇洗冤吗？见过杀手恋上自己的谋杀目标吗？还有弃妇嫁给死人、员工携带老板爱妻逃亡、富豪邮购致命新娘，等等。所有这些令人心颤的诡谲事件，或者说，诞生在西方资本主义世界的怪胎，都来自康奈尔·伍里奇（Cornell Woolrich, 1903—1968）的黑色悬疑小说。黑色悬疑小说，又称心理惊险小说，是西方犯罪小说的一个分支。它成形于20世纪40年代，在50年代和60年代最为流行。同硬派私人侦探小说一样，这类小说也有犯罪，有调查，然而它关注的重点不是侦破疑案和惩治罪犯，而是剖析案情的扑朔迷离背景和犯罪心理状态。作品的叙事角度也不是依据侦探，而是依据与某个神秘事件有关的当事人或案犯本身。伴随着男女主角因人性缺陷或病态驱使，陷入越来越可怕的犯罪境地，故事情节的神秘和悬疑也越来越强，从而激起了读者的极大兴趣。

康奈尔·伍里奇被公认是西方黑色悬疑小说的鼻祖。他出生于美国纽约，幼年即遭遇父母离异的不幸。在前往父亲工作的墨西哥生活了一段时期之后，他回到了出生地，同母亲相依为命。1921年，他进入了哥伦比亚大学，但不多时，即对平淡的学习生活感到厌倦，并于一场大病之后退学，开始了向往已久的职业创作生涯。1926年，他出版了长篇处女作《服务费》，接下来又以极快的速度出版了《曼哈顿恋歌》等五部长篇小说。这些小说均被誉为"爵士时代小说"的杰作，尤其是《里兹的孩子》，为他赢得了《大学幽默》杂志举办的原创作品大奖，并得以受邀来到好莱坞，将小说改编成电影剧本。1930年，"事业蒸蒸日上"的康奈尔·伍里奇与电影制片商的女儿结婚，但这段婚姻只维持了几个星期便因他本人的恋母情结和同性恋倾向而告终。此后，康奈尔·伍里奇一度意志消沉，创作也连连受挫。一怒之下，他销毁了全部严肃小说手稿，转向通俗小说创作。1940年，他的第一部黑色悬疑小说《黑衣新娘》问世，顿时引起轰动，他由此被称为"20世纪的爱伦·坡"和"犯罪文学界的卡夫卡"。紧接着，他又以自己的本名和笔名陆续出版了17部国际畅销书，其中的《黑色帷帘》《黑色罪证》《黑夜天使》《黑色恐惧之路》《黑色幽会》同《黑衣新娘》一道，构成了著名的"黑色六部曲"。其余的《幻影女郎》《黎明死亡线》《华尔兹终曲》《我嫁给了一个死人》，等等，也承继了同样的黑色悬疑风格，颇受好评。与此同时，他也在《黑色面具》等十几家通俗杂志刊发了大量的中、短篇黑色悬疑小说。这些小说同样受欢迎，被反复结集出版。然而，巨额稿费收入并没有给他带来精神愉悦。他依旧"像一只倒扣在玻璃瓶中的可怜小昆虫"，徒劳挣扎，郁郁寡欢。自50年代起，因酗酒过度，加之母亲逝世的沉重打击，康奈尔·伍里奇的健康急剧恶化，他的一条腿因感染未及时医治而被截除。1968年，康奈尔·伍里奇在孤独中逝世，死前倾其所有财产，以母亲名义为母校哥伦比亚大学设立了一项教育基金。

康奈尔·伍里奇的黑色悬疑小说引起了众多作家的模仿。最先获得成功的是吉姆·汤普森 (Jim Thompson, 1906—1977)。他的《我心中的杀手》等小说以破案解谜为线索，表现罪犯的犯罪心理，从多个层面反映小人物的重压。稍后，霍勒斯·麦考伊 (Horace McCoy, 1897—1955) 和戴维·古迪斯 (David Goodis, 1917—1967) 又以一系列具有类似特征的作品赢得了人们的瞩目。20世纪50年代至60年代，黑色悬疑小说层出不穷，代表作家有查尔斯·威廉姆斯 (Charles Williams, 1909—1975)、哈里·惠廷顿 (Harry Whittington, 1915—1989),等等。同康奈尔·伍里奇和吉姆·汤普森一样，这些作家注重塑造处在社会底层、具有人性弱点或生理缺陷的反英雄，但各自有着独特的创作手法和成就。

康奈尔·伍里奇的黑色悬疑小说还引发了战后西方黑色电影浪潮。自1937年起，依据康奈尔·伍里奇的长、中、短篇黑色悬疑小说改编的电影即频频出现在美国各大影院，并进一步成为好莱坞电影制作的主要来源，尤其是1954年，阿尔弗雷德·希区柯克(Alfred Hitchcock, 1899—1980)执导的电影《后窗》赢得了爱伦·坡奖,将这种改编推向了高潮。据不完全统计,20 世纪 40 年代至 60 年代,共有 35 部康奈尔·伍里奇的作品被改编成电影,其数目远远超过达希尔·哈米特(Dashiell Hammett, 1894—1961)和雷蒙德·钱德勒(Raymond Chandler, 1888—1959)。不久,这股康奈尔·伍里奇作品改编热又延伸到了南美、德国、意大利、土耳其、日本、印度,尤其是《黑衣新娘》和《华尔兹终曲》,在法国持续引起轰动。80 年代和 90 年代,康奈尔·伍里奇作品又被西方各大媒体争先恐后改编成电视连续剧、广播剧。与此同时,新一波电影改编热又悄然兴起。直至 2001 年,美国著名影视剧作家迈克尔·克里斯托弗(Michael Cristofer, 1954—)还将《华尔兹终曲》改编成了电影《原罪》,广受好评。2012 年,《后窗》又被改编成百老汇音乐剧。2015 年至 2019 年,作为好莱坞经典保留剧目,电影《后窗》再次在美国各大影院上映,引起轰动。

这套丛书汇集了康奈尔·伍里奇的 18 部黑色悬疑小说,包括 16 部长篇和 2 部中短篇,是迄今国内译介康奈尔·伍里奇的品种最齐全、内容最丰富的一个系列。这些小说既有爱伦·坡和卡夫卡的印记,又有硬汉派侦探小说的风格,但最大特色是制造了紧张的恐怖悬念。作品大多数以美国经济萧条时期的大都市为背景,着力表现人性的阴暗面和人生的残忍、污秽、挫败以及虚无。譬如《黑衣新娘》,描述一个神秘女子伪装成不同的身份和外表对多个男性疯狂复仇，起因是多年前那些人枪杀了她的丈夫，从那时起，她就誓言血债血偿，其手段之残忍，令人咋舌。而《黑色幽会》则描述一个男子的未婚妻被五名男子的空中抛物致死，其心灵被疯狂滋长的复仇欲望所扭曲，并渐至迷失本性。在难以言状的病态心理驱使下，他将这五名男子最心爱的女人一个个杀死。与此同时，他也成为可悲的社会牺牲品。

同这类以罪犯为男女主角的小说相映衬的是另一类以受到陷害、孤立无援的无辜者为男女主角的作品。《黑色帷帘》和《幻影女郎》堪称这方面的代表作。在《黑色帷帘》中，男主角脑部遭受重击丧失记忆力，过去的生活片段如梦魇般在内心煎熬。他渐渐回忆起自己曾被人陷害，是一起谋杀案的疑犯。而要洗清嫌疑，他必须恢复记忆。伴随着支离破碎的回忆，他极度害怕自己就是真凶。无独有偶，《幻影女郎》中的男主角与妻子吵架负气出门，在与陌生女郎约会之后，发现妻子被杀，自己则被控告行凶，判处死刑。本可以证明他清白的神秘女郎，却仿佛人间蒸发一般，而那晚所有见过他的人，都不记得他曾与女郎在一起。随着行刑日期接近，所有寻找女郎的努力都以失败告终。即便他本人也开始怀疑，是否真有这样一位女郎存在。

为了增加作品的悬疑，特别是中、短篇小说中的悬疑，康奈尔·伍里奇也会仿效一些传统侦探小说的写法，描述一些出人意料的谋杀奇案。如《死亡预演》描写身穿官廷裙服的女演员突然被烧死，警方必须弄清楚罪犯（伴舞者中的一个）如何在一大群伴舞者中放火杀人。而《自动售货机谋杀案》要解决的则是罪犯如何利用自动售货机毒杀三明治购买者。除了一些常见的布局手法，暗示超自然力量的存在也是康奈尔·伍里奇解释某些罪案发生的方法之一。《眼镜蛇之吻》述说一个离奇的印第安妇女能将毒蛇的毒液转移至其他物品。《疯狂灰色调》描述一个坚持要解读出"乌顿"（一种巫术）秘密的乐师。《向我轻语死亡》则以一个先知谶语来展开叙述。面对通灵师预言女孩的叔叔将在两天后被雄狮咬死，警察该如何阻止这场事先张扬且没有罪犯的命案？被预言逼得精神失常的叔叔又该如何保护自己？所有人是否能在死亡期限之前揭开阴谋面纱？诸如此类的谜底，将在"康奈尔·伍里奇黑色悬疑小说系列"中一一找到答案。

黄禄善

Contents

手握扫帚的天使 /1
天使造访 /9
宣告孀居 /33
离别时分 /41
火柴光的幻象 /45
"马蒂在吗?" /61
"我找莫当特医生。" /115
"我是你熟人的朋友啊。" /189
"最好还是能跟他本人说。" /237
"去叫拉德接电话!"(赶紧,接线员,赶紧!) /277
终曲 /295

手握扫帚的天使

他总是叫我"天使脸蛋儿"。只要我们独处时,他就会这样叫我。这是他给我的特殊礼物。他总是俯下身子,把脸庞贴近我的脸,轻声呢喃出这个词儿。他说他很想知道我这张天使般的脸蛋儿是从哪里弄来的,以及一个丈夫会对妻子说的一切。

然后一切戛然而止。这些情话我很久没听他说过了,当我意识到这点时,已经过去了好几周。我一直期待着能再次听到这些甜言蜜语,一度想弄清楚为什么它们没有再出现。可后来就连这种想法也没有了。

衣橱里他那套蓝色西装不见了,这很蹊跷,毕竟把衣物送去干洗一直都是我的活儿。我又朝挂衣杆深处瞅了瞅，他的衣物通常都挂在柜子左侧。

那套灰色西装也不见了，这就更蹊跷了。两套衣服同时不见踪影？除了他身上穿的那套以外，他就只剩下这两套西装了。

要不是之前确实发生过一两件小事儿，这件事情也不值得大惊小怪，只不过是他的几件衣服从衣橱里消失了而已。但在此之前，的确有些蛛丝马迹，让整件事儿都透着古怪。

有时候他会无故说谎。就像之前某晚，他声称和一个朋友喝了不少酒。这原本无伤大雅，我是这么跟他说的："柯克，我并没有问你，是你自己要跟我说的。"之后，大约过了一周左右，那晚和他一起喝酒的朋友碰巧来我们家，我半开玩笑地提起那晚的事儿，可对方为什么会一脸茫然，小心翼翼地搪塞我？柯克在一旁给他使眼色，不过我假装自己并没有看到。经柯克这么一提醒，他的记忆力莫名其妙地就变好了。

还有香粉盒。他可能是在大街上捡到后，顺手放在大衣口袋里了。直到他发现我正在看那个香粉盒时，这才跟我说自己是如何碰巧捡到它的。的确，人们总是会遗落香粉盒。哪怕是这种纯金的香粉盒，上面还刻有"克雷格送给米娅"这几个字。

但在这之后，仅仅是这件事发生后的第二天，那个香粉盒就消失了。我问起香粉盒的下落，他随口说："哦，我把它扔了。"

"可它是纯金的啊？"我试图提醒他。

"才不是呢,"他更正道,"之前我也以为是,但我找珠宝商鉴定过了。就是个不值钱的镀金货,所以我就把它撇在那儿了。"

可若不是真金,有谁会在上面盖上"14K"的标识,就像在这个香粉盒上一样?我暗暗思忖。也不知道为什么,我并没有告诉他自己曾瞄到香粉盒上的那个标识。如果你不安地觉察到幸福正渐渐从你指缝中溜走,你一定会竭尽全力攥紧它,而不会推波助澜,好让它快点儿离你而去。

就像这样的几件小事儿,让突然消失的两套西装变得没那么简单了。

更为蹊跷的是,他已经有好几个礼拜没有叫过我"天使脸蛋儿"了,只是喊我"艾伯塔",一本正经地叫我"艾伯塔"。以前他有话跟我说的时候,从没有这么称呼过我。

人们常说每个人都会经历这种事儿,一生中至少有那么一次。他们说最好的办法是听之任之,表面上装得若无其事,然后也就不了了之了。他们如是说:"试着这么想吧——你已经二十二岁啦,正是第一次经历这种事儿的时候。"

我想自己也许是个胆小鬼吧。我没有告诉柯克我去找过那个珠宝商了,他之前说自己把香粉盒扔在那儿了。我想去把它要回来,至少确定一下那个珠宝商并没有欺骗他,那个香粉盒确实不是纯金的。"什么香粉盒?"珠宝商问道,"没见有什么人拿香粉盒来过这儿呀。"他可能是在扯谎,我无从判断。也许我压根儿就不想知道吧。

多么古怪的名字，米娅。回家的路上我一直在心里嘀咕。

再后来我见到了她。我无法确定是不是同一个人。或许只是某个同名的人而已。但是这个名字实在太罕见了。在这座城市里，不大可能还有一个人恰好也叫这个名字。

那是晚报戏剧版面上刊登的宣传照片。你知道的，就是随便挑选些照片用来填补空白版面，没多少新闻价值。

病态的好奇心才会让人干出这种事儿。我记得自己把那张照片剪了下来，然后塞在衣橱抽屉的衬纸下面，一个除了我以外没人会发现的地方。

也许这压根儿就不是我所以为的那个人，尽管"米娅"这个名字确实不同寻常，难得一见。

我担心和他摊牌太过冒险，所以并没有试图这么做。我像鸵鸟一样把头埋在沙土之中，希冀它会被淡忘，逐渐远离我，这样我就不用面对这一切了。

眼下却冒出西装事件，总之，它就这么堂而皇之地发生了。

我转身离开衣橱，面无血色。我朝过道处的储物间走去，一般他不出差的时候，旅行箱总是空着的，也不会上锁。我蹲在旅行箱旁边，锁舌却没有弹开，它被人锁上了。我握住箱子上的手柄打算把它提起来，胳膊差点脱臼，箱子实在太沉了。一切准备就绪，他随时准备离开。

箱子"咚"的一声摔在地上。它仿佛变成一艘大皮船,在我盈眶的眼泪形成的湖面上来回游荡。我对自己说:"事情不是你想的那样,他只是出差而已。"可他为什么不告诉我?他之前都会告诉我的。他总是让我帮他收拾衣物呀!

我寻思着他是什么时候抽空收拾行李的。很可能是那个早晨——我发现他起得比我早。可我更想知道他怎么会忍心这么做。

曾经的话语在耳边响起:"他们全是懦夫,个个都害怕面对离别时的场景。他们有胆量赤手空拳对付荷枪实弹的盗匪,但是在和女人做最后的道别时却总是临阵脱逃。"待我回过神儿来,发现自己正在电话旁边,刚刚拨通他办公室的电话。在沉默的等待中,你会听到有人低声乞求,那个人就是我。"一定是出差。噢,求你了,千万不要是其他什么事儿。"

我打电话询问的人正是大老板的秘书。她为人随和,之前我见过她一两次。万幸柯克当时正好不在,我才有机会问问她。

"你知不知道,他下次去见雅各布斯先生是什么时候呢?早上他临走之前,我忘记问他了。我正好在收拾他的衣物,不知道要拿防潮纸包好收起来呢,还是先等等,免得他很快又要把衣服带走。"

不知道这理由对她而言是不是同样牵强,但至少我是这么觉得的。

"这点你倒不必担心,"她说,"接下来这几个月他都不会外出的，再出差估计要到晚春啦。如今整个行业死气沉沉。我昨天听雅各布斯这么说的。"

她的话就仿佛是某种冰冷刺骨的东西流进我的耳中。之后我又寒暄了两三句，这仅仅是出于一种本能让自己继续说点儿什么。其实已经没什么好说的了。

我甚至没有道声再见。她倒是说了，以另一种方式。这表明她也不是傻瓜。即将挂断电话的时候，我听到她近乎同情地低语道："亲爱的，不要太在意这种事儿。"

在这之后的一段时间里，我记不清自己都做了什么，或许只是坐在电话机旁。我渐渐恢复知觉，开始时行动十分缓慢，后来慌里慌张、跌跌撞撞地冲了出去。

我进屋拉开衣橱抽屉，掀开已经蒙上一层灰尘的衬纸，把几周前我从报纸上剪下来的照片拿在手中。她的长相早已刻骨铭心。我一个人在这里的时候，时常把它拿出来端详，如今刊登她照片的剪报也因此变得破旧不堪。

她看上去很可爱，就和报纸上其他人的宣传照差不多，可能比她本人还要可爱一两倍吧。一头褐色长发，就像罗切尔牌香粉盒子上所描绘的那样；一双大眼睛流露出慵懒的神色，嘟着嘴，面色阴沉。和她这种人最好保持距离，然而我并不是男人，也许对他们而言正好相反。她纤细的手指上弯，指着一侧肩上的玫瑰花儿。至于究竟是什么支撑着玫瑰花儿，我也说不清。照片上再无其他标记。照片底下有一行小字，上面写着："米娅·默瑟：戴夫·轩尼诗艾米塔吉夜间的魅惑"。

这一次我没有把它放回原处，而是紧紧地攥着它。我并不是想攥着她的照片，只是想攥着他。我把照片拿到厨房，想用什么东西抵住它。双手漫无目的地在橱柜上层的柜子里翻来翻去，直到我把他那瓶纪念版杜松子酒碰倒了。我并不懂如何品酒、都有哪些程序。那是他的领域，不是我的。他十分擅长用类似薄荷、柠檬之类的东西调酒，可我现在并不需要什么情调，我需要的是勇气。我倒了杯酒，一饮而尽。有那么一瞬间我感觉像是有泥灰从天花板上掉落下来，就落在我的胸前。

我坐在那里盯着她的照片，心中满是恨意。我又倒了杯酒，仰头灌下。这一次泥灰并没有击中我，反而我开始觉得内心升起一股暖流。我依旧坐在那里，盯着她的照片。

大概是杜松子酒让我决定这么做的。一定要这么干。杜松子酒使一切都变得简单明了，合情合理。要是没有酒精的刺激，我可能又会退缩，事情就会像《东林怨》或者《茶花女》中的情节那样发展下去。而杜松子酒让它看起来合乎情理，自然而然，绝不会无功而返。

我走进屋内，开始精心梳妆打扮。我是为了内心所感受到的召唤而打扮自己的。和我之前为柯克打扮相比，如今为她打扮令我痛苦万分。不过我这也是在为他打扮，以一种迂回的方式。我必须要十分谨慎，毕竟敌人总是目光如炬。

我终于收拾妥当，朝门口快步走去。我知道如果自己不尽快迈出房门，就再也没有勇气走出去了。两杯杜松子酒的酒劲慢慢失效，所以我停下来又饮下第三杯，好让它帮我渡过难关。

之后我便走出家门，将身后的大门紧锁。四年以来，这是我头一次不再操心晚饭该准备什么食物。

天使造访

居住在艾米塔吉的房客们反复告诉我,这里就是我要找的地方。这些公寓是由之前的私人住宅改造而成的,价格不菲,并非那种廉价公寓。这种地方为住户提供了绝对的隐私,大厅里没有侍者,只有一部电梯。大门也是可以自动上锁的那种。"没错,"我不禁苦涩地想,"她的确需要绝对的隐私。"

我走进一个小前厅,发现她的名字就在其中一个按钮的旁边。我刚打算按下去,一个送货的小男孩抱着个空盒子走了出来。他礼貌地为我扶住门,好让我直接进去,恰好免去了我说明来意的麻烦,也避免了在楼下就被拒绝的风险。

不一会儿我就来到二楼，站在她房门外。此时此刻站在这里，我又想转身回家，只要不是这里，去哪儿都行。杜松子酒赋予我那虚假的勇气渐渐流逝，我再次觉得这么做实在荒谬可笑，压根儿就不会成功。在她打开门面对我之前，唯一没让我仓皇而逃的理由，是我现在正好就站在她家门外，好歹也该看看她是否就是我要找的人。要是就这么一走了之，那也太愚蠢了。现在我几乎可以肯定自己的判断。我并不喜欢刚到艾米塔吉时所听到的传闻：他们说两三天前，梅塞小姐就贴出告示说自己打算短期外出旅行。"呃？"我苦涩地想，"这个计划又是根据谁的时间制订的呢？"我现在所做的一切毫无意义，那种绝望之情再次攫住了我。我心烦意乱地抵住额头，心想："我在期待什么？这么做又有什么好处？"

等了好久她都没有应门，瞬间我又泄了气。就算我能等到摊牌的那一刻，估计也一句话都说不出来。人只有在盛怒之下才会这么干。一旦你停了下来，稍稍冷静下来，你就再也不会这么做了。于是我再次按响门铃，时间更长，更加用力，更加大声。

她不在家。

我挫败地转动门把手。门居然被推开一条两三厘米宽的缝隙。这扇门或许一直就没有上锁。我又稍微推了一下，脸贴着房门探头张望。房间一角，约有三十厘米见方，充斥着鲜明的绿松石蓝。

我清了清喉咙，大声问道："不好意思，有人在吗？"无人应答。

她没在，此刻我的胆子又大了一点儿。我把自己之前想要退缩的打算抛之脑后，走进房内，随手将身后的房门轻轻地合上。我的手握着门把手，就那样站了好一会儿，然后慢吞吞地松开手，完全走了进去。

"敌人的领地。"我心想。

我四下打量，寻思："原来他们在一起就是这样——像这样生活的啊。"外室装潢应该是由专业设计师打造的，简直就是舞台布景。从门口看过去显得十分漂亮，但不太适合居住。太花哨了。整个房间淹没在鲜明的绿松石蓝的色调之中：椅套、地毯、窗帘、灯罩。要么是她本人，要么就是设计师对这个颜色情有独钟。房间各处还点缀着少许朱红色，宛如斑斑血迹。

我摇了摇头，并非出于人们通常所指的道德方面的谴责，而是出于一种日常的、普通的价值观。他不值得为她这么做，这是一单亏本的买卖，她并不值这个价。我们二者之间，我的生活习惯显然更胜一筹。尽管我偶尔会操心账单，但至少在你高兴的时候我会送你的同伴离开，他们走后也会锁好房门。我觉得，每一间屋子里，总归要有一件或难看或陈旧的家具才对。那才是真实的房间，而不是这种，像个手提箱。

我朝屋里走去。我的模样毫无征兆地从镜子前一闪而过，之前我并没注意到这面镜子，此时吓了一跳，多少生出了些罪恶感。我忙转过头，发现原来是自己的身影。我和这个地方格格不入，哪怕是在镜子里面。城郊住宅区开始沦为灯红酒绿之地，华盛顿高地正在窥视萨顿区。"天使脸蛋儿",他曾经这么叫我。好吧,或许只是个索然无趣、胆小羞怯的天使。那双眼睛不管怎么看都没有神秘感,我猜你也许会说朴实无华。

我朝隔壁房间走去,距离连接隔壁房间的拱廊越来越近。从拱门处可以窥见她卧室内的一角。如果说这里以绿松石蓝为主色调,那边就是奢华的珊瑚粉。整个房间都是这种颜色,就连墙上绸缎做的软包装饰也是如此。

我瞧见珊瑚色贵妃沙发的一条沙发腿露了出来,沙发上盖了条皱皱巴巴的被单,一只拖鞋还是居家鞋竟被随手扔在沙发底下,鞋尖上翘。看样子她当时一定是匆忙离去的。

起先我只是在门外徘徊,并没走进去,直到我从自己所站之处看到卧室两侧的墙壁。房内没人。我这么做只是出于一种警惕心。要是有人在,我老早就暴露了,并遭人盘问。

我又在外面逗留了一会儿,内心有种很奇怪的想法,总觉得比起被人发现擅自闯入她卧室这种十分私密的地方,擅自进入客厅的罪责能轻一点儿。我漫无目的地来回踱步,从门口向房内张望了好一会儿,这才走了进去。我四处查看,摸摸这个,敲敲那个。每次经过某个摆设时,我都把手指像三脚架那样支起来放在上面。这么做无疑说明我当时确实极度紧张。

所有的物品上都有她姓名首字母的图案,这可能又是她的某种嗜好。之前她肯定一无所有,如今什么都有了,就要向外人展示这些东西的归属权，她就是要别人都发现这点。她居然把两个英文字母"M"叠加在一起，这使它们看上去就像是一个字母，只不过加粗了而已。八成是一宿没睡才会想到如此绝妙的点子。哪怕是小学六年级的学生也能在十分钟内想出个更为新颖的设计。

这个标记在卧室里随处可见。我唯一好奇的是她怎么不把这个标记印在蒸汽散热器和玻璃窗这类东西上。它出现在香烟盒上，连同里面的香烟上，火柴盒上，角落的靠垫上，还有——

突然，电话在房间的某个角落里响了起来。人们常说"吓得一屁股坐在地上"，我倒是没直接坐在地上，只是倒吸一口气，手脚发软，像是踩着柔软奢华的地毯一样。

我直挺挺地站在那里，等待铃声停下来。但是它没有，就一直这么响着，我实在忍无可忍。刚开始，尽管它一直在响，可我根本无法判断它究竟在什么地方，还有什么比这更糟糕的？就在附近的某个地方，就在我待的这个房间里，但我就是找不到它。

我连忙蹑手蹑脚地四下翻找，浑身战栗。房间一角摆着个绿松石蓝的柜子，有好几个抽屉。铃声在那个地方越来越响。我拉开中间的一个抽屉，一块不大的厚木板放了下来，像张桌子一样。电话就在它后面，也被漆成绿松石蓝色以配合其他东西。电话铃声依然愚蠢地铃铃作响，令人窒息。它旁边放着一本地址簿，皮制封皮仍是那种无法逃避的颜色，上面仍是那个无处遁形的标记。

终于，我拿起听筒，好让它停下来。既然我已经把话筒拿在手里了，便顺势放在耳边，就那样站着，沉默不语。

耳边立刻传来一个男人的声音，语气焦急但透着亲昵："喂，米娅？"我没有作声，于是他又道，"喂，米娅吗？"

这个声音。不论在何处我都能分辨出他的声音。我把另一只手放在桌板上撑住自己，身体就像人们胃疼时那样虚弱地蜷缩着。

"喂？"他还在问，"喂，是米娅吗？"

房间里的颜色好像有些许褪色，一两滴绿松石蓝仿佛在我眼前晃动。这个该死的地方居然能使人流下绿松石蓝色的眼泪。

我无意给他某些低俗的惊喜，而享受那种惩罚性的胜利。我不愿对他如此残忍。对我们二人而言他已经足够残忍了。我把听筒放下，动作轻缓。

我再也不用纠结自己是否找对了人。

我满脑子充斥着各种疯狂、混乱的想法。"凭什么他们让你学着去爱他们，可一旦你学会了之后，又要这样对你？既然在你二十二岁的时候要如此待你，为什么要在你十七岁的时候，在那个只关心自己的事情、从不招惹别人、没有他们也能过得很好的年纪里，他们却要围在你身边？为什么要招惹我？"我内心深处泣不成声，只不过不会让外人听到。"如果不是出于真心，为什么不让我一个人好好待着？"

我又一次糊里糊涂地走进连接隔壁房间的拱廊那里。之前我以为它通向外室，如今发现原来并不是，于是我停下脚步，转身朝另一边走去。

梳妆台上摆着一个水晶相框，我看见照片里的她正在嘲笑我，仿佛在说："你都看见了？是不是后悔来这儿啦？要是不到这里，你还不会如此肯定吧。"恨意袭上心头，伴随着阵阵苦涩，我快步走了过去，拿起相框。我真想把它砸得粉碎，或者做点其他什么幼稚的举动。

我绕着珊瑚色的贵妃沙发转悠，也没留心脚下，结果不知被什么东西绊了一下。

一只脚，一条腿。从沙发这一侧看过去，直到此刻我依旧以为那仅仅是只乱丢的拖鞋。要不是丝绸睡袍下的那条腿确切无疑、可怖地显露出来，即便是从现在我所处的位置看过去，也不过像是几个丝绸枕头掉在地上，又或许是随手乱扔的睡袍和床单。这些东西一股脑儿堆在地板上，真相很难被人发现。

我猜自己当时发出的尖叫声一定让人感到窒息。我实在记不清了。我犹犹豫豫地蹲在枕头旁查看。枕头是珊瑚色绸缎做的，那么柔软，毫无恶意，但有人用这个枕头把她活活闷死了。

尽管没有哪个男人会被她视为生命中的呼吸那般不可或缺，但是他们之中的某个人夺走了她赖以存活的空气，她死了。

我很抱歉擅自触碰掩盖她尸体的枕头。她脸上满布痛苦的神情，长长的舌头伸了出来，和水晶相框中照片上的人判若两人。

我再次直起身来，浑身冰凉，有些恶心又感到害怕。我之前从未见过死人，但又似乎没办法将目光转向别处。我小心翼翼地朝后退，每次只敢挪动一小步，生怕自己一旦转过身背对着她，她便会爬起来追赶我一样。

我退到两个房间之间的拱廊那里。目前我至少还占有先机，但恐慌随之而来。那种属于年轻人的、涉世未深的、稍显愚蠢的恐慌。我昏头昏脑，犹豫再三，终于找到房门，朝那里快步走去。我内心惊恐地尖叫着："让我出去！我要出去！我再也不想留在这里了——和她待在一起！"

就在我快要走到门口时，突然想起了柯克，出于某种自我保护的本能——我也说不清具体是什么——我突然停了下来，又多逗留了一会儿。

他们肯定不会把他和她联系到一起的。他们一定不知道他认识她或者——我扭头望向房间另一端的电话，它仍在那块板子上，还是我离开时的模样。电话旁搁着她的电话簿。我跑过去拿起电话簿，翻开一看，果然就在那里——在M那页上，斗大的字写着他的名字和办公室电话。

起先我打算只把这一页撕下来，留下其余的部分。后来我觉得他们可能会注意到这点，反而将此视为罪证。于是我把整个电话簿塞进手提包，"啪"的一声合上皮包。除非我自己交出来，他们是不会在这里发现他的名字的。

我疑虑重重地打量所有我能查探到的地方，确保不会留下什么东西会牵扯到他。要不是因为他，我断然不会踏入另一个房间——再一次地。

我告诉自己最好尽快离开此地。其他人随时有可能进来，并且——

即便如此，我也很清楚一点，在没有探明情况之前不能贸然逃跑，说不准刚出门就会一头撞上外面的人。任凭直觉指引你，不论情况多么离奇，多么出人意料，它也能迅速反应，适时调整。这实在令人匪夷所思，就好像这些事情天天都会发生，你早就习以为常了。于是我并没有贸然迅速打开大门，而是站在门后仔细地听了好一会儿，这才采取下一步行动。

我侧着脑袋，就那样一动不动地站在门后，从这个角度恰好让我注意到乳白色大门上有块不同颜色的斑点。它就卡在门框与门之间的缝隙里，在其中一个合页下面一点儿的位置，要不是被合页挡住，它就会直接掉在地上。

它尽管引起了我的注意，却也没什么意义。它实在微不足道，无法让我从目前极度紧张焦虑的情绪中解脱出来。我转动门把手，将门缓缓拉开，一小块颜色的移动再次让我的目光转向它所在的位置。由于拉开门使缝隙变宽，它掉了下来，落在地板上。从我所站立的位置看过去，它仿佛是邮票大小的一块方纸片。我弯腰把它捡了起来，这才看清楚它到底是什么东西。

不过是一小块——顶多半片火柴包装盒上的那种硬纸壳，被人撕下来后叠成更小的方块，塞在缝隙里充当楔子而已。目的显而易见，阻止房门哪怕是因为轻微地颤动而开启。门看上去是被关上的，实际上锁舌和卡槽之间还留有一点空隙。换句话说，只要转动门把手，大门就可以从外面被人任意打开，就像我进来时那样。

之前门总共被人打开过三次，因为它就一直卡在缝隙里。可以肯定的是：杀死她的凶手进入并离开，之后是我。第四次在我拉开门准备离开的时候，它终于掉了下来。显然，目前为止，因为被下面的合页挡住了，所以纸壳只是在门缝间滑落了一点而已。

即使对于我这个新手而言，有那么一刹那，我觉得这个发现将是一条至关重要、甚至是惊人的线索，但当我屏住呼吸将它展开，我所有激动不已的希望再次破灭：它什么都不是，透露不了任何有用的信息，仅仅证明它从一开始就在那里。

这是她的所属物之一，上面也有那个无所不在的 M 标识。它也是蓝色的，比她所钟爱的绿松石蓝稍微深一些。一定是在这间公寓充斥着绿松石色调之前，曾经的配色遗留下来的。我刚想把它扔回原处，好让警察自己发现这块硬纸壳，看他们会得出什么线索，可我那涉世未深的大脑突然想到了指纹，这片纸壳上全都是我的指纹。出于外行人对那种神秘科学的敬畏之情，我把它也放到手包里，和那本通讯簿放在一起。

我把大门拉开一条缝隙，透过缝隙向外查看。一个人也没有。我连忙走了出去，拉上身后的大门。电梯旁边有楼梯，我没有乘坐电梯，而是选择走楼梯下去，这样速度更快，更为隐秘。楼下也没见人影，这栋公寓大楼的服务还真周到。

我打开通往街道的大门，走了出去。扑鼻而来的新鲜空气让我对之前在所到之地所见的一切产生了一种强烈的不真实感，令人无法抵抗，无从逃脱。我连头都没回，快速离开了这个可怕的地方。我内心恐惧不安，还夹杂着些许厌恶，以及在人们经历这种事情后所能产生的诸多情愫，但是一直有一个声音在脑海中不断回响："现在他又回到我身边了。她再也无法将他从我身边夺走，永远都不会。"

刚到家，有那么一会儿，我很庆幸他当时并不在那里。不过只有那么一小会儿而已。我需要些时间，一点点属于自己的时间，让自己缓缓神儿，重新振作起来。所经历的事情令人毛骨悚然。我身体阵阵战栗，双手满是冷汗。每隔几分钟，身体就不由自主地颤抖，突然又止住，如此反复。我脱掉身上那件精心挑选的外套，丢到一边。根本没人有机会欣赏它。

一旦那件外套——这场可怕事件的外在痕迹离开我的视线，我整个人立马感觉好多了，也冷静下来了。突然，正当我打算给自己倒杯黑咖啡好完全恢复元气时，恐惧再次袭上心头。这一次来得更加完全，更加直接，更加私人化，就在我生活的地方，只与我和他息息相关。并不是那种在我本无权冒险拜访的某个陌生的地方，看到一具陌生人的尸体而产生的那种幼稚的惊吓。猛然间，我意识到究竟是什么让我感到恐惧万分。

他也许会去那里查看,然后被无望地卷入其中。我必须联系到他,警告他远离那里,不要去那儿附近。我还在那里的时候,他就曾试图用电话联系她。他兴许在我离开之后还会这么干。一旦没办法联络到她,他也许会直接到那里去。

像是被什么东西烫了一下,我忙停下手头正在做的事儿,冲到电话机前,简直无法理解我怎么直到现在才想到这个问题。我甚至把有他名字的通讯簿都带走了,以防万一,但竟从没想起最应该做的防范措施是提前警告他。一定是我的脑袋短路了。仅仅是因为我知道她究竟发生了什么事儿,我就想当然地认为他也应该知道。他怎么可能会知道?除非他跑到那里,像我一样也被她的尸体绊倒。

我快速地拨电话,电话盘上的数字在我手下都变得有些模糊了。真不应该过了这么久才想起联系他。我仍然想不通究竟是什么让我忽略了如此明显而必要的事情。刚离开那里的时候,我就应该在转角的药店那儿给他打电话的。

电话是办公室里的那个女孩儿接的。

我紧张得说不出话来,只能蹦出几个词儿传递内心的想法:"柯克——默里先生——快!"她终究还是明白了。

她说:"他刚走。您要是早一分钟打来就好了!他刚刚从我身边经过,在您——"

我缓缓合上眼,倒吸一口冷气。

我终于开口,不由自主地急躁地嚷:"弗朗西斯,快去追他呀,看能不能追上他。十万火急!我必须在他离开大楼前联系到他!"

我知道他办公室和电梯之间还有很长一段距离。

被我惊恐的情绪感染,她忙说道:"稍等,也许我能在他出大楼前追上他!"我听到她离开总机时的动静,甚至是渐行渐远的脚步声。她推开办公室外门的时候,肯定看到他的身影了,因为我听到她在喊他的名字。声音空洞地从远处传来,在空荡荡的走廊回荡:"默里先生!"

漫长的等待,让人感觉仿佛永无止境。在令彼此进退两难躲躲闪闪的地狱中,如今我们赤诚相待,再也不必遮遮掩掩,只有我们俩人。我会对他说:"柯克,离那个女人远点儿!不要问我指的是谁,不要问我是怎么知道的!如果这之前你从来没有认真听我说的话,现在好好听我说。不要靠近那个地方!"我必须告诉他:"她已经死了——她出事儿了!"接着在他震惊之余,务必给他一些温柔的、善解人意的、无从辩驳的指引:"和我回家吧,回到你原本的家里——我会为你准备好晚饭,对此事绝口不提。"

我们再也不会谈论这件事。是的,再也不会。只要现在把他带到电话机前,我再也不会提起这件事来,哪怕是在心里也不会。

我听到她回来的脚步声。还没等她开口,我甚至就能听到她粗重的喘气声。她会说:"他就在这里,默里夫人。我刚追上他,就在——"

她说:"我刚好看见他上了车,赶紧喊他,但他没听见。等我跑到门口,车门已经关了。应该是辆电缆车,不论你怎么敲车窗,也不可能给你打开。"接着就是那句话,对正经历死亡之痛的人而言毫无用处的话,"默里夫人,我很抱歉。"

如今再也没有其他方法能联系到他了。他一定是在去那里的路上,而我根本没有办法阻止他。那根细线终究还是断了。距我离开那里回到家中,有将近半个小时的时间,可是我白白浪费掉了。我丢弃了他,也丢弃了我自己。

我在黄昏中跌跌撞撞,宛如在热气腾腾的土耳其浴池中移动的一个模模糊糊的身影。不管我外表如今是何种模样,这便是我内心的景象。更可怕的是,现在的我不知所措,无可奈何,身体在一寸寸枯死,却无法阻止这一切发生。而他习惯性地穿过街道,或步行,或乘车,或乘地铁,朝那个恐怖的目的地走去。我怒火中烧,仿佛看到那具尸体咧着嘴笑,在她卧室门后等着他的到来,伸出骨瘦如柴的胳膊紧紧缠绕着他,比她活着时任何时刻的拥抱都要可怕,再也不让他离开。

突然我想到刚才可以通过报警救他的命,如果我刚才及时这么做的话。至少他会在警察到达之后才进去,而不是在他们之前。我唯一害怕的就是牵连到他,所以之前一直回避这么做。现在一切都太迟了。而现在我也不敢这么做,只怕他前脚刚进去,警察后脚就会跟进去。

天空渐渐染成墨色,可我并没有开灯。开灯有什么用呢?我又想看到什么呢?灯光是帮助人们看清楚东西的,我现在唯一想看到的是他的面庞。可如今灯光并不能让我看到他的脸,他根本就不在这里。

摆放时钟的地方,表盘上十二个刻度形成一个淡绿色的光圈,像孩子绘的脸庞一般,正斜着眼睛打量着我。但所有一切只是让人感到痛苦、痛苦、更加痛苦。有那么一小会儿,尽管希望渺茫,我觉得他可能会先回到这里。哪怕只是回来取他收拾好的行李箱,哪怕只是说:"艾伯塔,我要离开你了。"钟表上的指针让这个希望也破灭了。现在早已经过了他回家的时间,到了我开始准备晚饭的时间,也到了他收听"鲍勃·霍普"节目的时间,这时他会傻坐在那里,自己笑得上气不接下气。

所有房间漆黑一团,听不到笑声,也闻不到烟草的味道。我独自一人,浑浑噩噩,惶惶不安,四处游荡。我的整个世界犹如鸡蛋壳一般支离破碎。

我拿着钟表,举起它,双手紧紧挤压这个冰冷的圆形物体,使劲摇晃,仿佛这样能得到一丝同情,恳求着:"噢,让他回来吧——求你让他回来吧!把他还给我——"

然而它只是傻笑着回应道:"滴答——滴答——滴答。"

我站在窗户旁,将灼热的面颊贴上玻璃;或者一动不动地坐在那里，双手抵着额头；要么从一个房间踱到另一个，进进出出，却不知道该往哪儿去；又或者走到门口，将房门大敞，站在那里寻找他的身影，期望着一阵风会把他带到我眼前。然而并没有风将他带来，他再也不会回来了。

长夜漫漫，仿佛没有尽头。这肯定不会是同一个夜晚。一定是什么人用诡计将连续一周的夜晚、连续一个月的夜晚聚集在一起，没有白天只见黑夜。

仿佛是来自内心深处某种不容置疑的警告，我终于意识到自己不能就这么坐以待毙。我曾对自己说过千万次再也无法忍受这些了，但也只是说说而已。如今我才真正体会到这种感觉，一种陌生的冷静，是歇斯底里之前的那种平静。我知道如果自己不出去——哪怕只是在街上游荡——下一秒我就会尖叫出他的姓名，所有邻居都会打开窗户，然后——

在黑暗中，我一把抓起帽子戴上——第一次，也是最后一次，唯一一次这样做。我摸索到门口，猛然扭动门柄，拉开大门——他就站在那里，就在门的那一边，几乎将门堵个严实。

一切如此离奇，像是某种心灵感应。我抬起手，抚摸着他，从领结滑向西服背心处。他摸上去手感很好，舒服又实在，那么温暖，那么真实。我从来不知道，这种美好和杜松子酒如此相似，宛如魔鬼在你身体里燃烧。

歇斯底里的情绪化为潮湿的啜泣声，偷偷溜了出来，又悄悄溜走，仿佛觉得羞愧难当，就这样结束了。

我伸出另一只手慌忙打开灯好照亮他。家里的光亮，以及走廊昏暗的光晕，将他面前照亮。

他就那样站着搜寻自己的钥匙，有些滑稽可笑。每次他都是在要用的时候，找不到自己的钥匙。我甚至能听到他在衣兜摸索钥匙时，金属相互碰撞发出的微弱的摩擦声。

他刚才肯定跟人打架了。仿佛我真的介意这点似的！只要他肯回到我身边，十点才回来也没关系。

他嘴唇裂了个口子，一只眼睛上方有道伤口，一缕头发仿佛湿乎乎的鱼钩一般垂在前额。他身上居然没有烈酒的气味，这点倒是挺奇怪的。

我抬起手，将他前额的那缕鱼钩似的头发温柔地拨回原处，但是它又再次垂了下来。我双臂紧紧地搂着他的脖颈，将脸深埋在他胸前，深深叹了口气。

我等待着他的双臂将我紧紧搂住，但它们没有。"他还是有些疏远我。"我悲伤地意识到。

但是我并不在意，他可以随心所欲地对我发脾气，只要他能和我在一起。

可他毫无预兆地猛然将我推开，我诧异地仰头看向他，这才发现有两个人站在他两侧，原来是他们突然推了他一把。

我直到此刻才发现他们。门廊并不算宽——而我又一直盯着他看。他的手和其中一人之间有一条亮闪闪的细链子,尽管他把链子藏在衣兜里不想让我看到。他的另一只手——被第二个人用手铐铐着,拧在身后。

正是那条铁链,让我简直无法将视线移开。痛,如此剧烈——在我的心房周围。

他温柔地轻声对我说:"别怕,艾伯塔,没事的。"

紧挨着我俩站着的那个陌生人说:"没什么事儿,事情很顺利。"

而我们彼此眼中只有对方,即使他们也和柯克一起走进屋子,关上房门。我们站在那里,只有我们两个。在我们自己充满恐惧的小世界里,根本没有其他人的存在。

他说:"他们认为我——"他顿了顿,这才重新开口,"嗯,瞧,发生了点儿——"

"我知道,我什么都知道。不是你干的。告诉他们,柯克,不是你干的。告诉他们。"

"是啊,都告诉我们吧,柯克。"一人说道。

我们根本没有听见他的话,甚至不知道他们就在这里。另一个已经走到一旁,在房子里四下查看。

"你是怎么知道的?收音机吗——?"

"我就在那里,"我说,"你打电话的时候,我就在那里——"

他一脸诧异,伸出那只不受钳制的手温柔地抚上我的唇角,同时用食指覆上我的双唇。我顿时明白他为何要抚摸我。

一个声音传来："夫人，您刚才说什么？"

柯克轻声答道："她没说什么。"

他的脚沿着脚垫不经意地划过，警告地碰了碰我的脚。我心领神会，并没有低头查看。

"她说从收音机上听到了这件事。"柯克说。

"告诉他们呀，柯克。"我仍旧无助地反复说道。这是我现在唯一能说的话了。

他冲我微微一笑。"我已经说了很多遍了，在过去的这几个小时里。不过无济于事。"重点是他回到我身边了，每一分，每一秒，都离我越来越近。我能觉察到这点。我的意思是他并不是因为惹上了官司才回来，而是从她那里。

"你也觉得不会是我干的，对吧？"我用那饱含热泪的双眼竭尽全力向他表达了我的想法。接着他说道，"好吧，至少还有你肯相信我。"

我又重新拥有了他。

我冲着站在我们身旁的那个人——因为那条铁链的关系，他不得不一直站在那里，说："他不可能干这事儿的，你怎么就不明白呢？"我拉扯铁链，幼稚地想把它扯掉，没承想却把他们两个人的手拉了起来，呈现出一种可怕的姿势。"不可能是他做的，"我继续说道，"他当时正在办公室。一直到晚上六点，都在办公室。我给他打电话的时候，他刚走。秘书能证明——"

这些话仿佛是对着石头说的,那个人的眼睛也如同石头一般。它们盯着我,但毫无生气。

另一人从前厅走过来,手里拿着柯克收拾好的那只行李箱。"瞧,在这儿呢。"他平静地宣布道。

和我们待在一起的那个人说:"我们还是把他放了吧,弗勒德。她说这事儿不可能是他干的。"他说这些话的时候,面部没有任何表情,言简意赅,却近乎残忍。或许他根本不觉得自己这样说是如此残忍吧。

弗勒德言辞间流露出一种倦怠的同情心,顶多是被迫宽慰道:"布伦南,别拿她寻开心了。我也有老婆,知道她们是什么样的。"

"噢,"布伦南讶异地说道,仿佛我根本听不见他们之间的对话一样,"让她们为这群家伙辩护,那该多精彩啊!她们都搞不清在什么地方,究竟发生了什么事,或者其他任何相关的事情。就因为他们这么说,就一口咬定不是他干的。"他嘬了嘬嘴,道,"好啦,都准备好了吧,咱们走。"

我双臂痉挛地搂着柯克的脖子,仿佛这样就能把他留在我身边。视线越过他的肩头,我冲着弗勒德恳求道,仅仅是因我从他身上觉察到些许温和的意味:"可六点之后他还待在办公室啊,你不知道吗?我当时就在她的公寓,我就在那里,我全都告诉你,大概五点的时候,她就已经——"

同柯克铐在一起的那个人嘲讽地看了我一眼,对我这番告白显然十分厌恶,仿佛这根本是在羞辱他们的智力。"是的,"他冷淡地答道,"你确实在那个地方,我猜你还和她喝了点茶。他们打算今晚一同离开,而你则是礼节性地去拜访她,说不准还要帮她收拾行李吧。"

甚至连那个叫弗勒德的人——从他看我的眼神就知道他也没把我说的话当回事——仅仅是对我表示遗憾。他尽可能地安抚我道:"很抱歉,默里夫人。即使如你所言,也没多大帮助。你瞧,她是在下午一点到两点之间遇害的。我们有专家能给出精确的时间。而且默里——"当他提到他的名字时,斜眼看了他一眼,声音也收紧了,你可以感受到他的同情心只限于对我个人而已——"你六点左右给他打电话的时候,默里有可能已经返回办公室,而且他也承认事发的那段时间里,他就在梅塞夫人家里。事实上,有人看见他在一点四十五分的时候才离开那幢大楼,所以不管他承认与否,都没有什么用。"

柯克在我耳边轻声说道,声音温柔却苦涩:"别再说你去过那里了。求你了,为了我,好吗?不管怎样,我都要谢谢你。"我知道他也不相信我,尽管他仔细想了想我所说的话,至少比那两个人仔细。在某些情况下,男人们的想法似乎总是不谋而合。

"我没法进去,她根本没有开门。"他继续说道,"我又等了一两分钟,然后就离开了。"声音从我的头顶飘过,这些话是冲着他们说的,而不是对我说的。他言辞间的隐含之意令他十分羞愧,无法直接对着我说。

布伦南突然抬起手,柯克的手也随着他的动作机械性地抬了起来,出现在我眼前:他手背上有几道红色的划痕。

"这是被她的猫抓的。"柯克继续冲着他们解释道,"有关这些划痕,我已经说了很多很多遍了。"

布伦南对弗勒德说:"她没让他进门,可她的猫却把他的手挠伤了。"

"它当时就在外面的大厅里,不知道怎么跑出来的。我想抓住它,结果它猛地挠了我一下,就跑开了,像是被什么东西吓着了。它之前常常这样跑出去,到楼顶或是其他什么地方,所以我就任由它跑了——"

"还真是不错的不在场证明啊,那只猫,"布伦南说,他放下两人的手,"可惜还不够完美。走吧。"他手腕一扭,猛地拉紧铁链,柯克不得不也随之转动手腕,跟着他往外走。他不由自主却顺从地转过身,与系着狗带的猎狗无异,这一幕深深刺痛了我。

我试图将他的脸贴上我的,可他的面颊就这么溜走了,我根本无法搂住他。

他们带着他刚要走出房门,我恳求道:"啊,等一下,他需要什么东西吗?让我给他收拾点儿东西带上。"

我跑进卧室,漫无目的地四处查看,随意抓起枕头下面的东西,应该是他的那套条纹睡衣,我也不确定。

我知道的，我都知道，这么做很傻，但是我从来没有经历过自己的丈夫因谋杀案被人带走这种事情，更无从得知应该怎么做才合适。

我拿着睡衣跑了出去，发现门大敞着，但走廊上空无一人。他们并没有等我，全都走了。

我站在空荡荡的门口，卷好的睡衣掉在地上，凄凄凉凉地落在我脚旁。

宣告孀居

我坐在贝尼迪克特的办公室里等他回来，始终无法相信这一切都已经结束了，覆水难收。几个月过去了，看似漫长而又拖沓，可在我脑海闪过，宛如只过了几分钟而已。一直以来，我都孩子气地认为他们肯定遗漏了某些事情。相较于其他案子，他们对此案的处理太过仓促，他们无权这么做。而贝尼迪克特却否定了我的看法，日历也证明了这一点。难道这就是最后结局了吗？再也没什么能做的了吗？就在昨天他还坐在我对面的桌子旁，抱怨说："哎呀，你对这杯咖啡做了什么啊？简直能在里面种天竺葵了！"噢，就像是昨晚才发生的啊！难道不是吗？他们把他从我身边带走,等我追到门口时,一切都太迟了,他那身睡衣就掉在地上,就在我的脚边啊。

如今一切已成定局。从上周那可怕的一天开始,一切就已经结束了。今天不过是个令人失望的收尾,走完程序而已。所以贝尼迪克特才能说服我在他办公室等待,而没有去庭审现场。他本希望我能待在家里等,但我难以忍受。至少这里也算是个中转站,我能尽快得知结果——尽管我早已知道结局将会是什么。

贝尼迪克特办公室里的女孩是个极富同情心的姑娘。她陪我坐在会客室靠墙放着的那张硬邦邦的长椅上,搂着我的肩,不时地为我倒水喝。或许她也不知道究竟还能为我做点什么吧。她一直滔滔不绝,说着一些鼓励我的话。

"这只是在走法律程序。我知道这让人感到恐慌,但一切还没结束,还有挽回的余地。这都是些法律术语,在所有类似案件中,必然会用到这些词儿的。亲爱的,我经常看到贝尼迪克特先生会通过上诉啦、撤销指控等手段帮助当事人脱罪。是不是啊,莫特?你说呢,莫特?"

莫特是办公室里年轻的律师助手。他也很有同情心,总是在开庭间隙时不时地出来又进去。我注意到他话不多,也没有表现得很乐观。也许他比她更懂法律吧。

"可他甚至都没有让我出庭作证。你不觉得如果我出庭的话会有些帮助吗?"

"亲爱的,你又能做什么呢?能说什么呢?要是你真的对案子有帮助的话,他肯定会第一个传唤你的。只要是他认为有助于案子胜诉的线索,他都不会错过的。若是对案子无益的人,他也绝不会用的。对吧,莫特?莫特,是这样的吧?那天没有人见过你进去或离开,这是最不幸的地方了。陪审团和抓捕他的探员一样,都不会相信你的。他们会认为你编造这一切只是为了替自己的丈夫开脱罪责,你得到同情反而会适得其反,只会让他们比现在更加针对他。这也就是为什么他让你尽可能不要参与整个诉讼过程,并且让你戴着面纱坐在法庭后面,尽量不要引起其他人的注意。你瞧,亲爱的,你这么迷人,这么引人注目。你必须承认他和那个女人鬼混在一起,而且还打算和她远走高飞,尽管时间并不长。你的身份和美貌反而会成为我们的绊脚石,损害我们的利益,而不是帮助我们。虽然你是受害的一方,但是——原谅我这么说,亲爱的——我的老板正在帮助对你造成这些伤害的那个男人。"

"那就让他继续伤害我吧,"我沮丧地思量,"我只是想让他回来,就让他尽情地伤害我吧。"

"即使贝尼迪克特先生自己不是这样想的,"她继续说道,"默里先生特别交代过不到万不得已,千万不要给你打电话。这是他的心愿。若是可以避免,他不想你受到这桩案子的牵连。"

确实如此。柯克曾亲口对我这么说过。

我一直盯着办公室的门,全神贯注,期待它被人推开。"他现在应该回来了呀？每次都要这么久吗？"

"亲爱的，他随时都会进来的。耐心一点儿。"

终于，门被推开了，他走了进来，手里拿着诉讼书。

我坐在会客室，试图从他的表情中读出点什么来。他朝我走了过来，我目不转睛地注视着他，无声地乞求着，视线一直追随在他左右。他从我身旁走过，推开作为隔断之用的小门，朝里面走去。他假装自己正在聚精会神地思索案情，刻意回避我的目光，仿佛并没有看到我一样。直到我站起来，他实在无法继续伪装下去，这才开口道：

"进来吧，到我办公室来。"接着他又对那个女孩说道："露蒂，你怎么让她坐在这里啊？怎么不让她在里面等？"

女孩答道："贝尼迪克特先生，她说不想一个人待在里面，问我她能不能坐在我旁边。我还要接电话，所以只能坐在外面了。"

他扶着私人办公室的门，等我走了进去。此刻，我多少感觉仿佛是自己将要接受最后的审判一样。他即将对我说的话，并没什么好质疑的。不过是言辞本身令人恐惧不已，还要给它加上一个期限。

起初他无法与我对视，而是尽可能拖延地摆弄自己刚才带回来的那些文书。我等待着，目光灼热，目不斜视地盯着他。

终于他叹了口气，开口道："现在还不是最伤心的时候。那天才是真正的考验，你像个将军一样站在那里，勇气可嘉啊。"

要是他看到我在那之后，独自一人在家，咬着枕头一角的话，估计就不会这么说了。

难道他不准备说出来吗？整个下午就打算这么站着？"是不是——？"

"我会准备上诉的，这是肯定的。"

"他没再说点儿什么吗？比如——"

"不能这么做，在法庭上博取同情是下下策。"

"说吧，我能承受。快点说吧，让它早点过去吧。"

但他仍旧没有说出那个词儿来，不得不由我来说：

"电椅？是电椅吗？"

他低头望着书桌，默认了。

我的脑袋瞬间炸裂开来。我的丈夫被判处死刑。我们所有人都要遵守、在其框架下生存的法律，现在裁定我的丈夫要离我而去，而且是在他身体健康的情况下，将他放在——

我双眼紧闭，而后再次睁开。和我内心所经历的相比，我的外在表现还算平静。

他很担心我。我坐了下来，一定是他推了把椅子给我。他打算从抽屉里拿出准备好的酒，估计就是为了应对类似的紧急状况。我示意他不用这么做。"别担心。"我喃喃低语道。

"这桩案子还没有结束，你这是典型的外行人的想法。"他试图宽慰我，尽力说些类似的话。

我请求他不要再讲下去了。木已成舟。伤害已然无法挽回，对我们两人而言，判决已经被执行了一部分了。不是别的什么地方，而是就在我们心里。我们俩怎么可能还和从前一样？就算是提交了诉讼申请，又能怎么样呢？他被关在那个地方，就算有朝一日他能回来，他们也不可能还给我一个一模一样的丈夫，更无法再还给他一个一模一样的妻子了。

过了好一会儿，我小心控制自己的声音，尽管它完全不像是我的声音，问道："他有什么反应？"

"昂着头，双眼直视法官。"

"这种时候，我应该在那里的，至少应该在那个离他近一点儿的地方。他孤身一人待在那个房间，可怜的孩子。"

"他说他很高兴你没有在场听到判决。他感谢在他们把他带出去之后，我没有让你一起跟来。"

时间缓缓而逝，我悲戚地说："我想我该回去了，在这里也没什么好等的了。"

他起身送我到门口，说道："我送你下楼搭计程车。你需要莫特或是那个女孩陪你回家吗？"

"不用，"我答道，"我会好起来的，我想从现在开始，必须要习惯一人生活了。"

他关上计程车车门，告诉司机我的地址，正准备转身离开时，我从车窗伸出手拽住他的衣袖，问道："什么时候？请告诉我具体日期。"

"你何必现在就要——"他反驳道。

我并未松开手。"我必须知道。求你告诉我吧。"

"五月十六日那周。"

我跌坐在座位上。

回家的路上，一个念头在我脑海中挥之不去："我才二十二岁，还有不到三个月的时间，他们就要把我变成寡妇了。"

离别时分

无论何时，无论何地，亲口说出永别总是困难的。若是隔着铁窗说，那更是难上加难。透过交织的网格，他的脸也被分割成菱形小格，在我看来仿佛是分子裂变一般。我们每次亲吻都印上一个冰冷而僵硬的铁框。什么都无法阻止一个男人和他妻子之间的吻别。

他说的话刺穿我的心房："每个人至少都有一次被人宽恕的权利，就算是狗咬了人，也会被原谅三次——"

"我原谅你。我之前就原谅你了，早就原谅你了，很久以前，噢，很久很久以前。"

"那——嗯，那将是我最后一次放纵。从今往后，我会做个好丈夫，如果他们肯放我一马的话。我会成为围绕在女人身边所有男人中表现最好的那个。每天回家我都会给你买鲜花或糖果，我再也不会朝你冲的咖啡乱发脾气了。"

"别再说了，"我抽泣道，"你会有机会给我买鲜花、买糖果的。只要你愿意，可以朝我冲的咖啡随意发脾气。但凡是你愿意的。一定还有机会，一定还有，你会等到这一天的。"

他笑了，半信半疑。"但是万一，万一我等不到这一天，之后，在一切尘埃落定之后——天使脸蛋儿，请不要允许任何人晚上送花给你，或是抱怨你冲的咖啡，好吗？不要让其他人——我知道你还年轻——但那一切只属于我。"

"决不会的。"我声音哽咽，绝望地说道，"除了你，谁都不会的。只有你才能这么做，任何人都不行。再吻吻我吧，再一次吧。噢，再吻我一次吧。再一次就好。这些吻没办法一直留在那儿，柯克，我们该怎么做才能让它们持久不变呢？"

永远是多么漫长的时光啊。

"还有些事儿我必须告诉你。我一直都想跟你坦白的，自从那晚之后。这是我最后的机会了。我现在必须说出来，还剩最后一分钟了。你还记得那晚吗？"

我又怎么可能忘记？

"我去那儿只是想告诉她我变卦了，不会有什么旅行了。哪怕是两点钟，我第一次去找她的时候。在我知道所发生的一切之前，在事情变得棘手之前，我就想告诉她了。考虑再三，我明白自己所爱的人，曾经是你，一直以来都是你，永远都会是你。那件事儿只是周末的放纵，一场欢闹而已，和小孩下午逃学没什么两样——被毒藤弄了一身疹子后跑回家，于是以后他再也不会急匆匆地这样做了！本来是计划和她在车站碰头，可我做不到留她独自一人站在那里等我，而自己始终不现身。我不想这样对她，毕竟她只是个女人。所以我去了她家，打算提前告诉她我的决定。两点的时候，没人应门，这是我那天第一次去她家。于是我回到办公室，中间打了好几通电话给她。之后我依然无法联系到她，所以我离开办公室后，六点钟又去了她家。我想对你说的是我的确去了那儿——不过是想告诉她一切都结束了。"

他追悔莫及，指甲抠着铁丝网，像是在拨弄竖琴琴弦一般。"我不奢求你相信我。就算你不相信，我也不会怪你的。事已至此，这些话听起来就像是酸葡萄。但是，天使脸蛋儿，这一切都是真的。我不会和她走的，我能说的就只有这些了。"

我将额头温柔地抵着铁窗，对他说："亲爱的，之前每次你说谎，我都能听出来。你说实话的时候，我也能听出来。如今我依然可以。所以别担心，我相信你。"

"谢谢。"他感激地叹了口气，"你能这样说，我好受多了。"

他们走过来把他重新带回里面。终究到了分别的时刻，言语也变为空洞的声响。"你会回来的。这不是永别。记得这一点——我们只是暂时地别离。照顾好自己，亲爱的——直到——直到我们再次相见。噢，等等吧，让我再吻吻他——"

"多准备点那种难喝的咖啡，亲爱的，好让我发顿脾气，等我——"

"我会准备好，等着你的。"

"过段时间再见——天使脸蛋儿。"

两个成年人明知彼此是在说谎，却还要自欺欺人，这多么令人心酸啊！

阻隔我们亲吻的铁窗后空无一人，他的唇不见踪影。他的呢喃声还在我耳畔萦绕，我仿佛还能听到他这样叫我——尽管我再也不会听到了："再见了，天使脸蛋儿。"

至少我再次拥有了这个称呼。他总是那样叫我。只要我们独处时，他就会这样叫我。这是他给我的特殊礼物。

火柴光的幻象

如今公寓也不见了，只留下一个摆放着家具的房间，以及四面狭促的墙壁。尽管还有足够的钱继续保留这间公寓，可我却再也不想留下它了。每天我都会碰见他数千次，在每张椅子上，每个角落里。我能听见他淋浴时的喘息声，嚷着让我给他拿那条永远不会挂在浴室的浴巾；听得到他从原先摆放收音机的角落传来的爽朗笑声；夜半时分我甚至能听到床头另一侧传来的鼾声——

在这个地方，生活变得更加简单，成为一剂麻醉药。生活意味着一整天趿拉着拖鞋，披着浴袍，顶着一头乱发。生活是一张摇摇晃晃的钢丝床，不再用来睡觉，而是用来哭泣。生活是那或许一天才会开启一次的罐头,不是因为饥饿难耐,只是由于某种责任感。生活是一阵敲门声,伴随着那句:"你还好吗?夫人?我是房东太太,有三四天都没看到你了。只是想确认一下,没出什么事儿吧?"

"我还好。真的。还不错。就算没看到我,没听见什么动静,哪怕是整个星期,也别担心我。我一直都待在这儿,就坐在这儿呢。"

"要不要我给你找点报纸看看?打发打发时间?"

我尖叫起来,不过她却听不到,因为我只是在心里尖叫:"我不想打发时间!它已经流逝得太快了。我想让时间静止不动,要它凝固下来!"

"不用了,谢谢您。我对报纸上的消息不感兴趣。"

生活就像这样。

一天晚上,警方物证办的人来家里归还他的物品,我一下子跌落谷底,抵达人生之中的最低点。他们仿佛是要把这些东西物归原主,全都交还给你,除了那件最重要的东西以外:被他们关在牢房的那个人。他们把他留了下来,在他们的掌控之下,之后接通电源,最终随手丢弃。

这只是例行公事而已,在被投入那个地方之后常见的流程,但我并不知晓啊。第一次看到他们架起他的胳膊,恐惧引起钻心的剧痛,仿佛——一切都结束了,他已经永久地离开了我。我拿回它们,签好名字并表示感谢,连忙关紧大门。只要能想办法救他出来，他的这些衣物也不过是些小问题。

我躺在床上，在这个小房间里，只有头顶悬挂的一盏吊灯。我把脸埋在他的夹克衫里，体会自己从未经历过的孤独和绝望，如此彻底，如此痛彻心扉。从那时起，不管有没有希望，有没有机会，跌落谷底的曲线总归会朝上发展。对我而言，事情不会比现在更惨了。你只能像那样痛哭一次，一生就那么一次而已，为了一个男人。我已经都给他了，作为我爱情的见证。

之后我记得自己麻木地坐在床边，一边轻抚着放在腿上的他那件空荡荡的外套，一边从被我泪水浸湿的衣袖中让自己重新振作起来。那晚他装在衣兜里的东西分别放在几个牛皮信封里，就系在那件外套的扣眼上。我拆开信封，把里面的东西倒了出来。一个信封里装着他随身携带的钱、手表、钥匙扣，甚至还有他的印章戒指。此外一些不太值钱的东西装在另一个信封里，里面有支自动铅笔（他总是忘记装铅芯）、一两封商业信函、一张写着中国字的洗衣票，这意味着他的衬衣还在某个地方等他去取，可他如今再也不需要它们了。

一件件物品出现在我眼前，仿佛是那种司空见惯、却令人心酸不已的念珠一般。

此外还有个皱巴巴的香烟盒，里面只剩下两根香烟。他被捕那晚这些烟肯定还在里面。看呐，他们是多么正直啊，那群警察！连判刑之人最后的两根香烟都不肯碰，可却因为他没有做过的事情，要把他送去——

两张写着幸运数字的票根，那是上周我们一起去看演出时留下的。你知道的，就是那种把抽奖的部分撕下来，进门的时候放进一个盒子里。周四后的一个星期，如果碰巧抽中那个特殊的数字——那天他回来后对我说的话再次在耳旁回响："我从来都没中过奖哩，运气实在太差了！"在其他事情上他运气更差，这可怜的孩子。

信封已然空空如也。那些令人伤心不已的东西全都摆在我的腿上。不，等一下——还有一样东西。我抖动信封的时候，它滑落下来。

无关紧要的东西，毫无用处。一盒火柴而已，就连这个他们也都尽职尽责地还给我了。每一样东西，他们所看到的每一样东西，除了他，全都还给我了。

而且，那是她的东西，一看到它绿松石色的外壳，还有那个无处不在的双"M"标志，我就认出来了。一个"M"叠加在另一个之上，看起来就像双边儿的"M"样字母。

时至今日，那种刺痛多少已经模糊，看到这个火柴盒，我还是禁不住感到心绪不宁。一定是他上次在那里的时候，拿起火柴用过之后，没放回原处，而是心不在焉地装进自己衣兜里了。每个人都有可能这么做。现在它就在我掌心，还留着她那可悲且短暂的魅力。火柴盒很好地表达了这点。她认为雅致生活的精髓在于将自己姓名的首字母缩写印在一切东西之上——火柴盒上、高脚杯上，我猜可能还有她的内衣上。我并不恨她。今晚，我发觉自己从来没有恨过她。事发那天有一两个小时，我吓坏了，这之后我对她只是感到遗憾。不过，把装着那一两根火柴的盒子撕碎，尽管还能看到那个破损的记号，却还是令我感到一种特别而讽刺的满足感。"哧啦"——划亮火柴，火光稍纵即逝，如同她的生命一样。然后她就这样永远地离开了——"噗"的一声，掉在地板上，就像这样被人丢弃。

突然有件小事浮现在我脑海之中，也不知道它是从哪里、又是如何冒出来的。我又仔细想了想，这个念头变得越来越强烈，直到其他一切事情在它面前都显得微不足道。之前我在那个地方见过这种火柴盒外壳，它就被塞在门缝里，防止门闩完全关住。我当初站在那里找机会溜出去的时候发现了它。我把它捡了起来，展开看了看，又扔了回去。蓝色外壳上也有个"M"，跟这个很像。

但这个念头变得越来越强烈——它跟这个又不完全一样。

它是蓝色的，而不是绿松石色，要比绿松石色更深、更暗一些。而那个"M"符号也不是叠加在一起的，而是单独的一个。

她既然不厌其烦选择了这种姓名首字母组合的游戏——尽管这十分幼稚——然后把这个标识散落在目力所及的一切物品之上，那若是她想做些改变，为何它只出现在一个东西上？多少还是有些突兀啊！这可不是她的性格。对她而言，这种姓名首字母组合在一起的标记相当时髦，一旦没让它原原本本地出现在所有的东西上，那就意味着一种瑕疵。

再说，我手里这个外壳就很好地印证了这一点。她在自己的火柴盒上，以及其他一切地方都印上了这个标志。因此，我所见到的那个外壳并不是她的。

那个大写的首字母是别人的，这就意味着某个人的姓氏也是以"M"开头，而就是这个人杀死了她。

总共有三个巧合让我直到现在才弄明白这一点。二者的名字——她和凶手的姓氏都是以同样的字母开头。关于这一点，虽然柯克的姓氏也是以"M"开头，但他绝对不会将自己姓名的首字母印在火柴盒或其他什么东西上。他一定会嘲笑这种想法，它也确实十分可笑。其二，这个人似乎和她有着类似的愚蠢嗜好，把私人物品都印上自己姓氏的首字母。其三，那片硬纸壳虽然和她所钟爱的色调稍有不同，但恰好也是蓝色的。

那天我被自己的发现吓坏了，震惊之余，精神过度紧张，以至于根本没有注意到这些矛盾的地方。

时至今日我这才想明白。某个姓氏为"M"的人那天去见她，察觉到某些令他恼羞成怒的事情，然后把门做了些手脚，好趁她不备时重返她家，当他——

噢，如果我能得知她所认识的人里面，谁的姓氏是以"M"开头的话——诶，等等，不是有本电话簿吗？当天我慌里慌张离开的时候，最后一刻把它塞进手提包带回家了，那上面不就是按姓氏的字母顺序排列的吗？从那之后我再也没想起过这件事儿，也没再看到它。不过既然我当时把它带走了，它肯定就在家里的什么地方。

我拿出手提包，里里外外仔细摸索，不肯放过任何一个夹缝。女人总是会在特定的时间里，无法十分肯定自己手提包里都装着些什么。总有些东西会被忽略，被放置在错误的地方，藏匿在无数隔层和拉链后面。

这只包也一样，不过并不是我要找的那个。可我十分肯定我当时的确把它带走了，甚至还清楚地记得它的封皮是绿松石色的软皮，页边空白处呈阶梯状，也记得火柴盒外壳上那个单独的"M"符号。每个地方都被我翻遍了，就差把手提包的内衬撕开检查了。我沮丧地坐在那里，任由它挂在我的膝盖上。

我突然想起来那天为了给她留下某种深刻的印象，我精心准备了一番。当时我肯定背着另一个特别的、做工考究的皮包。我甚至忘了自己还有这样一个皮包，从那件事之后，我再也没用过它了。那是最后一次衣着、配饰对我而言多少还有些意义。而在那之后，生活只是满足基本需求而已。

于是我把那个包找出来打开。刚开始手指碰触到一面小镜子，褪下镜子的保护套，突然一抹绿松石色从镜子里一闪而过，仿佛是皮包黑色内衬的一块补丁一般。

我用颤抖的手指翻开通讯录中"M"那一页，心想："就是这本通讯录中的某个人杀了她。他的名字就在这里,就在我翻开的这一页。它正在我眼前,注视着我,而我也凝视着它,却无从知晓是其中的哪一个。"

姓氏	住所	电话
马蒂	科勒森特	6—4824
莫当特	阿特沃特	8—7457
梅森	巴特菲尔德	9—8019
麦基	哥伦布	4—0011

"我正盯着它呢,"这种想法再次出现在我脑海,"可我不知道是哪一个。"

但我会把它找出来的。

我甚至不知道他的姓氏、警衔,或是他分管哪片辖区。要是还有其他人和他同一个姓氏的话,我很可能就会找错人。事实上,我对他一无所知。只是觉得那晚他们把柯克带回家的时候,他没那么不留情面,更有人情味一点儿。而我又必须找个人商量,我自己实在无法独自处理这些事情。

所以我徒步来到离那个女人家最近的警局找他:"这里有位姓弗勒德的警官吗?"

"你是要找凶案组的韦斯利·弗勒德吗?"

"我——我想应该是的。"

"你的名字是？"

"就说是个年轻的女士找他。"

他们带我来到后面的一个房间，他就在那里。确实是他。我看得出来，一开始他并没认出我来，之后才想起来我是谁。"你是默里的太太，没错吧！"

我黯然答是。

他暗自把我上下打量一番，我猜他是在观察我是如何面对并承受这一切的。他的眼中闪过一丝同情的意味，我猜他并没有意识到这点。我并不需要同情，我需要的是建议和指导。

我把在默瑟家的发现对他和盘托出，还说了我对此的猜测和计划。

他坐在那里，聚精会神地听我讲完，表情严肃认真。这个判断应该没错，但我最后还是问道："你还是不相信我那天的确出现在那里了吧？"

"你很可能在那里——"

"喏，这是那本通讯录。瞧，就在这里，她的通讯录。"

他随手翻了翻，手指在上面轻敲了好几下后，把它递还给我。他的态度很明确：这件事儿已经了结，无法改变了。至于我究竟有没有去那个地方根本无关紧要，而且一开始他就认定我根本没去过她家。已经结案了。

起初他试图说服我放弃这件案子。"瞧，从你的角度出发，即使默里——也就是你的丈夫——真的无罪，真凶还逍遥法外，他会是谁？你所有的推论仅仅是建立在你所发现的这本通讯录和那片火柴盒外壳之上，难道你不担心从一开始这个前提就是错误的吗？再说并没有明文规定要求她把每个认识的人的名字都记录在通讯簿上。反过来也说得通啊，那些她最了解、熟悉的人的名字可能根本就不会出现在那里。她实在太熟悉他们的电话号码了，倒背如流，也就没必要把它们都写在电话簿上了，反而是那些不太熟悉的人的电话才会被记录下来。"

柯克的名字浮现在我的脑海。她甚至想色诱柯克和她一起远走高飞。如此说来她和柯克应该算很熟悉了吧，但是他的名字还是出现在那本通讯簿里。不过我并没有告诉他我的想法，毕竟旧日的伤口依然会痛。

"之前也有过一些案子，你知道的，"他继续说道，"凶手根本就没有电话。我想跟你说的是，你并不能肯定——"

"可没什么事儿永远都是千真万确的啊。肯定是你们这些警察抓错了人。"

弗勒德轻蔑地眨了眨眼，说道："哎，你只会给自己招来不必要的麻烦，你太过善良啦，默里夫人。别费劲儿了，你和她可不是一类人。那些男人啊，就算只剩下一半，你也应对不来。"

"那我只能多下些功夫了。"

或许是我的表情泄露了我的决心，又或许是他觉得自己这么做是在打击，甚至剥夺我最后的寄托，抑或是他觉得不管怎样，与其让我坐在那儿扳着手指数日子，将脑海中日历上的日子一天一天地划掉，直到那个红色日期的到来，也就是五月十六日那一周的某一天，倒不如开始追查真凶，虽然毫无希望，注定会失败，但总比什么都不做强。

我觉得他的态度突然扭转了，没什么明显的原因，也不是因为我的某句话说服了他。"那就试试吧，不管怎么说，"他对我的计划表示赞同，"先这么干吧。"

不论弗勒德祝福与否，我早就打定主意会试一试。不过我的确需要什么人支持我，即便这么做意味着推翻他自己经手的案子。

"他们会不会——你认为在庭审过程中，我被认出来了吗？"

"嗯，一开始我也没认出你，我可是接受过记住人脸的训练的。再说大多时候你都坐在后面，也没出庭作证。稍做伪装，应该不太会被人认出来。"

"那么现在，我需要什么样的证据才会有帮助呢？文字记录的东西？还是谈话的时候出现的纰漏就可以了？从警察的角度看，有什么特殊的要求吗？"

"像这样的案子里，不会有文字证据的，"他试着让我明白，"谁会把真凶的名字白纸黑字地写下来，像银行结账单一样？你要是发现任何线索，就来找我，哪怕只是些闲言碎语。这对警方而言就足够了，我们会判断这里面有没有什么线索可以转化为书面证据，这就是我们的活儿啦。"

弗勒德送我到门口，说："去吧，祝你好运。咱们保持联系，我就在这里，有需要随时来找我。"但最后大概是出于纯粹的好心，他还是忍不住说道，"答应我，对这件事儿不要太过纠结。如果事情并未按你所预想的发展，也不要对自己太过苛责。"

我很清楚他根本没有真心相信柯克是无辜的，也不真正期待我会有所发现，因为他深信那些应该被发现的早都清清楚楚。对我的同情似乎是他支持我这么做的唯一原因。与其坐在那里等着电闸被拉下来，倒不如去寻找真相，哪怕只是镜中花、水中月，也会让我好过一些。

刚和他分别我就明白这点了，我能读懂他的表情和心思。

"我要证明给他看，"我暗自发誓，"我会证明给所有人看。"

"我整晚没睡，一直用肥皂润滑手指，"我对当铺老板说道，"它就卡在关节这里，怎么也脱不下来了。"

他用手也试了几次，说："看样子只能用锉刀割开了。"

"我知道，但是我不想用锉刀伤了这枚戒指。你手头有没有钳子，或是其他什么工具，能把它弄下来？多疼我都能忍受，只要把它弄下来就行。"

"让我看看还有什么好办法。"他说。不一会儿，他回来了，在我的手指上滴了一两滴油后，用钳子紧紧地夹住它，再用自己的胳膊压住我的胳膊，把戒指使劲儿往下拽。

终于成功了。它落到地上滚远了，穿过典当行，老板不得不撵了过去。

我手指原先戴戒指的地方留下了一个粉色的圆环印记，直到现在一想起那一幕，我还觉得十分好笑，却又有些刺痛。从十七岁那年起，这还是我第一次脱下它。

当铺老板把戒指打磨好后，又仔细检查了一番，开口道："你打算立即就卖掉，还是只是抵押？"

"还是抵押吧，我——我改天还要把它赎回来。"

"五美元。"他说。

"可它是纯金的，它——"

"我知道，但一枚结婚戒指能含多少金子？百分之七十五而已。倒不是因为这枚戒指，而是因为你这颗千金难买的心，我才同意抵押的。"

我伸出手，说："在你收回去之前，让我再看看这枚戒指吧。"我斜拿着戒指，好看清楚戒指内圈上刻的字：

K.M.— A.F.1937

一开始，我妹夫假装没有听出我的声音来。好吧，也许他的确没听出来。他们搬到特伦顿后，我已经有三年多没见过他们了。

我开口:"我是艾伯塔,从市里打过来的。"

他的声音一沉,变得谨慎起来。"噢,呃——是的,"他说,"艾伯塔,过得好吗?我们收到你的信了,嗯——正打算回信给你。你知道的,我们家的条件——房子很小,再说还有孩子们,我还没——"

"你误会我了。我不是想搬过去。我信里写得很清楚,不需要为我做什么,我会照顾好自己的。我只是想请你们借我一点钱,我会付利息的。借的钱一定会还你的,一分不少。"

"是为了——?你还在想办法帮他?"他的语气微妙,只有亲耳听到,才能体会到这一点。

"罗丝在家吗?让我跟她说几句。"反正我从来都不喜欢他。

"她啊——呃——刚刚出门去买东西了。"这个时机显然有问题,他的答复结结巴巴,就好像正扭头和谁商量一样。仿佛恰好我也在现场,清楚看到那些手势——询问的手势以及拒绝的手势。

我的亲妹妹。不,因为我现在是遭唾弃之人的太太,与我的交往也许会有损他们家的名声。他们要考虑孩子们、朋友们以及他们自己的社会地位。

"好吧,哈维,没关系的。那我先挂了。"

"电话费由我们支付吧。"他的语气高傲。

我确实迫切地需要钱,哪怕是电话费这么一丁点儿钱。我知道这么做很傻,也并非出于骄傲或是怒气,而是源于一个有血有肉之人的冲动。现在，我绝不会接受他的这点小恩小惠。

"不用了，"我冷静且强硬地说，"单单为了这次谈话经历，这电话打得也值了。"

挂了电话后，我再也没见过他们中的任何一个，没说过话，也没收到他们的来信，亦不曾想起他们。

"马蒂在吗？"

　　我百思不得其解，为什么这个名字被她勾掉了。一整页上只有这一个名字被勾掉。我注意到通讯簿其他地方也有电话号码被划掉，但会在旁边写上新的电话号码——这点很好理解，地址变了。但是没有一个人的姓名或是电话号码像这个一样被全部划掉。不管搬到什么地方，就算电话号码会相应改变，名字却不会变，依旧会被保留下来。

　　那么，这是怎么回事？

　　有可能是过世了吧，我琢磨。一想到自己是在追踪一个死人，我不寒而栗。又或许是他们一刀两断了。希望不外乎这两种情况，但有一件事情是肯定的：那一条勾画的横线意有所指，出于某种原因，而非想当然地出现在那里。

傍晚的天空透着瓷瓶般的蓝色，这一刻指针指向五点半，终于到了约定的时间。我花了几个小时为此刻而准备，但所有的准备工作都是肉眼无法看到的，没有留下任何外在的痕迹。可能我会被误认为是在沉默地思考，或是漫不经心地遐想。但无论如何，这些想法在我内心深处激荡，十分活跃。

最后，随着那个时刻越来越近，我一步步地逼近它——我是指电话。我在它前面徘徊不前，嘴里不停念叨，像是在默念功课，要么抬头看着天花板，要么席地而坐；往前踱几步，又折返回来，如此这般反反复复，口中念念有词。

"如果电话那头声音很年轻，朝气蓬勃，嗓门洪亮，那我的开场白就这么说：'你可能不认识我，但我觉得和你早就相识啦。我听说过你的很多事儿呢。'接着就从那里继续说下去。关键是要卖弄风情，言语要轻浮。

"如果对方的声音干巴巴的，疲惫不堪，开场白就这么说：'我这儿有些信息，可能你会感兴趣。'关键是在言辞间暗示和金钱或是个人利益相关。

"如果对方声音爽快，一副公事公办的口吻，不掺杂个人情绪，那么最好的方式则是要避免遮遮掩掩或是含沙射影，而是以同样直接、不含个人情绪的方式回应：'我是某某某，我想占用您一点

儿时间，和您单独谈谈。'

"如果无法通过声音判断对方的品性，不属于之前总结的任何情况，那么第三种直接、公事公办的方式依然是最佳方案。"

我把这些铭记于心，不再来回踱步。

我在电话机前坐了下来，打起精神，两只手僵硬地扶在放置电话的小桌子两侧。

每次这样做的时候，我都会想起他。"亲爱的，祝我好运。成败在此一举。"我深吸一口气做好准备。电话拨盘在指尖下震颤，我的舌头也随之发抖。"如果电话那头声音听起来年轻洪亮——如果声音干涩冷淡——如果一副公事公办的口吻——"

"您好。"单凭这句，听不出任何讯息来。

"马蒂在吗？"

"哪位马蒂？"

"就是马蒂啊。"

"您好歹要告诉我他的姓氏啊。"

我知道自己会碰到这种情况，一直就担心这一点，我也没办法告诉对方那个人的姓氏。

我用提前准备好的问题沉着地回避了他的问题，道："请问，您是哪一位？"

"这里是圣·奥尔本斯酒店前台。"

"噢——"之前所有的排练都白费了。"呃，我实在无法告诉你他的姓氏，只知道他叫马蒂。我正在寻找这个人。你能不能帮帮我？方不方便告诉我，一位名叫马蒂的客人是否在此登记过？"

"我也不知道该怎样帮助您。"电话那头的语气有些不耐烦。

在这件事情上，从头到尾，我都不接受任何挫败感。我早就料到事情会演变成这样，也早早下定决心，绝不被推诿、怠慢或是拒绝所击败。或者说，它们不具备阻止我的力量。

"我实在不知道该怎么帮您，我现在还有事情要忙。"

我努力让自己的声音听上去亲切并合理。"这对我真的很重要，可不是什么琐碎的小事，我有要紧的事情找他。如果我不占用你通电话的时间，亲自到你那里的话，你能否帮我查查这个人呢？"

这次他语气稍有缓和，道："您要是到我们酒店的话，我可以找人帮您查查登记簿。"

酒店看上去富丽堂皇，舒适宜人，是一间公寓式酒店。从建筑外观来看，它大概属于超现代风格，淋漓尽致地体现出一种实实在在的中产阶级富足。这点很可能会对我有利。一走进酒店，我便立刻意识到这点。这种类型的酒店并不受临时住客的欢迎。人员流动远比普通的商业酒店小。大堂经理私底下很容易就记住这里的常客，即使他们离开了，也很容易被回忆起来。

他们对我彬彬有礼。直接造访显然有助于提高我的社会地位。经理助理亲自出面接待我："不好意思，您是——"

"我是弗伦奇小姐。"

"抱歉,弗伦奇小姐。想必前台已经告诉您了,目前在我们这里登记的人里面,没有一位名叫'马蒂'或'马丁'的客人。我已经叫人帮您查阅登记簿了。您确定就只能提供这些信息了吗?"

"恐怕就只有这些了。"

"您能说说他大致的长相吗?"

"不太清楚。"我必须承认这点,"是这样的,我并不认识这个人,但我必须联系到他,情况紧急。现在我仅有的线索就是他的名字和地址。"至少,我的真诚给他留下了深刻的印象。我能感受到这点。

"很遗憾,我确实非常乐意帮助您。"他摸了摸自己光洁的面颊,又说道,"但不知道还能做些什么。"

我知道的。我毫不犹豫地开口建议道:"我不想欺骗你,但如果我在外面等候,不知你能否找人翻阅之前的登记簿——只需要之前一小段时间的就行——看看是否有这么个人曾经来过这里?"

"这样啊——"他说,"这样的话——请稍等。"

他留我一人坐在外面等,自己进去叫人帮我查。我知道自己至少在这点上取得了胜利。

这需要一些时间。我坐在那里,试图通过其他入住的常客,拼凑出这位神秘"马蒂"的尊容。不,我知道的,并不能因为他曾经住在这里就想当然地认为他和这里其他的住户有某些相似之处。也许他属于另一类人,只是恰巧暂时居住在同一栋建筑里。但俗话说"物以类聚，人以群分"，还是有一定道理的。我觉得他不会随意选择这里作为临时居所，一定和我瞥见的这群人——从电梯里出来走向大街，或是反过来从大街走进电梯里的人，又或者停下来和前台的熟人闲聊几句的这群人——有某些共通之处。

那么，他也许会是这样的：已经过了二十岁的经济窘迫期，如今三十出头，生活安逸。至于钱，如果需要挣钱的话，也已经赚够了。不是那种断断续续地挣钱，而是说赚钱的门路已经成形，按其自身运营模式运转，将个人从早期的负担和压力中解脱出来。他可能是个乐天派，扬扬得意，还有些独断专行（他有资格这样）。他的腰围逐渐增大，但还不必担心会超重；头发也有些稀疏，不过这是他与自己的理发师之间的秘密。他也许还会各处闲逛，叼着一根昂贵的哈瓦那雪茄。随着时间的流逝，他对陌生女性的鉴赏力也逐渐增强。尽管不是以那种令人惊慌失措的公然审视为方式，这些人中还是没有一个人不将我打量一番。

好吧，他可能就是这副模样。可能其中某些人的性格就是他的性格，当然，他肯定还有个人独有的特点。

经理助理再次出现在我面前，手上拿着一张卡片，上面草草地写着几个字，显然是之前他命人从登记簿中查到的信息。

"不知道您要找的人会不会是这其中的一位？"他说，"我让人查了之前整整三个季度的记录。不幸的是——也许我应该说幸运的是——近几年，叫马蒂的客人并不多。之前有位叫马蒂·埃布林的客人曾经住在这里。他搬离后，留下的转寄地址是在克利夫兰。不过那是他之前留下的，我也不知道现在是否还有效。还有一位马蒂·布莱尔，他留给我们的转寄地址是在城里的另一间酒店。"他撇了撇嘴，流露出一种职业性的轻蔑，"塞纳托尔酒店，离市中心很远的地方。"听他的口气，仿佛它是某种污点，短期内就应该被清除掉一样。

我将两人的名字记录下来，跟他道谢后便离开了。

直到我到了那里，这才完全明白他撇嘴的原因。

"不知道他发生了什么事儿？"我思忖，"从圣·奥尔本斯搬到塞纳托尔。"这可不是低了一个档次，而是直线下降。

这里的人并不会观察你，而是几乎用视线剥光你的衣服。他们二十岁左右就开始入不敷出，早些年的压力和危险却如影随形。作为补偿，他们的身材和年轻时一样，并未发福，总体来说，头发浓密。至于头发为什么会这么浓密，我也不知道，无非是他们没钱理发，或者像其他人那样烫发啦，保养啦，所以才没有掉过多的头发。又或许是平静且安逸的生活会衍生衰退腐朽。他们叼着廉价的香烟，四处游荡，带着些许贫乏、贪婪以及狼性本色。

并不是说他们仅仅是彼此的写照，像复写纸一般，你要明白这一点，只不过这个地方弥漫着这样一种普遍的风气。他们比另一群人更加独断专行，但只有一点不同：没人肯听别人在说什么。

工作人员露出严重蛀蚀的门牙，凶巴巴地盯着电灯下的一切。

"马蒂·布莱尔，"他说，"噢，我记得他。"他的眼睛瞥向一边，努着嘴，显然并不愿回忆往事。

"他还在这里吗？"我问道。

"他很早就被赶出去了。我们受够总是要把他撵来撵去的了。"他轻蔑地一笑，"一次还不够，一次又一次地把他赶出去。哪怕是把门上了锁，他还是会偷偷溜进来。终于我们让他死了心。"他做出一副打发人的手势，没有怜悯，也没有同情。

我想究竟是什么会让他如此不顾一切地想要留在这里，每一次，都像那样回到这里。面子，我猜。即使是在这种地方，哪怕是这种破败不堪的体面，也要努力维持。

"那你知不知道他去了哪里？"

他冷漠地瞥了我一眼。"不管他这种人沦落到什么地方，"他说，"总是穷困潦倒，落魄不堪。十有八九混迹在鲍厄里街那里。"

"鲍厄里街？"我无助地问道，"在鲍厄里街怎么才能找到他？"

"一旦沦落到那种地方，"他说，"一般也就不值得再费劲寻找啦。没人在意，那地方就是个活死人墓。"

这些话对我而言简直就像是歌词一般，有太多的东西需要学习。"千万别去那种地方"，大概就是这个意思吧。

"假如的确有事要找他，我该怎么做？"

"那就到那里一家挨一家地找，直到在某个乌烟瘴气的酒吧里发现他为止——要是你还能认出他的话。"

可我连他长什么样子都说不清楚。

"夫人,那您这下可有活儿干了。"得知我不知对方的长相,他对我如是说。他太过市侩,对什么事儿都提不起精神,甚至都无意问我为什么要找这个人,找他又有什么事儿。这一定和他之前听过的那些故事有所不同。对他而言,灯光下并无新事。不知道之后我是否也会变成这样。

"他模样普通,没什么特别之处,这种人大街上随处可见,"他说,"哎呀,这可真是太难了。不过我曾经帮忙把他赶出去过两三次,所以我应该还有点印象——又瘦又高,浅色头发,大概是浅棕色。我就只记得这些了。"

又瘦又高,浅棕色头发。他说得没错,我确实有活儿干了。

他们正在这个地方的各个角落里,从背后观察我的双腿,我能感觉到他们的视线,只想尽快逃离这里。"谢谢。"我说道。

"好运,夫人。"他沉闷地应声道。

灯光下并无新事。我暗自思量,像他这样能知晓人性中不怎么光彩的那一面,想必也十分糟糕吧。

这些都应该属于那种廉价旅馆,我揣摩。虽然它们也被叫作酒店,招牌上写着一晚只需二十五到三十五美分。在这条街两侧,像这样的旅馆还有很多。入口并没有开在街面上,而是需要登上一段楼梯才能到达。狭长而空荡荡的房间里,一群人绝望地坐在那儿,无所事事,要么读读报纸,要么前后来回摇晃身体,最终将自己晃进坟墓。而曾经,他们也是活生生的人。

这并非由于他们的穿着或其他表象,问题出于他们的内在。一个有生气的人或许比他们穿得还要破旧,但他仍然是一个真正活着的人。他们中的某一位哪怕穿得再时髦,恐怕也依然是老样子——一副死气沉沉的模样,灯枯油尽。很多东西就算外表再完好无损,也都已变得了无生气,无法继续发光发热。

街面两侧这样的旅馆数不胜数,从街头到巷尾。不管怎么说,即便是在这暗无边际的世界里,有一件事还要继续下去——睡眠。起初,每每隔夜再次来到这里的时候,我始终搞不清楚前一晚我究竟去了哪一家,这些旅馆几乎长得一模一样。个别旅馆会被重复查访。于是我带了一截粉笔,在每晚去过的最后一间旅馆门口草草打个钩。第二天晚上再去的时候,我就知道自己应该从哪间开始继续寻找——从它隔壁的旅馆开始。

一次、一次、又一次。通往小隔间灯光昏暗的楼梯前放着一块小桌板,被当作柜台。每当他们听到房客拖着疲惫的身体、气喘吁吁地爬楼梯时,总会抬起头一探究竟。未待我张口,就被不可避免地拒之门外:"抱歉,小姐,我们不为女士提供住宿。"

"这个我知道。我是来找人的。马蒂,他的名字叫马蒂。又高又瘦,一头淡棕色头发。他姓布莱尔,马蒂·布莱尔。"

但后来我发现,在这种地方,比起姓氏,通过名字更容易找到他,姓氏在这里并不重要。或许是因为他们对自己的姓氏羞于启齿,又或许是因为他们已经沦落到如今这种境地,也就不再需要姓氏了。他们靠名字熟悉彼此,而更多的时候,则是通过鲍厄里街强加给他们的绰号认识彼此。

老板会翻一翻登记簿,上面的记录往往杂乱无章,用铅笔潦草地登记着住户的信息。有时候他也会问问附近坐着的人:"'肥仔'的名字是不是马蒂?你们有谁知道吗?"

他们会挠挠头,终于有个人接话说:"不——是马文,我之前好像听他说过。不过,他又肥又矮,并不是这位女士要找的人。你不记得他啦?在这儿待过几晚,就在我床铺对面。"

一遍又一遍,如此反复。电车发出"轰隆隆"的噪音,必须等它完全经过之后,别人才能听见你说的话。

"我们不接待女宾客。"

"这个我知道,我是来这儿找人的。马蒂,他叫马蒂。又高又瘦,浅棕色头发。"

再次走下楼梯,来到隔壁旅馆的门口,爬上楼梯。

"不接待女客。我们这儿只有宿舍,你还是下楼看看吧。"

"马蒂,他叫马蒂,浅棕色头发。"

走下楼梯,置身于下一家旅馆门前,再次爬上楼梯。

"马蒂,浅棕色头发——"

在窗户旁读报的人抬起头,笑着说道:"哈格蒂,我知道她要找的人是谁,是'心碎儿'。就是那个每天和一个不存在的女人说话的家伙。"

我停下脚步，退回一两步。

柜台后面的人看了看周围，冲着通常被称为"阅览室"的窗边的人们问道："谁知道他姓啥啊？"

"叫布莱克还是布莱尔的，类似这种，我记得他之前好像跟谁提过。"

"布莱尔，"我点头道，"就是布莱尔。"

他慢吞吞地走了过来，不过并未直接向我提供帮助，而是通过旅店的人，唯恐亲自和我说话。"我知道在哪儿最有可能找到他。就在下面的'丹家'，离这儿不远。"

这一次，伙计定睛看着我说："小姐，那种地方，我看您还是别去了，我找个人把他带到这儿来吧。"

"不用了，没关系的，我还是自己去吧。"

此前我从没有去过鲍厄里街上的酒馆。之前曾听人提起过"底层"这个词儿，也不记得是在哪儿听到的。反正我记得曾经听到过一次，而如今我却要亲眼看到。坟墓的这一边，乃一切的深渊之所在。除了跨越死亡的河流外，深渊之下，别无他物。这些人不再是活着的人，他们只是魅影。

比他们本身更令人感到悲哀的、更意味深长的是，我踏入酒馆后随之而来的寂静。一种压抑的窒息感。在这之后，我还去过很多地方，但再也没有遇到过与此一模一样的情形。通常，有位女士突然走进酒吧，男人们也会变得沉默不语，但这和那种情形完全不同。这种沉默并非出于钦佩甚至是贪婪。连我自己都不知该如何表述。那是每个男人对其生命中曾经出现过的某个人的追忆，某个像我这样的人，时间久远，遥不可及。这些回忆再次变得暗淡，永远消失之前，却再度浮上心头，即使只有一瞬间而已。当我与他们擦身而过时，生命最后的一抹晚霞掠过这些亡魂般的面孔。

我径直走到酒保跟前，问道："这里有没有个叫'心碎儿'的人？我正在找一个叫'心碎儿'的人。"

他嘴巴吃惊地张开，正在擦拭东西的手也停了下来，盯着我，看了又看，好像永远也看不透我一样。起初我并不理解。他只是在那里工作，为这些亡魂服务，并不属于他们这群人，不应该给人那样的感觉。

"'心碎儿'？"他半信半疑地问道。

"是的，就是'心碎儿'。"

他喃喃低语，像是在说："还真的有，居然——"

然后我多少明白了。刚才在旅馆他们说什么来着？他总是念叨一个不存在的女人，还和她聊天。他们根本不相信有这么一个女人。现在，在看到我之后，他们以为我就是那个女人，认为我就是他梦中的那个女人，现在来鲍厄里街找他，带他离开，给予他新的生命。

他们搞错了，我并不是她，但我知道他们口中的那个女人指的是谁。

终于他指着酒馆一角，开口说道："他在那里，比较靠后的位置。就贴着后墙那儿，看见他了吗？"

我看到有个脑袋埋在厚木板桌子中间，一条手臂半搭在桌子上，另一条手臂毫无生气地垂在地上。桌上还摆着两个空酒杯，一个在他面前，另一个放在他旁边的椅子前，但椅子上空无一人。

我迟疑地问酒保："你觉得我能——？要是客人醉成这样，你是怎么让他们清醒的？"

"需要我过去帮您把他弄醒吗？"

"不必了，我——我看看自己有什么能做的吧。不要让其他人靠近那张桌子。"我在包里摸索，掏出一枚硬币递给他。

"小姐，您想喝点什么？"

"什么都不需要。这钱只是用来和他单独坐一会儿而已。"

我朝他走了过去，但凡所经之处，寂静如影随形，仿佛一叶扁舟划过水面产生的波纹一般。挡住我去路的人们看到我走过来，全都自动侧身，待我经过后，又重新聚拢起来。很可能这里的每个脑袋都转向了我。我不想弄清楚，也不关心。我走到他身边，站在那里低头看着他，有些茫然。我甚至还不确定他就是我要找的人，一切或许只是自己莫须有的猜测而已。

我小心翼翼地侧过身子，坐在他旁边的椅子上。他一动不动，你根本听不到他的呼吸声，甚至无法确定他是否还活着。

终于我碰了碰他的肩头,等了一会儿。

毫无用处。

我又拍了拍他的肩膀,稍微用了点儿力。

毫无用处。

我试着推了推他。

仍旧毫无用处。他原本半搭在桌子上的手臂这下悬在半空,手心朝外,仅此而已。

这时,酒保不请自来,手里还拿着一杯凉水。他刚才准是一直瞧着这边的动静。

"您起来站在一旁,小心水溅到身上。"他建议道。酒保将他破旧的衣领向外拉了一点,然后熟练地把水倒在他颈背处。水流如同一条不间断的细线,顺着颈背流了下去,仿佛是用针状的东西刺穿不省人事之人的层层包裹。

终于他稍微动了动,咕哝着,脑袋不情愿地扭了扭。贴着桌子呼出一口气,生气地哼了一声。

酒保揪着他的头发迫使他抬起头,保持这个姿势,倚在他脑袋前说:"'心碎儿',睁开眼睛。有人找你。这位女士有话跟你说。"

他的眼睛像是两条犁沟一般深深地嵌在脸上。

酒保紧紧地揪住他的头发,把他的脑袋交给身后站着的那个打着哈欠的人,说:"来,像这样拎着他,我马上就过来。"他回到吧台拿了些什么东西。

那个男人把他的脑袋提在半空中，但双眼一直像猫头鹰一般严肃地盯着我看，没有望着他的病人。

"我自己经常也是这副德行。"他迟疑地说道。我感觉说话的内容根本不重要，他所在意的只是自己能否和我搭话的经历。他想把这些保存起来，就像是某些人收集各种各样的瓶盖儿一样。于其他人而言并不觉得有价值的东西，对于他们而言，却会填补其一无所有的空虚感。

酒保这次回来时，手里拿着一个平底玻璃杯，里面装着些浑浊的液体。可能是氨水，我也说不清。

"'心碎儿'，这酒是你的。请你喝的。"

他的眼睑动了动，努力想要睁开，可惜只是白费力气，不过他至少在拼命尝试着睁开眼睛。我在心里默想："这个人还不如死了算了。为什么我们觉得死亡是残忍的？活着本身才是。死亡是自然赋予人类最伟大的礼物，动物就不会遇到这些事情。"

显然，酒保把杯子里的东西灌进了他的嘴里。我看不清——他的后背恰好横在我们中间，但是杯子空了。

酒保拎着他的脑袋又等了一会儿，然后松开了手。他的头摇摇晃晃，终于没再垂下去。

酒保离开之前对站在我们身后的那群看客说道："大家伙都回去继续喝酒吧。不许任何人靠近这张桌子，明白吗？这位女士要坐在这里。"继而又对我说："我会留意这里。要是有人敢围着你，或是碰你，喊我就是了。"

"谢谢你。"我回答道。

我悄无声息地坐在他旁边的椅子上，他虽然抬着头，但双目紧闭，整个地方以及周围人的面孔逐渐消逝，嘈杂声连同香烟味也没那么清晰了，只剩下我们两个——我自己和那个被人从电话簿中勾掉的人——并非从那个平庸廉价的女人的名册中被删除，而是他心目中那个天使的记录名册中。那本命运之书。

我等待着，期待他能看到我就坐在他身边。我希望他能主动做出反应，而非被迫为之。可他却直勾勾地盯着自己的正前方，在我看来空无一物，却有着他日日夜夜所能看到的一切。我想知道他究竟能看到什么？谋杀吗？

是她把他变成这副德行的，一定是她，毋庸置疑。重点是，她做这一切是在活着的时候，还是死了以后呢？哪个在前呢？堕落还是谋杀？应该是他的堕落，我几乎可以确定这点。她才死了几个月。可是他在一两年前就离开了圣·奥尔本斯酒店，开始走下坡路。之后甚至又从其他地方被人赶了出去，在这一切发生之前，塞纳托尔是他坠落深渊前的最后一步。那么，也许，他再次回到那个地方，找到她之后，对她曾经对自己的所作所为展开报复？这个推断也合情合理。

他微微动了动，我注意到他正盯着自己的双脚周围看。在这个肮脏不堪、整日被人们践踏、吐满浓痰的地板上寻找什么东西。

过了一会儿我才想到他究竟是在找什么。我打开皮包，拿出为自己准备的香烟，抽出一支递给他，作为我首次沉默的序曲。

他的双眼突然停止搜寻，发现我的高跟鞋，还有包裹在棕褐色丝袜里的脚踝都毫无预警地出现在他旁边的地板上。

我观察着他的一举一动，屏住呼吸，一动不动。他目不转睛，双眼蒙上一层痛苦的神色，然后把头扭向墙那边，但一直保持着刚才那样弓着腰的姿势不变。梦虽早已消散，却无数次地愚弄着他，以至于他现在竟不敢相信眼前的一切。

然后他又转过头来，看看地板上的幻象是否还在那儿。不是幻觉。他努力克制自己不要抬头望向那张脸，我甚至能看到他脖子一侧的青筋都暴了出来，因为他很清楚自己是看不到那张脸的。他害怕抬起头，一只手颤抖地挡住前额，咕哝道："要是我抬起头，你就会消失不见的。"

我伸出拿着香烟的手，沿着桌子的边缘递给他。这一动作成功吸引了他的目光，他终于看见了。他又紧闭双眼等待一切消失不见，然后才睁开眼睛，看到手还在那里。

"噢，米娅，不要这样，"他乞求道，"不要这样跟我开玩笑！"他双手罩在眼睛上，试图将这一切幻影拭去。

就这样他终于说出了她的名字，我知道，如果不考虑其他，自己对"马蒂"的追寻已经结束了。

仿佛正面对一个孩子，或是在劝解某个生命垂危之人不要惧怕，重拾信心，我柔声安慰道："是的，我就在这儿，真真切切，的确就在这里。"

我猜是我的声音让他清醒过来。他茫然地转过头，我们彼此盯着对方看了好一会儿。流浪汉和寡妇。

他迟疑地朝我伸出手来，仍然有些害怕，并没有触碰到我。

"你就是马蒂吧？马蒂·布莱尔。"

他略显吃惊地回忆起来，我想他已经太久没听过别人这么称呼自己了。他这才想起来这原是他的名字，或者说是曾经属于自己的名字。

"来，抽支烟吧。"我安慰道，甚至把香烟直接递到他嘴边，帮他点上。他好像过于迷乱，甚至无法行动，只是不可思议地盯着我看。

终于他开口道："可你坐在她的位置上。"他的眼睛一直盯着我面前的桌子上放着的空酒杯。"你做了什么？把她的酒喝了？我每次来都会给她买杯酒，哪怕我没钱给自己买，至少也要给她买一杯。有时候她不想喝，就让我把酒喝掉。"

我不知该如何回答。"马蒂，今晚她不会来这里的。她没办法来了，所以才让我过来。我是米娅的朋友，马蒂，米娅的好朋友。"

我等待着，看看他对这个名字会有什么反应。反应强烈。痛楚令他面色铁青，像是用刀割破了他的脸颊一般。

我给他些许喘息的时间，本想给他再叫一杯酒，但又怕这会让他重新坠入黑暗。终于我张口，尽可能温柔地说道："你常常会想起她，对吧，马蒂？"

他朝我笑了笑，笑容无助又可怜。天啊，这个笑容简直让人不忍直视。那是——我不知该如何形容它。你有没有见过某只蠢兮兮的动物突然冲到马路中央，然后被车撞得血肉模糊？它感觉不到任何疼痛，但还那么拖着已经残废的后肢，龇牙傻笑着，浑身痉挛，直到最终气绝身亡。

我对自己说："他或许就是凶手，很容易就能知道这点。"这一切都隐藏在他刚才的笑容后，那个可怕的笑容。痛楚化为溃烂的爱，他不知道自己做了什么，无法辨别谋杀中的是非曲直。

笑过之后，他才回答我的问题。毫无预警地，仿佛是什么东西在我脸上爆裂，他语调没有丝毫变化，轻声道："我曾经是她的丈夫，她有没有告诉过你？"

尽管这个发现令我震惊不已，但震惊之余，我还是注意到他所使用的词，"曾经"，他是这么说的。

如果面对的是一个正常人的话，我也不会这么小心翼翼。他整个人笼罩在烟雾之中，"嗯，这个我知道。"我谨慎地答道，低头看着桌子，试图减少他的疑虑。"你们之前——办离婚手续了吗？还是其他什么？"

"没有，"他说，"我就这么被扔在脑后了——在她开始有新的朋友和——"

"你最后一次见到她是什么时候？"我依然低着头，指尖沿着想象中脏兮兮的桌子画线，然后又从另一头开始画另一条线。

"我每晚都会见到她。烟雾散去，她就会出现，坐在我旁边，然后我就给她买杯酒。她陪我去过街上的每一家酒馆——"

"嗯，是的，但是你最后一次真正看见她是在什么时候？"我温柔地劝说着，催促他说出来。我微笑着，试图向他表明我并非拒绝接受他口中对她的描述，只不过我想知道得更多一点而已。

我等待着，但他并未回答。

"你之前常上去找她，是吧？就像她也经常到这里陪你，对不对？"为了能戳中他的心，我又说道，"她是这么告诉我的。"

"是啊，"他说，"我常去。去过很多次，但这太痛苦了。所以大多数时候我都不进去，她也不知道。我只是躲在马路对面隐蔽的地方，朝她家窗户张望，不管是下雨还是下雪——"

我一遍又一遍地描绘着那条想象中的线，他双眼注视着我的手，像是被催眠了一般。

"等他们都走了，我才会离开——心里美滋滋的——终于剩下她一个人了。"

"他们？"我小声问道，嘴唇几乎都没动。

"不管是谁。我也看不清究竟是谁，离得有点远。但灯一灭，不一会儿就有人从门廊走出来，我就知道他离开了。"

"然后你就心满意足地走了？"

"是啊，我又重新得到她了。"

他不说话了。我继续描绘着那条线，仿佛慢慢将他心中的隐秘画了出来。"只是大多数时候，"他突然开口继续说道，"他们不会出来，我就必须先离开，免得被警察赶走。那太难受了。"他按住心口，"不过香烟能让我好受一点。"

"或许谋杀也能。"我思忖着。

我不能和他继续在这里聊下去了。这地方对他而言还记忆犹新。我已经有了一个良好的开端。但我还必须让他重新回到我的掌控之下，让我更好地观察他的反应。

于是，我说道："马蒂，我想为你做点儿什么。今晚你想不想睡在床上，而不是门廊或是椅子上？"

他看着我，毫无掩饰，怅然若失地说道："有些人也可以睡在床上的，对吧？"

"当然可以，今晚，你愿意吗？马蒂？如果我安排你睡在床上，在一间完全属于你自己的房间里，你能不能答应我不要再喝酒了——直到明天早上我来找你？"

他尚可自己走，不需外人搀扶，步履并没有明显的蹒跚。他已经学会如何在酒醉后行走，熟能生巧。他的双脚紧贴地面，几乎不抬起脚，这样就能保证稳稳地走直线。他仿佛是个羞愧的罪人，脑袋和双肩向前弓着，就那样拖着双脚走在前面。

我拉着他的胳膊。我们双双离开那个地方的画面一定十分怪异。一个女人和一个已死之人。

往酒馆外走的时候，我问酒保："我想带他去个地方睡觉——他要待到明天早上。"

至少，他并没有误解我，但凡是看到我们两个肩并肩站在一起出现在这里，又有谁不会误会呢？

"到康美思旅馆试试，就在布鲁姆街那里。"他说着，给酒杯里倒了一点啤酒，又往酒里加了点儿东西。动作太快了，我也没看清是什么东西。他暗暗摇晃酒杯，发出"咻咻咻"的气泡声。"先把这个给他喝了。"

我们来到布鲁姆街的那个地方，我付了一美元开了间房，然后和他走楼梯来到房间门口。我让他把衣服脱了，好好睡一觉，然后在走廊里等了一会儿。接着我让服务生悄悄进去，把他的鞋子拿给我。鞋子被踩得不成形状，几乎无从辨认。我叫他把鞋子拿下楼，用纸包好后先由他暂时保管。不论发生什么都不要把鞋子给他，哪怕在我来之前他要鞋子也不行。

"明天我来这儿时一定要看到他，而且他身上不能有酒味。"

"这点我也不敢保证，"柜台后面的人迟疑地说道，"我曾见过他们中的一些人，就算光着脚也没办法阻止他们去找酒喝。"

"那么，如果他要离开的话就告诉他房费还没付，让他等我来把他担保出去。不管你们怎么做，反正必须让他留在这里。"

我重新回到住所，回到另一个世界。我躺在那里，一夜无眠，思考整件事，思来想去，反反复复。

会是他干的吗？不是他吗？他之前那个可怕的、露出毒牙的笑容，几乎和我那天在公寓里看到的、她临死前的笑容一模一样。那就是谋杀的烙印或符号吗？从她的脸上转移到他的脸上？不，那都是无稽之谈。

他是她的丈夫。他为她疯狂，开始只是言辞上的疯狂，而现在则是真真正正地疯了。每次他坐下来之前，都会为她拉开椅子，摆上一杯酒。在那个地下世界里，人们叫他"心碎儿"。她却在电话簿里把他的名字划掉了，而他会在外面一直等着她，风雨无阻，观察她家的窗户，在别人走了之后声称又重新得到她。直到有一天，就是那一天——难道他不会想到还有另一种更好的方法能将她永远地据为己有，再也不必监视，再也不会因为他丈夫的头衔争吵不休？

一定是这样的。事实就像是蓝白色晨曦中，我面前伸出的手一般清晰。

"马蒂，我知道你对米娅做了什么。"就像这样，在谈话的过程中突然切入。不，这样不好。他肯定会矢口否认的，毫无疑问他会这么做，哪怕是在这种状态下。我又在期待些什么呢？就算这一切推测都是对的，就算我能一下子就切中要害？只是他脸上一闪而过的惊恐万分、鬼鬼祟祟的表情吗？像这种事情，即使我的猜测是错误的，指控别人的时候，对方脸上大概也会闪过同样的表情吧。不，我必须掌握更多的证据才能去找弗勒德。

我已经找到他的杀人动机了，一个令人信服的、完美的动机。我还知道他在她家窗户外监视她，这么做显然是有罪的，而警察目前并没有发现或怀疑这点。现在我需要做的，我感觉，是要让嫌疑人自己对所犯的罪行感到某种内疚或什么，要掷地有声，言之有理，而不仅仅是一个惊恐万分的表情或结结巴巴地否认。这样的话，我就有足够的理由找警察出面，他们也就可以从这里开始调查了。

突然，就像是昏昏欲睡之前猛然清醒一般，我想到了另一个诱发我所追求的那种反应的方法，比言语陷阱更为可取、更为可靠的方式。由他自己指控或是否认，自然而然，没有逼迫，没有暗示，他绝不会意识到自己都说了些什么。这样一来，他所说的才有效，也就有足够的理由把这些证据交给弗勒德。

我会故意指控其他什么人，看他会做出怎样的反应。

想到这里，我终于合上了双眼，迎着初升的朝阳，眼前是一片胭脂红色。

我拿着包好的鞋子来到客房门口，伸手敲了敲门。没人应答，那一瞬间我内心慌乱不安，唯恐我又一次失去了他。但我记起来窗户外面并没有消防通道，他们是这么跟我说的。我打开门，朝房内张望。

他还在那儿，已经穿好了衣服，神情呆滞，双手垂在两腿之间，顺从地坐在床边。我反手关上门，把鞋子放在他旁边的地板上，然后站在那里盯着他看了一会儿。他也盯着我瞧。

"看样子，昨晚的确有个像你这样的人坐在我旁边和我说话了。"他终于开口说道。

"是的，确实如此。你睡得好吗？"

他扭头看了看床垫，仿佛是在问它而不是自己。"我也不知道，"他茫然地说，"我平时习惯睡在犄角旮旯，比如长条凳。我很怀念它们。"

"你还是把鞋穿上吧。"

他没有问我拿他的鞋子做什么用，好像对此毫无兴趣。"我还以为鞋被我丢在什么地方了。"他满不在乎地说道。

我仔细端详他，这还是我第一次在自然光下打量他的长相。尽管我出现在这里是为了亲手把他送上断头台，但当我终于有机会把他瞧个仔细，我才意识到她对他的影响究竟有多大。和我相比，她已经杀死他千百次了。他之前应该长得不错，从他的头型，尤其是后脑勺的形状、身材的比例、扭头的方式都依稀可见他年轻时英俊的模样。他应该也很聪明，这点从他的眼睛就能看得出来，但不再是从双眼所蕴含的东西，而是从眼睛的颜色、大小和宽度这些外在特征看出的。

好吧，她干得不错，把他彻底毁了。望着他，我禁不住在内心呐喊："世上有千千万万、万万千千温婉娴雅的女人，究竟是怎样邪恶的力量让他选择了她呢？她有什么过人之处呢？难道他就看不清，听不见？"

而答案当然显而易见。他们缘何让我们为之痴迷？我们又缘何让他们着迷？皆是出于我们脑海中的形象。并不是其他人眼中所见的形象，而是浮现在脑海中的幻象。因此，一直以来，直到现在为止，她在他的脑海中仍是如此可爱且阳光，像玫瑰花一般甜蜜，被幸福的光环所笼罩，是女性中的珍宝，那么他又怎么能看到，又怎么能言说，又如何能解脱自己？拥有这样一位甜心儿，又有谁愿意从中解脱出来呢？小心你脑海中的幻象。

终于他系好鞋带，直起腰身。对他来说，这可不是个容易的活儿。鞋面上穿鞋带用的小孔全都变形了，歪在一边，甚至看不见空隙，他不得不把鞋带一头弄湿搓细，穿过每个鞋孔。弄好之后，他这才直起身子，站了起来。

于是我说道："他们会给咱们拿两杯咖啡和一些面包卷。我让他们送过来。"

他将信将疑地揉了下鼻子，咕哝道："咦，您对我真的太好了。"

我这么做是出于一种普遍的、寻常的人道主义精神，让他先这么待一会儿，至少喝点咖啡。我也说不清自己为何会对他如此宽容，也许是为了等他的整个状态稳定下来，好达到自己的目的。

咖啡送来了，我们各自喝着咖啡，并没有交流：他坐在床边，身子深陷在里面，双手握着马克杯，几乎快碰到地面；我站着，把咖啡放在一个废旧的、大概是用来充当办公桌的东西上。

我们俩在一起的画面一定十分诡异，宛如狩猎者和猎物。我们默默地喝着马克杯里令人作呕的东西，彼此的眼神穿过这间布满灰尘、简陋而昏暗的房间打量着对方。他是那个被摧毁了的男人，我是那个神秘莫测的奇怪女人。房间里很安静。我们之间保持着距离，眼神越过厚厚的马克杯，严肃地注视着彼此。这个原本出于礼貌的举动反而促成一种诡异的僵局，双方都按兵不动，等待对方首先打破沉默。当然我指的并非身体上的动作。

他将空的马克杯放在地板上，我把我的杯子放在一旁，咖啡还剩下一大半。我把随身带的香烟递给他，接着回到刚才待着的地方，胳膊肘抵着桌面，说道："你想看报纸吗？之前看过报纸吗？"

他摇了摇头。我不知道他这个举动是否是这两个问题的答案，于是我又重新问了我真正感兴趣的问题："你看过报纸吗？"

"不看，我才不费那个神儿呢。报纸上的东西又不关我什么事儿。"他又看了看我，然后才开口询问，口气消极而冷漠，"你想从我这儿得到什么？"

"我认识米娅，你知道吧。"

他露出一副惊恐万分的表情，赶紧把头转向一边。或许那的确是一副惊恐万分的表情，我也说不清。

他并没有接我的话，所以我必须继续说下去。

"她对我来说很重要。我想也许我可以为你做点什么。"

"做什么呢?"他呆呆地问道,没有丝毫挑衅的意味。

我不动声色地侧了侧身子,好从那面脏兮兮的镜子里观察他的表情,这样就算他看着我,也不会察觉到我其实正在观察他。

"我最后一次见到她——噢,是在三四周前——她让我——"

他面色一僵,流露出一种近似残酷的表情,尤其是在嘴巴周围。"她已经死了。"他说。

我保持同样平静的口吻继续说着,仿佛没听到他的话一般。"这我知道,可你是怎么知道的?你好像说过自己并不看报纸啊。"

他没有表现出负罪感,只不过合上双眼,茫然地思索着什么,好像是在试图回想起当时的场景。自己明明没有看报,那这个消息又是从哪里得知的?

我给他时间回忆。"我还以为你不看报,那你是怎么知道的?"

他盯着对面的墙壁,可那里并没有答案;他又抬头看着天花板,答案也不在那里;最后他再看了看自己空空的双手,答案也不在那里。

我依然给他时间。"你说自己不看报纸,那你是怎么知道的?怎么知道的呢?"

他用手背拭了拭额头,也没有找到答案。答案并不在那里。

"那你是怎么知道的?怎么知道的呢?"

"别问了,"他无助地呻吟道,"每次你一发问,就把答案赶走了。

每次我都快想到了,却又被你打断了。"

"也许你当时去她家了,看见她的尸体就躺在那里?别害怕,我不会伤害你的。"我朝他挥了挥手,坦率地质问道,"马蒂,是这样吗?你正好去她家里,发现她就躺在那里,脖子上缠着一条丝袜。她是被勒死的,是吧?"

"不是,她是——是被枕头闷死的。"

我并没有犯任何战术性错误,声音一如既往的平静,"你瞧,你的确去过她家了,所以才会知道。不要紧的,没什么好害怕的。你一打开门就看见她躺在那里,就在你眼前,在她家前厅的地板上,于是你赶紧关上门离开了。没有人会埋怨你——"

他孩子气地拖着长音,抱怨道:"她不是在前厅被人发现的,是在后面的房间里,就在她睡觉的房间里。"

"你瞧,整件事儿你都一清二楚。"我平静地开口,假装对着镜子整理头发。"你说自己不看报纸,所以你一定是去过她家,目睹了这一切。对了,你是怎么进去的?"我努力让自己的声音听起来十分谄媚,对他的机警表示出钦佩之情。

起初他只是微微地摇了摇头,而后越来越坚定,但是脸上依然是一副困惑不解的表情。"我没去那儿,"他喃喃道,"我没那样做,因为她不喜欢我这么做。上次我这么做,被她赶了出来。她跟我说让我再也不要出现在她家附近。她可能觉得难为情,我猜,因为我看上去脏兮兮的——嗯,你知道的。她说如果我再靠近她,她就叫警察来。她说：'去参加救世军吧，你这个流浪汉！'这之后我就一直只能在马路对面看她了。"他叹了口气，依然摇着头。

他已经开始否认并回避这个话题了，我暗想。不过他已经说了不少了，足够多了。

我打开皮包，朝里看了一眼，香烟还在那里，但我假装自己并没看到。我扣紧皮包，斩钉截铁地说："我们需要些香烟。我下楼去买，马上就回来。"我其实是打算给弗勒德打电话，现在有足够的线索给他了，剩下的就是他的活儿了。他警告过我不要去找任何书面证据。好吧，还有什么比现在得到的这些线索更有效呢？他说自己从来不看报纸，但是他知道她已经死了，除此之外，他知道杀死她的手法以及具体的陈尸地点。他承认自己曾在马路对面一直监视她，被那癌症般无可救药的爱情百般折磨。比起她对他造成的伤害，还有什么更能引发一个男人的杀人动机呢？

弗勒德知道怎样快速地撬开他的嘴，得到我无法得知的那些信息。明天这个时候，也许今天晚上，一切就能了结了。

"你要我在这里等你吗？"他习惯性地以一种无助的口吻问道。

"就在这里等吧，我一会儿就回来。"我边说边打开门。

门外，从隔壁某个小隔间那廉价破旧的小收音机里传来的嘈杂声涌入房间。

他痴痴地猛然转过头，眨巴着眼睛，像之前那样微微地晃动着脑袋，过了一会儿又不停地上下点头，嘴里含混地嘟囔着："就是这样。"

"哪样?"我刚跨出门槛,扭头问道。

"我就是这样知道的,现在我想起来了。我不是从报纸上看到的,我也没到她那里去,而是从一个叫'银元'的地方的收音机里听到的。他们在收银台旁边放了个收音机,那晚本打算听拳击比赛,就把收音机打开了,等着收听比赛。我刚好到那儿,还没喝酒,所以我能听懂里面说的每一个字。我现在还记得。虽然只听了一遍,但我能把它从头到尾复述一遍,就像是它们自己冒出来的一样。有时候它们就出现在我脑海里,根本不需要我做什么。它们现在就跑出来了,我根本阻止不了。'今天下午,警方在一位年轻女士的家中发现其遗体。死者名叫米娅·默瑟,褐色头发,二十八周岁,是艾米塔吉一位新晋演艺人员——'"

他的脸皱成一道白色的伤疤,随着他逐渐低下的头离开我的视线,但这些话不受控制地从他嘴里涌了出来。那种声音,听过之后,你才会知道何谓悲痛欲绝。没有抽泣,声音也不曾沙哑,就像那样,没有温度,也没有生命力,宛如一个孩子背诵课文时的那种单调、毫无意义、干涩的声音,犹如鹦鹉学舌一般。

"'她最后一次被人看到是在周四晚间,很晚才回到家中。现在有确凿证据表明她是在今天下午一点到两点之间被人谋杀的。警方现已锁定嫌疑人,但尚不能公布其姓名,他们希望——'"

我关上门,退回房内,朝他走了过去。我用手封住他的嘴,阻止它继续机械地、源源不断地发出那令人无法忍受的可怕声音，像是一部机器，一部没有智力、没有自我意识的机器。我重复着他之前对我说过的话："不要。"毕竟我只是一个女人。

装腔作势确实能够提高说服力，但是不掺杂任何表演成分的真诚，达到的效果会更好。

尽管他可以继续这样待着，但并不代表他是无罪的。

过了好几个小时，我们还待在这间屋子里。房间很早就暗了下来，比外面那个肮脏不堪的世界黑得还要早一些。屋外午后的太阳还高挂在天上，屋内早已急不可耐地昏暗下来。

他的声音无精打采的，仿佛是用一根细线将寂寥缝了起来。

"那晚她穿着一条蓝色的裙子，它现在就出现在我眼前。很有趣吧，你去了某个地方，从没想过会在那里遇到一个改变你一生的人。你参加舞会或是派对，只是因为实在无所事事，自以为第二晚之后就不会记得什么了。可现在十年过去了，你还清清楚楚地记得所有细节，就像是昨天才发生的一样。在它前后的任何一个夜晚、几个月或者是几年的时光，你都忘记了，但只有那一晚的记忆，原原本本地刻印在你脑子里。"

他的声音停了下来，我耐心等待着，并未作声，我担心一旦开口，便会让他过于注意到我的存在，因而不再讲下去。与其说是在对我说，不如说他是在自言自语。我仿佛是一个传声板，将他的声音反射回去。他又继续讲了起来。

"那是一条蓝色小蓬裙,外摆大概是从这里开始。她应该还不到十八岁,我就站在那里盯着她看。"

"像我一样,"我思忖着,"就跟我一样。和我第一次在舞会上见到柯克时一样。"

"我现在都还记得当时弹奏的那首曲子,《永远》。每次只要我听到这首曲子,就意味着她又穿着初见时那条蓝色小蓬裙。那是我们的曲子,当我们在一起的时候,那是属于她和我的曲子。现在我们分开了,我猜,那首曲子就只属于我一个人了。

"我以为我整晚都会像那样站在那里,盯着她看。这对我来说足够了。但是带我去那里的朋友过来问我:'怎么了?你站在这里干什么?不想跳支舞吗?'我回答说:'想啊,但只想和那个姑娘一起跳。就是那边那个。'我把她指给朋友看。他属于面对任何事都不会退缩的那类人。他笑着说:'这事儿不难办。'然后就拽着我的胳膊,把我拉到她面前,根本不管她当时和谁在一起。于是从那时起我就开始——"他找不到合适的字眼。

"不幸的命运。"我默默自语道。

"所以你就是这么遇见她的,"我说,"这就是你第一次和她见面时的情景喽。"

屋内的光线变得越来越暗。他伸开四肢斜躺在床上,一只手撑着头,说话时另一只手不断扯动着床单。我跨坐在他旁边的一把椅子上，椅背正对着他，胳膊交叠搭在椅背上，下巴抵着胳膊。

他和床就横在我和大门之间。我不大可能及时逃离这里，要是真有什么事儿发生的话——

几分钟之前，我在楼下让他们过十分钟派人上来敲门，不可以提前，也不可以推后。现在已经过了七分钟了。

床上摆着两个枕头，就跟闷死她的那个枕头差不多，现在正安安静静地躺在床上。他斜躺着，伸手就能够到它们。窗户外面是一面光秃秃的墙，与外界的一切联系都被切断了，房间里只有我们两个人，孤立无援。他并不知道三分钟后就会有人敲门，他以为今晚不会有人来这里了。

我把手腕朝椅子内侧稍稍移动了一下，扫了一眼。还有两分三十秒。

"我知道是谁干的，马蒂。"我平静地说道。

他大理石一般的眼珠子向上一翻，眯着眼睛，透过上眼睑的缝隙盯着我看。终于他犹犹豫豫地开口道："噢，就是那个被他们抓起来的人，大家都知道。"

"不，不是，我说的不是那个人。我知道究竟是谁干的。"我低垂眼眉，装出一副高深莫测的模样。"我是唯一知道真相的人。有些事儿没有人知道，除了我之外不会有第二个人知道。我告诉你吧，事情发生的时候我就在现场。我就在那个地方，我看见他了。可是他并不知道，他没看见我。"

我瞧见他额头的青筋一跳,赶紧把目光移开。我猜他脖子一侧的青筋比几分钟之前还要突出,不过我并不肯定。

我很清楚他接下来要问我什么,我必须在他开口之前耐心等待。他过了好一会儿才发问,仿佛这些话很难说出口一般。

"为什么你——之前不告诉其他人?"他中间顿了一下,我能看到他把某些话咽了回去。

"大概是我不想惹祸上身。"

"你敢肯定——真的看到是他干的?"

"我看见他跪在她旁边,就在他动手的时候。"

"你为什么没有尖叫或大喊呢?为什么不试着救救她?"

"如果那么做了,我怕他也会杀了我。我担心自己的命。我紧咬着毛巾的一角,生怕发出声音被他察觉。"

"你怎么会碰巧去那里?如果事发的时候你正好就在那里,他为什么没有看到你?"

气氛突然变得紧张起来,仿佛正在缓缓释放的煤气充满了整个房间,让人有些呼吸困难。我们二人都沉默不语,气氛凝结。他拨弄着床罩,我将头抵着胳膊,趴在椅背上,陷入沉思。

"我正好去找她,也不为什么事儿。之前我也经常这么干。没有什么特别的原因,只是消磨时间而已。你知道吧,我们也算是闺密,常常聚在一起瞎聊,什么也不做,和任何两个女人打发下午时间的方式一样。她甚至都还没换衣服呢。"

当时的场景，我就记得这么多了。

"我突然想去冲个热水澡，也不知道为什么，就是想那么做。她让我随意。我走进浴室，门留着一个大概一英寸宽的缝隙。我脱掉衣服，走到那扇深绿色玻璃门后，也留了个一英寸宽的缝隙。不过我刚站在那里戴好女人洗澡时用的橡胶浴帽，还没来得及拧开墙上的水龙头，所以应该没有发出什么声音。整理头发有些费事——浴帽是她的——我大概花了几分钟才弄好。突然我隐约听到有男人的声音从她的房间传来，便连忙踮着脚尖去关卫生间的门，这样他就不会看到里面了。我刚走到卫生间门口，事情就发生了。我听见她倒在外面房间的地板上。我一把抓了条浴巾围在自己身上，贴着门缝往外看。我看见他正用力按着地板上的什么东西，这才明白过来他在做什么。我吓得退回去藏在浴室里，那里光线昏暗。我待了很长一段时间，直到我确定他已经离开了。"

"你看到他了？"

他压低嗓音问道。尽管我和他距离很近,却几乎没听到他的话,他仅仅微微动了动嘴唇。现在才过了大概一分钟,还剩下一分半钟。

"我当然看到了。他作案的时候正好被我看得一清二楚。从头到脚，清清楚楚。"

"你跟谁都没提起过？"这次连他的嘴唇都没有动，只是嘴前的空气震动了一下，仅此而已。

"一个活人都没有，只有我自己知道。"

他停下摆弄床单的手,然后拍了拍床,让我坐过去,"过来,"他说,"坐近一点儿,到我旁边来。"他眼睛低垂,并没有看我。"到床这边儿来,躺到我身边。"

我感到心脏剧痛,像是医生正在拿针线缝补它。那两个看起来毫无危害的枕头就在那里,一边一个——他劝说性地再次拍了拍床,再次拍了拍。

我胳膊抵着椅背,迫使自己从椅子上站起来,然后绕过椅子,朝他走了过去,膝盖碰到了床沿。

他眼睛依然低垂,只是再次拍了拍床,意思是说:"躺下来,躺到我旁边来。"我看了看枕头,又看了看他,之后跪在床上,侧身躺下。

现在,尽管我们两人各自躺在床沿两侧,但头靠得很近。

他的手伸向床头,抓起一个枕头的一角,紧贴着床,向我这边拉了过来。

我静静地盯着天花板,心想:"不出一分钟,一大块白色的东西就会落下来,接着将一切抹杀。"

"你确定自己看到他了?"他的声音在我耳边喃喃道。

"我看到他了,一清二楚。你想做什么?为什么要叫我躺在你身边?"

下一刻枕头就会突然被举起来,然后猛地落下。

然而,他把枕头垫在我脑袋下面并抽回了手,让我的脑袋可以撑着它好好休息。也许这是一种贿赂,我也说不清。"告诉我他是谁,"他低声说,声音嘶哑,"我想知道,我一定要知道。"

如果是他的话,他也就没必要问,因为他已经知道了。

紧张的气氛渐渐从空气中抽离,之后却有种被抽真空的感觉。我感到浑身乏力,软绵绵的,额头浮上一层薄汗。一阵倦意袭来,我合上双眼。

门外传来一阵敲门声。测验已经结束了。马蒂转过头,十分不解。这简直是在挽救我的性命。"谁啊?"我虚弱地扬声问道。一个旅馆的服务员探头朝房内张望,我让他给我买点香烟什么的,我记不清了。

我试着分析自己的思绪。如今他是无罪的。还有什么比这更加肯定的结论吗?而让我讶异的是,虽然我感到失望且挫败,但与此同时隐隐地还伴有一种近乎惭愧的宽慰之情。我惊讶地暗自思量:"上帝啊,我一定是对这个可怜虫产生了好感,才会有这种想法。又或许是出于某种体育精神,不愿给已经坠入谷底之人致命一击。"

我站起身来,朝着那张放着脏兮兮杯子的桌子走了过去。不久前的危机让我双腿仍有些摇晃。"我还是离开这里吧。"我思忖道,这里没什么需要调查的了。我希望得到的证据都已拿到了。

我打算忘记他,忘记还在谈话中就被扔在一边的他。可以这么说,对我而言这个话题已经彻底结束,但对他而言一切却是戛然而止。他从床上跳了下来,来到我身后。我感到他抓住我的胳膊,但我并没有转身，只是继续调整自己的帽子。

"告诉我他是谁，告诉我。"

"为什么？你知道了又有什么好处？已经有一个人为此进了监狱，不久后就会被处决——"

"这还不够，那对我来说毫无意义。我又不是政府，才不关心政府会为此杀了哪个人。我才是真正爱她的人，我要知道究竟是谁杀了她，是谁的双手干了这一切。你不能把这种事从一个人身上转嫁到另一个人身上。不管政府要拿谁出气，真凶就是真凶！"

"我不知道。"

"你说你知道的。你说你看见他了。"

"我只是说说而已。"

"你现在是在打退堂鼓。你觉得我只是鲍厄里街上的一个流浪汉，不值得跟我吐露实情。我只想从你那儿知道这一件事，你听清楚了吗？只有这一件事。我要知道你看到的真凶是谁。"

我朝门口走去，他从我身边绕了过去，先于我来到门口，挡在大门和我之间。

"我不会让你离开这里的。你明白吧，不告诉我凶手是谁，你是走不出去的。"

我试图把他推到一边，他并未刻意抬起胳膊吓唬我，只是按住我的手，不让我乱动。我脑海中浮现出一个从酒瓶中钻出来的衣衫褴褛的回教神灵，现在我再也没办法把他赶走了。

"我当时不在那里,我跟你说实话!"

"你说你在的,我打从一开始就相信你说的。你太了解她家了,甚至知道她家浴室玻璃门是绿色的!你看见的人究竟是谁?你必须告诉我!"

他绕到我身后,抓着我的手腕把我的胳膊反方向朝肩膀处扭。疼痛难忍。虽然这是男孩们惯用的伎俩,但十分奏效。

我们彼此角力,尽管十分被动,但他比我想象的要有力气得多。即便是在目前的处境中,我仍不由得想,如果他之前没有通过我的测试,那我存活的概率将十分渺茫,不管有没有人来敲门。

"别这样!放开我,你弄疼我了!"我退缩了。"你这个蠢货!"我本可以大声喊叫,但如果把事情闹大,引起更多人的注意,我的损失要比他大。

我再也无法忍受下去,仅仅告诉他我不知道实情毫无用处,他根本不会把那当作回答。

"你还不告诉我?还不说?"他在我耳边不断地问,我一直侧着脸试图避开他的呼吸。

我想不出个名字来,也想不到任何地址。

"好吧,我告诉你在哪里能找到他,我告诉你他在哪儿。就在三楼——"我随意给了他一个名字和地址。"现在让我离开这里!"我眼含泪水,仅仅是因为身体上的疼痛。

他侧身站在一旁,我拉开门一头冲了出去,沿着走廊快速离去，不断摩擦自己麻木的胳膊，好让血液流通。我忿忿地回头看了好几次，突然意识到我刚才临时编造的名字和地址正是我自己的。在这种情况下，很难预计他要凶手名字和地址的用意。

在黑暗中等待并不容易，等待着门把手被人悄悄转动，等待着一个模糊的身影鬼鬼祟祟地潜入并带来致命一击。屋外夜色静谧，屋内更加安静，唯有点燃的香烟能证明我的存在，随着身旁时钟"滴答滴答"的声音，烟头忽明忽暗，忽暗忽明。

这一次，从某种意义上来说，应该算是第三次、也是最后一次对他的测试，尽管并非我刻意为之。第一次是测试他对犯罪细节的熟悉度——只有亲历者才能知晓的细节。他声称是从收音机里获知的犯罪细节，这抵消了他的嫌疑，但那只是他的一面之词，无从辨别真伪。所以那次测试结果对他依然不利。第二次我假意说自己握有对他而言致命的证据，但他并没有试图杀人灭口。因此，我所知道的讯息的确不会对他构成任何威胁，跟他毫无关系。于是他成功地通过了那次测试。现在比分仍然是一比一。非常偶然地，这第三次，也是最后一次测试即将开始，成败在此一举。三局两胜。现在他确切地知道了究竟是谁杀了他所珍视的人，一个叫"弗伦奇"的家伙——他在楼下玄关就能看到那个名字——和我住在同一栋大楼，同一楼层，如今和我正待在同一个房间。他当时如此迫切地想要知道凶手的名字，甚至于用暴力逼我说出来。这就是他想要的吗？知道了又能怎样？

关于这点，我有自己的理解，这就是为什么我在凌晨三点蜷缩在椅子里，而我本该躺在床上的。我把椅子拖到离床和房门尽可能远的角落，椅背朝外，仿佛那是保护我蜷缩着的身体的屏障一般。

两个小时之前，在一片黑暗中，我脱掉衣服躺在床上，突然一种令人不安的、危险的征兆——也可以称之为预感——袭上心头，这种感觉变得越来越强烈。他在对我所说的话深信不疑后，为什么非要知道凶手确切的姓名和住址呢？不是为了某种病态的满足感，亦不是为了有"她"陪伴身侧的夜晚，在呛人的酒馆里，他能在打发时间的时候更深地伤害自己。那样做根本不需要一个确切的名字和地址，使用"某人"这个词就足够了。

我拉下身旁的灯绳坐了起来，心想："我还是离开这儿，不要待在床上，否则明天估计就再也醒不过来了。"

就是这样，毫无疑问，他要地址和姓名就是为了这个。

我披了件衣服，开着灯坐在椅子上。后来我意识到这么做只是在推迟它发生的时间而已。某个夜晚，将来的某个夜晚，在我掉以轻心的时候，它还是会发生。最好先把他立即吸引过来，在我有所安排的情况下处理好这件事，不是更好吗？终于，到了决定性的时刻。如果他赶来此地是出于血淋淋的目的，那他就是真的清白，彻彻底底，不存在一丝疑虑。如果人是他杀的，他断然不会找其他人泄愤。即使是疯子也不会这么做，疯子对自己犯下的罪行多少也还留有记忆。

诚然,他没法直接从大街上爬上来。不过那最多只会耽误他一两个晚上而已,最终他总能想到什么法子成功地出现在这里。但是我不想让这件事有所拖延,于是我走下两段楼梯,将玄关处大门的门锁逆向转动一圈。如此一来门就可以直接从外面打开。要是他现在就试着开门的话,不管用什么方法,它都会像其他普通的门一样被打开。

我再次上楼回到自己的领地,小心翼翼地关上门,但并没有上锁。我从卫生间门后的挂钩上取下一个装满脏衣服的洗衣袋,把它拖到床边,放在我之前躺过的地方。很自然,洗衣袋鼓鼓囊囊的,于是我把它揉来搓去,拽成圆柱体的样子,使它近似于人的身躯,然后仔细给它盖上被单,关掉灯。黑暗中,床上看上去就像躺着一个人。

我知道不管自己藏得多好,留在这里就一定存在风险。但是不论接下来会发生什么,我都必须亲眼见证这一切,因为我要确保这次的测试是有效的,所以我不能整晚缩在楼梯间里,仅仅从扶梯的间隙偷看下面。于是我把椅子拖到离门最远的角落,藏在它后面,继续监视——等待那已经蜕变为死亡的爱情。

他现在或许就潜伏在街上的某个阴暗处,注视着这些窗户,就像他曾经盯着她的窗户那样。他会看到窗户后的灯熄灭,用不了多久就会展开行动,蹑手蹑脚地来到门外,然后瞬间消失,如同什么东西匆匆掠过。

屋内屋外都悄无声息。天上挂着一弯新月,月色朦胧,像是在空中撒下些许花粉般,不足以将一切照得清清楚楚,只勾勒出大致的轮廓。我将百叶窗往下拉了四分之三的距离,如此一来,透进屋子的月光正好斜斜地洒在门把手上。门把手是玻璃做的,一旦被人转动,就会变得模糊不清,发出瞬间的光亮,像转动的风车一般。还有一点也会宣告他的到来:外面从上往下数,第三级台阶是坏的,人踩上去会吱吱作响。每次我上楼梯的时候,都会跨过它,但是他并不知道这点。

现在是凌晨四点,一点之后我就一直这样坐着。我想到了他们,他们两个。其实是我们两个:柯克和我自己。他们之间的爱情故事竟是以这种奇怪的方式结束。十年前,一个十八岁的小姑娘,肤浅却无害,在某晚的舞会上随着《永远》这首曲子翩翩起舞。一个男孩走了进来,看到她,一眼而已,便从此陷入爱河。还有另一对男孩和女孩,在某个地方,也许是千里之外,无人知晓他们的存在,他们甚至不晓得彼此的存在。那个女孩还穿着水手服,蓄着刘海,可能正伏在灯下,咬着铅笔头,对着代数作业冥思苦想。而如今,十年之后,第一个女孩早已香消玉殒,不仅被人杀害,而且声名狼藉,卑贱邪恶。曾经的那个男孩现在也成为一个遭人遗弃、莽莽撞撞的流浪汉,现在正打算爬上一幢陌生房子的楼梯,将某个素未谋面的人亲手杀掉。而第二个男孩则待在监狱里,剃光了头发，双颊凹陷，等待着因自己未曾做过的事情而被处以极刑。第二个女孩，那个"小"女孩，在同一个陌生房间里，在黑暗中藏在椅子后面，等待着旁观一场谋杀，一场没有死者的谋杀，一次没有结果的行动。

我突然在想，人生阅历的模式是多么离奇啊！毫无意义的生命线逐条展开，简简单单地从这里或从那里开始。在一段时间后渐渐朝彼此靠拢，直到最后终于碰到一起，相互缠绕纠结，然后形成一幅无法依据前尘往事进行预估、猜测的图案。最终完成的织物是所有支线交织在一起的总和。

如果那个男孩那晚没参加那场舞会，没有见过那个穿着蓝色裙子、随着《永远》的曲调轻舞的女孩，那么和我结婚的这个男孩现在也不会顶着死刑犯的罪名待在监狱里，而我现在也不会在黑暗中藏在这里。我的脸贴着椅背，聆听着、等待着。

时钟"滴答、滴答、滴答"地响。

门外，楼梯从上往下数的第三个台阶突然发出一声怒吼，仿佛路中央熟睡的恶犬被推醒时发出的本能的狂吠。之后随着压力的释放，台阶变形的表面再度恢复沉寂。

我连忙把手中的烟蒂熄灭，然后把自己缩成小小的一团，从椅背靠下的一侧观察起着预警作用的门把手。

有好一会儿，什么动静都没有，感觉比实际的时间过得更慢。"滴答，滴答，滴答。"听起来仿佛响了好几百下。如果门外果真有人，他一定站在那里，耳朵贴着门缝，仔细探听门内是否有人走动。或许他正在研究大门，悄悄用手测量门板。刚开始他或许不会想到门能直接从外面打开，但人本能的反应都会先试着扭动门柄。一旦他这么做了，就会知道门并没有上锁。

现在的我胆战心惊，知道随时可能发生的暴力正向我逼近。

"滴答,滴答,滴答,滴答,滴答,滴答。"噢,它之前就这么吵吗？还是现在才变成这样的？像是小号的夹板锤正在敲打着什么。

突然门柄警示性地一闪，然后一直闪闪发光。随着门柄缓慢转动，月光照在它的每一个平面上。他就在外面，现在准备进来了。门被缓缓推开，毫不犹豫，仿佛地球上没有任何力量能阻止这一切发生。与此同时，再没有出现任何预警的声音。如果我一直躺在那张床上，而不是像现在这样瞪大眼睛全神贯注地盯着它，根本不可能察觉有人正在入侵。我可能就从熟睡变成沉睡不醒，连眼皮都不会动一下，而我们的故事，柯克和我的故事，也就结束了，和他们故事的结局也没什么两样。

我甚至无法确切地说清楚门是何时与门框分离、被人推开的。就在那时，我感到一股气流正缓慢地朝我袭来，这说明有什么东西或是什么人走了进来。门被推回原位，一个模糊不清的身影出现在我和大门之间，我也就看不到门柄了。

这个新出现的模糊黑影击碎了之前的黑暗，一动不动地站了一会儿，然后朝床边缓缓走去。如此一来他身后的门柄再次变得清晰，却无法再引起我的兴趣了。我只能通过这个黑影身旁静止的物体来判断它的移动轨迹。如同望向火车窗外时，路边的景物在后退一般。因此罩着白色床单的床仿佛朝前滑动，黑影膝盖以下的部位被挡住了，然而并不是床在移动，而是出现在它后面的黑影。

它再次静止不动，站在那里，靠近床沿，自上往下打量着床上的物体。我几乎可以听到他的呼吸声，紧张而严酷，随着愤怒之情缓缓堆积，又缓缓释放。随后呼吸声变得越来越重、越来越粗，令人窒息，仿佛是患了鼻黏膜炎的病人发出来的。我仿佛也不能呼吸了。

"滴答，滴答，滴答——"

突然在如烟的昏暗中，一道白光从那个模糊身影中间的位置闪过，逼近床上的东西。噢，不是一道白光，是幽灵般的灰色火舌。伴随微弱的一声闷响，铮亮的利刃弹出。

我咬紧嘴唇，抵着椅子上的坐垫无声地深叹了口气。

刀子被他举过头顶，染上更多的光亮，然后变成一道压抑的银光。他调整好姿势，瞄准某个点，紧张的呼吸声变得怒不可遏，最后化作一声呜咽。我听得出所有的语言在痛苦和怒气中一并喷发而出："你这个肮脏的魔鬼！为什么不让她和我在一起？"

银光猛然朝下一闪，然后就消失不见了，只听到铁片刺穿层层织物时发出的嘎吱声，床也跟着晃动了一下。那个黑色的身影伏在床上，然后又直起身，朝门口走去，脚步沉重而笨拙。

床上没有人，但他还是刺了下去，因为他并没有杀死那个女人。这是最终的测试，再也没有比这更加绝妙的测试了。

我从椅子后面探出头，不假思索地伸手打开椅子旁边的那盏台灯。一片光亮，仿佛阳光般一扫之前的阴霾。我不知道他有没有看清我，在突然涌现的光线里，我看上去一定像是隐藏在角落里的幽灵。

他朝这边匆匆一瞥，神情激动，根本没看清我，只是确认了这里有灯光，而且有个人目睹了他行凶的全过程。我刚刚从椅子上站直身子，就见他慌里慌张地打开门，仓皇而逃。

我把椅子推到一边，试图追上他。"马蒂！"我大嚷，"等等！先别跑！"

他像着魔了一般冲下楼梯。他一定以为我的声音不过是他暴怒下产生的幻觉。等我赶到楼梯口，看见他正从楼下墙边仰头望了一眼。墙上并没有灯，只有地面有盏灯亮着。我从楼上不停地朝他大喊："马蒂，回来！等等，你根本没有——"我担心自己叫得太过大声，会把楼里的人都吵醒。不管我叫得多大声，我觉得他也不会按我说的做。

通向大街的门传来一声空洞的击打声，随后他消失在夜色中。我的脚踩到了什么东西，原来是那把匕首，就躺在最上面那级台阶上，刀刃还暴露在外面。

我扭头跑进房间，冲到窗户边，试图从那里阻止他。我能看见他沿着街道狂奔，经过路旁一扇接一扇的公寓门。我探出身子，大喊："马蒂，等等！回来，听我说！别跑了！"

我看到他抬起胳膊，边跑边捂住耳朵，阻止声音飘进耳膜。他一定是把我的声音当作自己的良心谴责今晚所作所为而产生的回音。他飞奔到马路对面更加昏暗的地方，然后就消失不见了。不一会儿，马路上便空无一人了。

我缓缓走进房间。匕首就在床上那堆衣服上，是我刚才扔到那里的。我沮丧地想，如果他当时能仔细看一眼，就会发现刀刃上根本没有血。

夜晚再次变得安静而虚空，就跟之前的夜晚一样。房内有什么东西一如既往地"滴答、滴答、滴答、滴答"响着。

我必须要找到他，把一切都告诉他。于是我再次来到那个随处都是活死人的地方，试图找到他，在他旁边待一会儿，告诉他："昨晚你在那个房间里谁都没有杀死，所以不要怕。马蒂，我撒谎了，没人知道是谁杀了她。这件事就只能这样了。"我准备了一张十美元的钞票。分别的时候我会摸着他的手，把它留给他。这样做确实没什么意义，但是我，或者其他人又能为他做什么呢？把他所爱之人还给他？还是把他的生活还给他？

我进来的时候，酒保抬头看了我一眼。看得出来，自打上次见过面之后，他还记得我。但他当时正在忙，于是我独自一人从一张张苍白无助的面孔中间穿过。在我经过他们的时候，人群保持着同上次一样的奇怪沉默。一个活人走在一群死人中间。他们虽然都在看我,但眼神空洞,毫无神采。一只手甚至在我经过的时候朝我探了过来,但它不属于活人,所以也谈不上令人厌恶。它还没有够到我,就又缩了回去,仿佛是在寻求某种帮助,却不知道究竟需要何种帮助。

终于我走到酒馆后面的那个地方,就站在他上次坐过的桌子旁边。"他"的桌子,我猜他每次来这里都会坐在这儿,因为习惯是一种很奇怪的东西,无法用理性解释。那里没人坐,两把空椅子前面还分别放着空酒杯。我知道他一定刚刚才离开。

我站在那里,默默地看着酒杯,两根手指按在桌子上,手里还攥着那张十美元的钞票。

酒保走了过来,站在我旁边。"你在找'心碎儿'?"他说,"他刚才还在这里,之后又走了。就在刚才,你进来之前不久。"他把椅子摆好,手指夹起那两个空酒杯,接着说道,"我看见他站起来,紧接着就走了。"

他想和我聊几句,在这种地方,我应该算是唯一出现过的上等人吧。"他今晚怪怪的,让人猜不透。他拿着两个钢镚,应该就剩下那两个子儿了,因为那还是他要了两杯酒之后,我亲自找给他的。之后在他出门的时候停了下来,让我把钢镚换成五分的零钱,然后把其中四个给了离他最近的四个人,甚至都没看他们一眼,只留下最后一个子儿。然后他走到点唱机那里选曲子,花了挺长时间才找到他想点的那首。你知道的,来这儿的人可从来不会点歌什么的,这里自有东西能把他们灌饱。然后他把第五个硬币投了进去,播放音乐,可刚放了一半,还没等听完,他就径直走了出去。"酒保伸手指向门外的黑暗之处,"他步子很稳,比平常走得更加笔直,还露出一副似笑非笑的表情,好像遇上什么好事儿,或者是去见哪个会给他带来好消息的人一样。"

"是什么歌呢?"我轻声低喃,眼睛盯着桌子,但几乎什么也看不清。他没必要告诉我。

"《永远》。"

我就知道。

我还记得自己第一次来这里找他时,我脑子里的想法:这个地方就是深渊之所,是坟墓这一边最深之处。除了跨越死亡的河流外,深渊之下,别无他物。

那个女孩死了,如今连同那个男孩也死了。他们的故事完结了,它始于十年前的一场舞会,终于《永远》的歌声里。

"他一会儿可能还会过来,"酒保试图解释,"他们总是进进出出的——"

我知道他不会再回来了。无论如何,都不会再回来了。

我也转身朝门口慢慢走去,陷入自己的思绪之中,身边的景象渐渐褪去。一个念头挥之不去:"我有没有杀死那个男人?我昨晚做的那些事儿,会不会害死他?"

答案显而易见，不置可否。我轻轻地摇了摇头，毫无虚伪之情。不，我对他很好，我给他一个为之而死的理由，这比他此前拥有的还重要。为了某样东西去死，总比漫无目的地苟活于世强。我让他的生命变得完整，也洗刷了他的冤屈。他没有听到我昨晚在那间昏暗的房间里对他说的话。那张床上躺着的人是杀死他心爱之人的凶手，他亲手将其就地正法。我给予了他那么多，给了他一个幻象，一个他已经为她报仇雪恨的幻象。

不，我并没有杀死他，只是给了他为之而死的理由。

我在点唱机旁驻足，掏出一个五分钱的硬币，在唱片夹中搜寻，终于找到那首歌。我把硬币塞了进去，站在机子旁边，等待音乐响起。音乐奏响，他和她的歌——

并非一小时，并非一天
并非一年，而是
永远

我把手指放在太阳穴上，朝某个他们无法看到的人致敬告别。

"再见，'心碎儿'。好运，在将来的岁月里，在其他什么地方——"

我扭头慢慢走进黑暗之中，那首廉价却弥足珍贵、价值不菲的音乐在我身后渐渐消逝。

"我找莫当特医生。"

这次应该会很顺利，不难搞定。刚拨通电话，那头立刻传来一位年轻女性的声音，我便知道之前所有的演练都是多此一举。她声音轻快，听起来十分亲切："早上好，这里是莫当特医生办公室。"

也就是说他是个医生，她的私人医生。通常人们在通讯录上记录自己医生姓名时都会写着"莫当特医生"，但是她并没有这样做，只写着"莫当特"三个字，就像称呼其他认识的男性一样。

由于他医生的身份，我差点就直接挂断电话，不再继续说下去了。我心想："医生是治病救人的，是不会杀掉他的患者的。"但我又提醒自己，也许他们之间并不是普通意义上的医患关系，或许他只是她所认识的某个医生而已。一个医生朋友，又或者是——那种关系。

毕竟医生也是人，也和其他人一样，会爱，会恨，会感到恐惧，也会伺机报复。

所有这些念头在我脑中一闪而过。与此同时，电话那头那位年轻女性还在等我开口。

"我找莫当特医生。"

"您是他之前的病人吗？麻烦告诉我您的姓名。"

"不是的，我不是。"

"那十分抱歉，我没办法把电话转给他。不过我可以安排预约，如果您需要的话。需要现在帮您预约吗？"

看来只能照她说的做了。于是我说需要。

"周四下午四点可以吗？"今天是周三。我跟她说没问题，这样一来我还有二十三个小时的缓冲期。"您贵姓？"

"艾伯塔·弗伦奇。"我嫁给柯克之前，就姓弗伦奇。如今感谢政府，我又回到了之前的样子，那为什么不把姓氏也改过来呢？

"弗伦奇小姐还是太太？"

似乎她什么都想知道。我选择了小姐这个称谓，原因不言自明。米娅·默瑟之前也一直都是单身。

"您方便告诉我是谁介绍您来的吗？"

不出所料，我还是被问到这个问题。我本可以说是她介绍的，而我最终也打算这么说，但不是对她说。我才不会隔着电话线白白在第三个人身上，浪费任何可能会让人大吃一惊的机会。我要把这些话留着给他，当着他的面直截了当地说出来。

我答道："见到医生时，我自己会跟他说的。"

我担心她也许会对我的答复纠缠不休，甚至最后会取消预约。以防她先发制人，同时为了迫使她默认预约安排的有效性，我直接挂断了电话。

之后我坐在电话机旁筹划了很久，试图想出个方案让自己至少可以顺利通过问诊这一关。这次可比对付马蒂难多了，因为有这么一条不成文的规定：我所有的行动必须在这一次问诊中完成，大概半个小时左右，最多也就是四十分钟。在这段时间内，我必须尽可能地找到某种方法迫使他再次见我，第二次见面时设法让他继续见我，如此往复。但当务之急是找到某个肤浅的理由去看医生。

我的身体并没有明显的症状需要看医生。我的心被严重地伤害，内心痛苦不堪，可外人却无从知晓。既然我无法提供合理的症状，那么只能瞎编一个。可他是医生，会不会一眼就看穿我，然后对我有所防备？有没有什么药吃了之后，能在短时间内扰乱我的身体系统，但不会造成永久性的损害？或者用某种东西刺激皮肤，让它长出那种容易消散的红疹子？我甚至想直接把手放在热水龙头下面，把自己烫伤，伤势不轻不重，正好需要去看医生。

但是看到一团团升腾的水蒸气时，我立马没了勇气。仅仅一两滴热水滴在手臂上，就让我觉得刺痛难忍。

二十多个小时过去了，我还没想出法子，可离会面只剩下半个小时了。我从诊所附近的拐弯处下车，还需步行一小段距离。已经太迟了，只能等他问诊的时候临时编些症状出来。也许这是最好的方法，我逐渐意识到：与其编些无伤大雅的小毛病、一张药方就能解决的问题，还不如编些难以言表的症状，让他一时间也无法确诊，如此一来我就能和他多待一会儿。

我绕过拐角，找到门牌号，随即身形一晃，呆立在那里。初见那个地方，我不由得目瞪口呆。我被覆盖这个区域的总机糊弄了。我以为自己会看到一栋虚张声势的大楼耸立在街道一旁，或者至少是大楼旁边一幢低矮但现代风格的建筑。而眼前出现的是一幢老旧、门脸很小的褐色石头房子，久经风霜，而且还不干净。我总是在想，像她这样的人，私人医生应该是一位打扮时髦、对病人态度和善的专业人士。我隐隐觉得这里有些异样：一个夜生活丰富的艳舞女郎和一个老派的家庭医生。但我现在还没有证据证明他的确是她的医生，也许他们只是朋友而已。

这个地方整体给人一种被时间所遗忘的感觉，房子沿街所能看到的每一处居住细节，也给人同样的感受，更不必提建筑外观体现的岁月感。客厅窗帘下面垂着一排球形流苏，也就是他们所说的临街一楼。门口也没有挂黄铜门牌，或是类似的招牌。一张印着黑色字体的招牌夹在窗格里，上面写着他的名字：J·莫当特诊所。

我来到门廊，按下门铃。进入这么一间屋子，还是从现代意义上的第二层楼进去的，这种感觉可真奇怪啊。我站在门口等人开门，所站立的位置仿佛是在行人头顶之上，又或者是经过的车辆的车顶上，从那里俯视街道周边的景象。

眼前有个人影一闪而过，于是我向面朝自己的房间看过去。刚才一定是有人从窗帘和窗户之间的缝隙处暗中观察我。可现在已经太迟了。应该是他离开时，窗帘的摆动引起了我的注意。还有一件令人相当生疑的事儿：按常理来说，诊所的大门，至少在营业时间内，都是敞开的。门廊后的内门被人打开了，一位身材矮小壮实的中年女性出现在我面前，约莫四五十岁，应该是芬兰人或有几分北方蒙古人的血统。

"医生在吗？"我随口问道。

"你提前预约了吧？"她不耐烦地问。

"约了四点。"

我肯定忘记回答她的时候顺便再点点头，心想没必要画蛇添足，她却提高嗓门问我："能大点声吗？我听不清你说啥。"

我抬高声音，道："我预约的是四点钟。"

"那就进来吧，我说。"

她的头发打眼一看像是银白色的，但还没完全变白。之所以我会有这样的错觉，应该是因为她头发之前是那种稻草黄色，颜色很浅，几乎就成了银白色了。

我很好奇他之前的助手出什么事了。听声音，这个女人显然不是昨天和我通话的那个。

她略显蛮横地带我穿过走廊，还带有些许恫吓的意味。"进去，我说。"说完，她朝昏暗的大厅后面走去，身影渐渐变得模糊，一点一点地，离我越来越远，直到最终从我的视野消失。可她究竟是上楼了还是下楼了，我也说不清楚。

这个地方处处散发着陈腐的气味，一种只有老房子才会有的味道，并非来自灰尘，而是每面墙壁内部散发出来的陈腐气味，那是曾经埋葬在这里的尸骨化为脓水散发出的气味。我所在的这间候诊室，从装修风格上来看，算是停泊港风格，到处是年代久远的零碎物什，所有风格混杂在一起，这个时期的某个物件，那个时期的某样东西，最新的物件应该属于一战前后。

好些东西我只是有所耳闻，但从未亲眼见过。比如，房间中间的桌子上有一盘用玻璃罩着的蜡制水果；还有一台留声机，一个弯曲的手柄从一侧伸了出来；后面还有一个郁金香状的大喇叭；对面墙壁上挂了两个绿头鸭浮雕，透过凸透镜，能看到羽毛竟然是真的。为了坐得舒服一点，我将后腰处的东西拿开，那是个有些破旧的鼓鼓囊囊的东西，应该是个皮抱枕，上面还有装饰性烫花。

她和这样的人该怎么相处呢？他们之间是什么关系呢？

他一定是迫不得已才下楼来的,我听到一个男性的脚步声从楼上走下来,从我后面还有些距离的地方传来。脚步声穿过大厅,朝我等待的房间走来。他脚步缓慢,没什么精神,仿佛觉得是在接待一个不速之客,乏味且疲倦。脚步声在我所处的房间前停下。一扇门被打开后又关上,应该离我不算远。

看样子他进了隔壁的房间。这时我才发现推拉门中间有条缝隙,大功率检测灯的银色光束突然从门缝透了过来。此外还能隐约听见房间那边的人笨手笨脚做准备工作,听上去令人心烦意乱。

听声音,他应该是把瓷盘里随意摆放的器具拨弄到一边,好空出些位置。还有水流的声音,打肥皂的声音,搓手洗手的声音。

这一切都令我感到恐惧不已。我要真的是他的病人,我猜,不等被这个卑鄙无耻、邋里邋遢的家伙勾引,早就一头冲上大街了。

他在房间里走来走去,地板嘎吱作响。我想他应该是在找毛巾把手擦干。显然整个等待过程枯燥无味。没过多久,又传来拍打浆好的亚麻布或是某种类似的、硬邦邦的纺织物的声音。他居然把湿淋淋的手在身上拍了拍,就这样把手弄干!

接着有个女人也走了进去,一定是女管家。因为我又听到另一侧的门"嘎吱"一响,她说了一句:"您把眼镜落到楼上了。"

然后他问:"她(医生助理)把她的病例放哪儿了?"她耳朵不好,他问得很大声,从我所处的位置听得一清二楚。至少没有那种充满阴谋诡计的窃窃私语。

女管家那与生俱来的坏脾气,我早已有所领教。她粗鲁地答道:"我同意您说的。您问她去,别问我。"

显然今天助理休假了,或者只是临时来这里工作。

也许现在仅凭他的周遭环境以及隔着门听到的东西就下结论,对他而言并不是一场公正的测试。说不定他是个天才,是医学方面的专家,即使未被大众知道,也没有什么头衔。尽管如此,我还是坚持自己的判断:这个人不怎么样,起码医术一般。

当然,尽管那时候我还没有足够的证据,但这个结论确切无疑。"因为他根本就不想做医生,对此毫无兴趣。"但是,如果他不想当医生,不喜欢这个行业,为什么选择医生这个职业呢?

推拉门"呼啦"一声拉开了,银色的光束从四面八方洒在我身上,他终于准备好见我了。

他站在那里,我看着他,他也望着我。

这是一场即将来临的对决中的两名对手,尽管目前只有一方对此心知肚明。他很壮实,虽然看上去有些笨拙,但孔武有力。他背有点驼,倒不是由于虚弱,而是长时间不注意坐姿造成的。他头发虽然黑亮,可有明显的秃顶,而且是那种最令人反感的类型——他把几缕头发贴着头皮,从一边梳到另一边,可怜兮兮地试图掩饰他严重的脱发。可惜在每缕发丝之间的缝隙中,还是能看见若隐若现的头皮。

他那件出于礼貌才穿的白大褂上还残留着碘酒的污渍,有几处上了年头的污渍都发黄了。他光脚趿拉着一双皮拖鞋，拖鞋表面好几处皮子都有所磨损。

我开口道："您好，莫当特医生！"接着小心翼翼地站起身来。

他回答说："到这边来，尽你所能走到这边来。"

他的措辞有些陈腐的味道，多少有些老派。为什么说"尽你所能"？我就是为此而来的。他话里仿佛还有些许令人难以捉摸的抵触之感，而他正试图抹去这一点。难道他已经有所察觉了——在他的潜意识里？

从他身边经过时，我闻到他身上有些味道。两种气味，有点像那种老式抗菌剂，石碳酸或什么东西，也可能是他刚才用过的肥皂发出的气味。再有就是不爱干净，身上散发出的异味。

一阵厌恶之情遍布全身。我坐在桌子对面，这种厌恶之情再次袭来。

他说："我的助手把你的病例遗失了，方不方便把你的姓名和其他相关信息告诉我？你明白的，我必须这么做。"

是的，我想，你必须这么做。"艾伯塔·弗伦奇。"

"我之前应该没有接过你的诊吧？弗伦奇小姐？"

"是的，您没有。我很少生病。"

他把桌上的病例放到一边。显然信息还没有填完，他还没有问是谁介绍我来的。我知道他做完检查，一定会再问我的。

"噢，"他听我说自己很少生病，问道，"那你这次来是哪里不舒服呢，弗伦奇小姐？"

我决定编一个相对模糊的症状出来，也就是说，不会轻易被识破，只说一些常见的症状。"医生，我最近总是时不时地感觉头晕目眩的，而且越来越频繁，让我很不舒服。"

"嗯。"他应了一声，可能意有所指，也可能毫无意义。

"那天我回家的时候，突然整条街都变得漆黑一片，我不得不扶着墙站了好一会儿，等这阵晕眩过去。"

"你发现自己有这种症状多长时间了？"他虽然看着我，可脸上的表情多少和我之前听到的脚步声不谋而合：他对此次问诊，以及其他所有的病人，毫无兴趣可言。"这一点，"我心想，"等过会儿提到一个名字的时候会发生变化，但愿如此。"

"已经有好一段时间了。好几个月了。开始我也没把它当回事儿——"

他打算从身旁的抽屉里拿什么出来，但抽屉卡住了，他不得不用力拽了一下。他若有所思地咬了咬下唇，站了起来。

"请把大衣脱了，袖子也挽起来。卷到这里就行了，不，那只袖子不用。"

说不清是为了什么，就这么简简单单的几句话却让我感到有些害怕。或许是因为这里的气氛，又或许是他的性格使然。

"攥紧拳头。"他手里晃着一根橡胶管，吩咐道，随后将橡胶管紧紧地捆在我胳膊上，紧得简直令人难以忍受，这才开始测量血压。

他做这一切的时候,我一直在观察他的双手:粗糙有力,手背上的血管宛如鞭绳般凸了出来;脏兮兮的指甲有些发黄;手指粗壮,透着一股蛮劲,像是肿了一样。这双手啊,不费吹灰之力就能把人用枕头闷死。

在我看来他做这一切根本就是多此一举——甚至有些不怀好意——绑得那么紧。好像并不是他,而是他的双手,自发地察觉到我的不满和无法言说的控诉,而他的心思意念全都转移到他那粗笨的双掌之中。

我倒吸一口凉气,合上双眼。

终于,他解开橡胶管,血液灼热,挣扎着回到原处。

我没有开口询问,他也没有说话。

他重新回到座位上,十指相抵,问道:"你睡觉好吗?"

"不好,非常不好。"

"吃得好吗?"

"不好,几乎都不吃饭。"

突然他眼神一亮,显得饶有兴趣。对于他的这种反应,我有些不知所措。整个问诊过程中,这是他头一次表现出感兴趣的模样。

"跟我说说,"他稍做停顿,仿佛是在寻找合适的措辞,"你不吃饭是因为没胃口呢,还是因为——"他拉长声音,我猜他是想问我,除了胃口不好,还有其他什么原因导致我吃不下饭。

他最终还是没追问下去。"还是因为你的周遭环境不允许你吃饱,或是吃到自己喜欢吃的东西呢?"为什么他那双满怀恶意的小眼睛流露出这种意味?很好笑吗?

我未做回答,感觉自己处在岔路口,与其选错路,还不如就待在原地。

他似乎把我的沉默当作是对这个问题的答案。他又低头看了看放在他桌上的表格之类的东西——"跟我说说是谁介绍你来的?你是从哪里听说——?"

"终究还是问了。"我心想。

我把脚背抵着椅子腿,稳了稳情绪,答道:"是我一个朋友,是米娅告诉我的。"然后,装作他可能单单凭名字还想不起究竟是哪一个人,我又加了句,"米娅·默瑟。"小小的语言伎俩表明了我和她之间的亲密程度。

我们对视许久,在很长一段时间内牢牢盯着对方的眼睛,两人都是如此。我暗想:"真正的对决开始了。"

他说:"她应该去世了吧。"

他似乎还不确定,这么一说仿佛自己是从什么地方依稀听到些什么消息,等着我来确认。

"是的,报纸上都登了。"我茫然地答道,有些心不在焉,做出适度悲伤的模样,即便事情已经过了这么久。

"凶手是个男的,叫——"

"是她认识的人,我猜。"我眼睛低垂,又一次陷入悲伤。

"那个男的姓默里。"

在这种地方把我的名讳当着我的面就这么随意抛出,简直是对我的玷污。还好他此时没用听诊器,否则一定能听到我的心跳加速。

"你认识他吗?"

"她认识的人我一个也不知道,我只认识她。"

他点点头,若有所思。

"她认识的那些人,总而言之,现在也都无从知晓了,"他继续说道,"她的交际圈——该怎么说呢?——社交关系现如今全都断裂了,再也用不上了。"我不知道他说这些话是什么意思,除了一点——他说话的时候一直目不转睛地盯着我看。

之后他又开口道:"跟我说说,她是怎么说起我的?你那时候不舒服吗?"

"嗯,我想那时候我八成是觉得自己情绪低落,感觉很压抑。"

"后来她就说——?告诉我,她原话是怎么说的?"

这里一定有些猫腻,毫无缘由地,我觉得自己必须要小心应对,蒙混过关。"嗯,事情过了好久了。她当时说:'为什么不去找莫当特医生试试?也许他能帮到你。'"

看样子我的这种说法让他很满意。他瞪大眼睛,而后又恢复常态。

"都过了这么久了,这中间你有工作过吗?"

"噢，当然，我——"

"你目前没有工作是吧？"

我顺着他给我的暗示继续答道："是的，我刚刚才——"

"的确，一个人没工作的话，胃口自然不会好。"他假惺惺地答道。

"打那以后我就开始头晕——"我继续说道，让自己听起来更加可信一些。

他把手不以为然地一挥，仿佛是在说我们彼此都心知肚明，就没必要白费口舌了。对他如此无礼的行为，我是这样理解的。

"你一个人住吗？"

我回答说是的，并告诉了他具体地址。

他拿着铅笔在手里把玩，笔尖朝着自己，眼睛盯着铅芯，漫不经心地问我："你有没有服用过一些镇静情绪的药物？"

我舔了舔嘴唇，有些不知所措："没有，我——"

"没有吗？我明白了。你知道的，很多人都吃这些的。"

问诊早已经变成了闲聊，或者说看起来像是闲聊。现在连闲聊都谈不上了，变成了沉思。

我以为他正低头看向别处，后来发现他的眼睛就藏在满是褶子的厚眼皮下面，假装看别的什么东西，其实正盯着我看。我心头猛然一震。

他再次朝前挪了挪，这一次并没有看桌前放的病例。"改日再来——让我看看，今天是周四——你周六来，两天之后。"

他说完之后就没了精神，又垂着头坐在那里。

"几点呢？医生。"

"天黑后什么时间都行。按地下室的门铃。万一索菲娅——万一我的女管家那晚不在，你按楼上的门铃，我可能听不到。"

也就是说他想单独见我，而且是让我天黑后才来，这样一来就不大会有人看到我进去！我刚才说错话了吗？我都做了什么？在这冗长、漫无目的又似乎无伤大雅的谈话中，我又掉进了什么样无法预知的陷阱？

伴随着刺耳的声音，他打开推拉门。

最后他对我说道："到时候我看看有什么能帮你的。"他说这些话的时候表情很可笑，头扭在一边，好像是在察看周围有没有其他人出现一样。

我忘不了他当时四下察看的小动作，总觉得泄露了什么秘密。还有那种可怕的、"肮脏"的恐惧感，就像是他的办公室、医疗器械以及他雇的人给我的那种肮脏感一样。一个挥之不去的想法在我脑海反复出现："如果你再走进那幢房子，那个医生的名字就不是莫当特了，而是死亡。"

所以我不能回去，噢，我不想回去，不，我不要去那里。每一次我下定决心不再去那里时，我都会看到他的脸——柯克的脸，或者会想起他，或者在心里默念他的名字，终于周六晚上九点的时候，我再次走向那里。我步履维艰，沿着暗淡无光的小巷子朝那个黑暗的、等待我光临的房子慢慢走去。我感到既恐惧又无助，一个人孤零零地向前走着，尽管缓慢但十分坚定。每迈出一步，仿佛首先要感受一下地面，接着才迈着碎步朝前走去，离那里越来越近，越来越近。

我从来没有想过，有人会因为住在某个混凝土堆砌的地方感到骄傲，不过现在也没什么闲情逸致思考这个问题了。

距离那个地方只有三步之遥。两步。再走一步就到了。我实在不想再往前走了，迈出的一只脚又缩了回来，另一只脚却迟迟不肯迈出去。多聪明的脚啊。它们并没有嫁给柯克·默里，只有我的感情和心嫁给了他。

噢，街道两边如此漆黑，路那边只有一盏半明半暗的灯，可惜离我太远了，根本没什么用。它仿佛是一只害羞的眼睛，宁愿小心翼翼地低头看着小水洼中自己的倒影，也不愿目睹我将要面对的一切。街角小小的广告牌发出的绿光，像是漂浮在路边的火花，时而变成红色，随后又变成绿色。偶尔有车辆经过，但那什么都代表不了，只不过是车头闪着银光，沿着黑色潮汐匆匆而过的一抹抹黑影。

我终于到这里了，它也在那里等我：三层楼就是它黑色的眼睛，门廊前的楼梯是它突出的牙齿，仿佛在说："我就知道你会来的，就知道你会落在我手里的。"

我甚至没有告诉弗勒德,也不知道是出于什么原因,自己甚至没有采取最基本、最常见的预防措施——告诉某个人我要来这个地方,我要进入这栋房子。这样一来,万一我没能出来的话——

因为到目前为止,我还无法为他提供确切的线索,除了莫当特让我天黑后再来这里以外。我想自己可能是怕招人取笑吧,与其看着他摊开手无奈地说:"几乎每个医生都会让病人往诊所跑第二次的。"或者耸耸肩说:"你要是不敢去就别去了啊,又没人逼你去。跑到我们这里有什么用?只不过是约你晚上就诊,又碰巧在送你出门的时候看了看周围的环境,不能仅仅凭这点就让警察送你去吧。"

现在我就在这里,已经不是考虑应该说什么或者不应该做什么的时候了。我就打算这么做。

客厅那层和楼上其他两层都漆黑一片,但门廊的门开着。地下室那里有两扇窗户,比地下室前面的空地还低很多,隐匿在门阶的下面。昏暗的橘黄色灯光从厚厚的、几乎不透明的玻璃透了出来。这么说他正在下面等我,正如他所说的一样。

我身上什么防身的武器都没有带——好吧,万一发生什么事儿呢。不过,准备是否充足也只是相对的。就像防身用的匕首,究竟是否有用,取决于握着它的人手腕的力量。手枪?可我没有手枪。哨子还差不多,可这里如此隐秘,戒备森严,街上的人能听到哨声吗？只怕还不如我自己的尖叫声管用呢。

我绝望地跟自己玩儿了个游戏，一种孩子们常玩的游戏，好拖延时间，伺机而动。我对自己说："只要那边那个人经过这里，我就下去按响门铃。"然后又说："他走得太快了，不算数。好吧，再有一个人经过，我一定就去按门铃。"又说："他经过这里之前，还拐到别的什么地方了，也不能算数。"直到最后我突然无助地发现："再也没有一个人经过这里了，我必须进去！"整个过程中，一个成年人的声音，成年的我自己的声音，出现在耳畔："懦夫！懦夫！你来这里干什么？你那天安然无恙地走出来后，为什么不把整件事抛诸脑后呢？"

终于，我迫使自己朝地下室门前走去。那里漆黑一片，伸手不见五指。"柯克，保佑我。我要进去了。"我知道他此时正在数英里以外的地方，身陷囹圄，孤立无助，但我需要个护身符帮我渡过难关。

按响门铃时，我不免觉得有些奇怪，真的有人能穿过层层黑暗看到我吗？我用一只手抓紧另一只手的手腕，好像一下子被击中要害，突然感到虚脱，动弹不得。

这的确很幼稚，我心知肚明。这将是我最后的未泯的童心。在这之后，童心也就所剩无几了。站在这栋等待我随时进入的楼房前，我是艾伯塔·默里，一个成年人。首次进入这个她从不曾想过会走进的成人世界，一个她连做梦也不会想到的世界：一个蛮夷之地、黑色地带、充斥着肆意古怪行为的隐匿之地，充满明目张胆的背叛和心狠手辣的恩怨情仇。在那里悔恨和良心是软弱的代名词。这是多么诡异的初次登场啊。

我按下门铃，房间深处传来微弱的声响，不是普通门铃的响声，而是一种愤怒的蜂鸣。像纽约这种地方，地下室前面的那片空地有一个共通点：外面都有一个网格铁门，就在门廊下方的位置。铁门后面，成直角的位置才是房子本来的木质大门。我估计，过去人们为了防止外人闯入才这么做的。从任何角度来说，这扇铁门都配得上"门"这个称谓：它把侧面的空间从上到下包裹得严严实实，只有白天或者借着房内的光线才能看到有条缝隙。

既没有内门打开的声音，也没有人出来的动静，这说明他早就待在那个地方了，藏匿在黑暗之中，一直站在那儿，透过那条缝隙，观察我的一举一动。"晚上好，我还在想你究竟要花多久才能到这儿。"尽管他嗓音低沉，试图安慰我，但他的声音离我那么近，就从大门的另一侧毫无预警地传过来，把我吓得不轻。

然后他推开沉重的铁门让我进去，弄出很大的动静。黑暗之中，我再次嗅到一股混合着烟草味的污浊气味。

"以后不要这样，"他说，"你在人行道整整待了五分钟，好像没打定主意似的。这——这可不太对劲，给人印象不好。不管你去什么地方，都不要站在外面瞎晃悠，尤其是来我这儿时，直接进来。"

所以说他一直都在观察我,很可能在我刚到达这里时,他就开始监视我了,宛如某种类人猿,潜伏在铁栏杆后面。

我不禁暗自琢磨:"假如弗勒德真的派人送我过来,我和那个人就在这所房子的视线范围内分开,或者仅仅是和躲在附近的他暗暗交换信号,现在会落得什么下场?"

刚才的犹豫不决让他不快。也不知道他会不会相信,我绞尽脑汁解释道:"噢,医生,我告诉你刚才为什么会那样。我来的路上碰巧看到时钟,自己早到了五分钟。我不想太早到这里,总觉得怪怪的。我向来喜欢按时赴约,所以就在外面等——"

"好吧,事实上,你晚到了五分钟。"

"这么说来一定是那口钟走慢了。"

与此同时,他并没有退后一步好让我进去,反而从我身边经过,走到低洼的空地处。门口立着两块褐色石板用以加固铁门。他的目光瞟过石板,先朝街头看了看,随后又朝街尾望了望。

他这个举动看起来漫不经心、无关紧要,就像是普通的房屋主人,每次趁着出来开门的时候,都会享受一下新鲜的空气。但这并没有误导我,他是想确定没人注意到我进来。

"直接进去,别站在这儿。"这句话本身无伤大雅,只是他说话的时候,眼睛一直盯着街上看,使他的话里充满了阴谋的味道。他的所言、所行、所为——我也不知道应该选择怎样的措辞——都显得居心叵测。

我知道现在这种情况下，自己迟早都要进去，但我抓住一切机会拖延进入的时间，哪怕只有一瞬间而已。"可我不知道灯在哪里，医生。我看不清路。"

"用不着开灯，你沿着走廊直走就行了。我马上就过来。"这次他依然没有回头看我。他是要确认大街上空无一人。

噢，我知道的，一直都知道的，就算是傻子现在也看明白了。有哪个医生会黑灯瞎火地接待病人？在病人进来之后，还要再三查看街道的情况？如今那个芬兰女人也不在，他应该早就料到她会外出，即使她不出去，他也会想办法把她支出去的。因为这个地方将会有可怕的事情发生。

我越想越怕，甚至不敢掉头往回走，除了硬着头皮往前走，什么也不敢做。一片死寂。我担心如果自己突然停下，他可能会用蛮力把我拖进去。至少现在捆绑我的绳索还没被勒紧，只要我待在里面，老老实实地往前走，在这一小段时间内，我尚是自由之身。

我摸索着碰到墙壁，悄悄向后方侧了侧身，贴着墙壁移动身体，猫着腰穿过乌黑的铁栅门，眼前依然是一望无际的黑暗。穿过第二道门，脚下不再是水泥地，取而代之的是木地板。这里的烟味儿更加刺鼻，显然在这方狭窄的密室里，他逗留了很长一段时间。

我听到他的脚踩在地下室门前沙砾上发出的刺耳摩擦声，他要进来了。随着铁门"哐"的一声被人关紧，唯一逃生的机会也从我手中溜走了。

我被困在里面了，永永远远，彻彻底底。

他的脚重重地踩在我的脚面上，一瞬间我感觉趾头都被踩碎了。他肯定也感觉到了，但并没有道歉。

"这里太黑了，医生，我什么都看不清。"

他走到我前面。"跟着我，"他粗鲁地说道，"这总办得到吧。"

我踩着变形的木地板跟在他身后。每走一步，都觉得他会突然停下来，毫无预警地转过身，之后就会有一双残暴有力的双手像钳子般朝我——

我们侧身小心翼翼地从一段封闭的地下室楼梯旁边走过。从它阴影面积的大小判断，右手边好像有台废旧机床。

"医生，我们不上楼去你办公室吗？"

"去办公室干什么？"

"干什么"这三个字令我不寒而栗。他的回答如此简短，甚至都不愿假意继续我们那天的谈话。无论一会儿我要面对什么，都只会在这里。就在这些台阶的下面，不会有打斗的痕迹——无需技能——也不会被那个芬兰女人或其他什么人察觉。

前面突然就没路了，我们终于到了。我猛然感觉脚下地板的质感有些不同——在黑暗中脚步声显得格外清晰。这里和之前的地板一样陈旧，或许是把木板朝不同的方向铺着，又或许地板上铺了一层烂油布。毫无征兆地，灯突然亮了，他的手收了回来，任凭灯泡来回晃悠，光线因此而变得更加刺眼。

灯泡上罩着那种常见的棕色包装纸，有助于缓解突然出现的这种令人不适的明亮感。灯光带来的刺痛感逐渐消退，但它依然会形成一种奇怪的潮汐般的阴影，均匀地投射在墙面大概一半高的位置上，为这里又增添了一抹令人毛骨悚然的弦外之音。首先，除了我们所在的这个明亮的洞穴或是库房以外，其他地方都昏暗一片。其次，除非我们站在灯泡正下方，否则光线会把我们的脑袋还有上半身从不同的高度和身体其余部分割裂开来，于是我又有了另一个额外的恐怖经历：面对一个只有半截身子的人，他的身体的其他部分淹没在昏暗之中。此外还有一双脱离躯体、没什么精神的眼睛正盯着你看。

我们现在所在之地位于地下室后方的一个房间，没有窗户，之前应该是用作储藏室或是堆放废弃物的，现在既是储藏室也是垃圾堆。很难说清这里究竟做何之用，因为视线所及之处，杂物和垃圾一样多。随处可见罐头瓶、食物包装袋、蒙上一层灰尘的装药品或液体的玻璃瓶、装橄榄油的锈迹斑斑的锡桶和破椅子。我发现，除了这些东西以外，这里还扔着一台缝纫机，锈得只剩下发红的铁架子。一定是曾经住在这里的勤劳女性曾用它来缝制帆布套袖或是裙子。

"把门关上，"他厉声喝道，"脑子里想什么呢？"

我拉上门，把我们二人关在屋内。

房间中央放了一张破旧肮脏的桌子，显然它在这里还有用武之地，所以还被保留着，就摆在那里。他匆忙走到一旁的昏暗处，又走回来，如此往返数次，阴影就像是断头台上的铡刀一般。他每次回来，手里都会拿着个像鞋盒一样的东西，然后从杂乱无章的垃圾堆里某个只有他自己知道的地方抽出一张纸。尽管我很想看清楚纸究竟是从什么地方拿出来的，但他动作太快了，我根本看不清。终于，他在我和桌子之间晃了两下，待我看清楚，才发现桌子上突然多了一把左轮手枪。我也不知道枪是从他身上还是从桌子底下的哪个抽屉里掏出来的。他坐了下来，枪就放在他袖口旁，而且，也许是出于偶然，它恶毒的枪口正对着我。

觉察到我眼中流露出的惊惶之色，他瞟了手枪一眼，仿佛很有必要弄清我害怕的原因一样。"我来这里的时候都带着它。"他似乎是在跟我解释，可这算哪门子的解释啊。

他把袖子往上挽了挽，好让自己舒服一些，接着说："现在好了。"他说得直截了当，毫不掩饰，仿佛是在说："一切准备就绪，我们现在就开始吧。"

"找个地方坐下，就坐在那个箱子上吧。"那个装鞋的箱子——如果它之前确实是用来装鞋子的话——被他一屁股坐在了身下。他把手里拿着的一张长方形纸条对折了一下，连续在桌子上敲打着，仿佛是要让它的边儿变钝一些。

"你有认识的人吗？"

我舔了舔嘴唇，无法回答这个问题。不过，我这个动作看起来像是在绞尽脑汁回忆我从前认识的人一样。

"有没有什么人对咱们有用？"

我依旧无法回答。

"你那天说她认识的人，你一个都不认识。我还以为——以为你有自己的门路。"

这次他替我做了回答。"看样子你没有。"之后他又接着说，"无所谓，我会让你忙得马不停蹄的。"

他从坐着的鞋箱里——尽管我没有直接的证据——拿出一些小纸包。纸包很小，大概装着名片或是礼品卡，又或者是医生开的药方，他从账单上撕了一页下来，写好后对折塞了进去。纸包口是封死的，严严实实，就连半干的胶水都从边缘渗了一点出来。纸包里面装着的东西不太规整，弄得纸包底部鼓鼓囊囊的，而它上面的部分又扁又平。但是当他把纸包递给我的时候，我把纸包拿颠倒了。由于重力的原因，里面装的东西都堆到纸包上部，而底部像纸张一样薄。我能感觉到纸包里面有颗粒物滑动。

"我应该多久——"

有的时候最不起眼的小事反而会拯救你。他回答得如此迅速，正是这一点挽救了我。我差点儿脱口而出："我应该多久吃一次这个药？"

"只要你方便，随时都可以。"他已经约我再次见面了。

仅仅是想空出手来，我机械地打开皮包，把那些小纸包放了进去。

"你这是在干什么？就这么把它放在里面？"他的声音听起来十分不悦。

就像大多数包包一样，这个皮包里面也有一个半隐蔽、带有拉锁的隔层。我把拉锁拉开，让他看了一眼，问道："放在这里，可以吗？"

"拿给我看看。"他把皮包从我手里拿了过去，把四根手指塞进了这个新发现的隔层里反复检查，后来又把整个皮包移出我的视线，放在他的腿上。我看见他肩膀微微晃动，好像手里正在忙活着什么。随后"咔哒"一声，这声音我再熟悉不过了，包被他合上了。

在莫名其妙地把包合上之后，他把皮包还给我。"拿着，"他说，"这回万无一失了。"

我把包在腿上放好，抬起头，他盯着我的眼睛，说："二百五十美金，明白吗？"

我不明白，只好看着他。

他厉声喝道："别盯着我看！二百五十美金，听清楚没？"

我不经大脑地答道："清楚了，医生。"

他的指尖移开枪柄，至此我才意识到之前他的手一直握着手枪，如此老练沉稳。

他又递给我一张纸条，说道："一分钟之内记住上面的东西，然后把它烧掉。"我拿正纸条看了看,又听见他说,"一会儿你就用不着它了。"

他等我看完,问:"记住了吗?给我说一遍。"

我清了清嗓子,像是在学校背诵课文一样,不确定地背道:"卡纳尔街上的'纯净咖啡馆',11点到12点之间,碎麦片,最里面靠墙的桌子——"

"你知道怎么吃碎麦片吧?"他打断我问道,"先用手把它碾碎,在餐盘上形成一个小堆。不要像有些人那样,把勺子一下子就插进麦片堆里。现在继续背。"

"第三大道四十九号的俄勒冈酒吧,12点30分左右,在第二个电话亭替'芙洛·瑞安'接个电话。"

"继续。不要看纸条。"他把纸条翻过去放在桌上。

"第八大道,哥伦布圆环广场附近'咪咪夜总会'的女洗手间,问服务员认不认识一个叫比拉的人——"

"你把什么漏了?"

"两点以后的任何时间。"

"还有一个。快点,加快速度。"

我想了一下,终于想起来了。"四十二号'宝石剧院'三点钟以后,左手边楼座最后一排,'我是不是把围巾落在座位下面了?'"

我深吸一口气。

"你忘了金额总数了。"他恶狠狠地说,目露凶光。他已经把总数算好了。

"一千美金。"我答道。

"嗯，把总数给我记牢。要是来见我的时候金额不对，到时候——"他话说了一半。

也就是说我再次回到这个地方要带着一千美金，而钱是从那几个不同的地方搞到手的。我就只知道这么多了。我瞥见他手边的那把枪，尽管那次之后他再也没有碰过那把枪，但那个卑鄙的枪口从一开始就对准我，这让我根本无法思考这两点之间有什么必然联系，传递出何种含义。

"把它给我。"他从我手中拿走纸条，划了根火柴，把纸条点燃，看着它四角卷起来，晃动火苗把纸条全部烧尽，之后用双手把灰烬搓了搓，像是在揉搓某种黑色食物一般，直到灰烬被完全搓成粉末，在他的手掌上留下黑色的纹路。他又往手心吐了口唾沫，在身上蹭了几下。

"有些医生，"我暗想，"知道怎么做就能让我的脸扭曲到变形。"

我的目光暗暗搜寻到那把枪。我沉思片刻，的确，它离他太近了，他动一动手腕就能够到它，而我坐在桌子的另一头，但如果我能分散他的注意力，让他把视线转向屋子里较远的什么地方，我再迅速行动握住它——

突然，它滑向桌子的边沿，消失不见了，却并没有因为自己的重量掉落在地上，然后他的手又从放枪的地方拿了上来，什么都没拿，仅仅不断敲击原来放枪的地方。

不管怎么说，我意识到这么做对我没任何好处。我根本不可能用枪逼他说出我想知道的东西。就算枪被我抢到了，他不费吹灰之力就能把它再次夺回去。我必须想出个更为行之有效的方法。

"医生，我——"

我欲言又止，因为我根本不知道自己想说什么。

然而，他好像明白我的意思。"知道了，给你。"他不情愿地说，然后递给我一张脏兮兮的十美元钞票。"现在行了吧。"他说。

他站起来，指着昏暗的灯光说："抓紧时间出去吧。"

他让我打开门，才刚走到门口，灯就灭了，仿佛这一幕从未发生过一样。所有说过的话、做过的事，以及它们被呈现的方式都成为一场噩梦，想起来就让人感到害怕。

我沿着狭长幽暗的通道摸索着往前走，身后传来他的脚步声。胳膊连续摆动，紧紧地跟在我身后。近在咫尺的脚步声让我不寒而栗，我就跟刚刚踏进这里时一样害怕。我真想拔腿就跑，逃离它们的束缚，但我尽力克制，不断告诫自己就算现在这么做，前面还是会有障碍物把我挡住，白费力气。勇敢一点，只需再坚持一下，一切都会过去。再过一小会儿，一切就都结束了，我就可以出去了。

我身后的脚步声消失了。他停了下来，鬼鬼祟祟地紧贴着我站住。

终于等到这一刻了,他总算把铁门打开了。在急不可耐的狂喜中,我的身体几乎就要冲出去了,可他用胳膊粗暴地挡在我前面,先朝四周小心翼翼地观察了一会儿。

他终于把手放了下来,我可以自由地走出去了。"周一晚上,老时间,"他咕哝道,"你要敢不出现,有你瞧的。"

我迈上两级台阶,走到人行横道上,最后听见他对我说:"当心点儿。"

他说这句话时,语气中没有丝毫内疚之情,没有共同承担风险的同伴情谊,而是伴着一种严酷无情、麻木不仁的语调,跟威胁并无二致,仿佛是在说:"当心点儿,你就是给我赚钱的工具。我只在乎你带回来的钱。"

我拖着僵硬的双腿快速走到街上。我想这应该就是麻木吧。随着麻木感逐渐消逝,我估计双腿马上就会变得绵软无力,无法再支撑我的身体。在此之前我必须上公交车找个位置坐下。幸好没过多久,就有辆公交车停了下来,然后这两件事几乎同时发生:我绷紧着的神经终于可以松懈下来;我一屁股重重地坐在公交车的皮椅上,避免随时可能会晕倒。

我安然无恙地从那里出来了。什么事儿都没有发生,这是我最先意识到的,也差不多是最重要的了。我甚至感到不能呼吸,于是把车窗打开,深深地吸了口气。我身边的乘客扭头看我,十分不满。对他们而言,这股冷风让人很不舒服,但在我看来,它能给人自由，令人愉悦，让人恢复气力。

而这种轻松是危险的，会扰乱记忆中的很多细节，在它表面蒙上一层薄膜。尤其是它让那栋房子变为唯一的危险之地，而现在周遭的一切在此之后似乎都变得安全无害，无须被质疑或承受怀疑的目光。

正因为这个原因，我把当天晚上一个正好和我等同一班地铁，而且在站台徘徊时还瞄了我好几眼的男人，也当成是我之前遇到过的那类人：仅仅是个恰巧和我等同一班地铁的人而已。

现在危险被愚蠢地锁在一个密不透风的隔挡里，一个地窖之中，就在莫当特家中，而不会出现在其他任何地方。这不过是一个穿着西装，戴着帽子，站在口香糖售货机前，盯着镜子，调整角度，端详自己的脸的男人——只是他帽子的颜色有些不可形容——应该是棕色，不，是灰色，不，我也说不清是什么颜色。不过镜子照不全他的整张脸，而我在离他较远的地方，坐在长椅上等地铁，所以自然地暴露在他的视线内。

开往市中心的地铁呼啸而至，他却不见了踪影。毕竟有很多车辆可供选择，不管怎么说，我也是事后才想到这点的。他很早就淡出了我的思绪，事实上，他从未进入过我的脑海里。

我换乘至开往曼哈顿东区的地铁，准备去卡纳尔街的时候，他突然又出现了，就在这趟区间列车上。可是我把所有的危险都隔离在莫当特的房子里了，这不过是另一场巧合而已。一天之中有成百上千的人,甚至每个小时,都会有人从曼哈顿西区坐车到东区。他为什么不能呢?

下了区间列车,这里仍然有很多车可供选择,他再次消失了。

我之所以决定去那里,执行这场指派给我的、令人厌恶不已的任务,是按照以下的逻辑思考的:至少我还需要再次拜访莫当特,如果可以的话,最好能多见他几次。虽然第一次会面我什么线索都没有查到,但我获取了有可能得到一切的承诺。他是认识米娅·默瑟的,他的一举一动说明他不可能只是她的私人医生,两人之间一定存在某种违法的关系。如果给我足够的时间,我一定能发现这里暗藏的杀人动机。不只是动机而已,或许还会找到证据。一个男人和自己预期的同谋见面时还会在桌子上放一把左轮手枪,对于某个以某种方式反对他甚至威胁到他的人,他极有可能会毫不犹豫地闷死这个人。非常好,除非我先完成他交代给我的差事,否则我就不可能再次和他当面对话。因此,在纽约市周日这个安宁、休闲的夜晚,我出门执行这项任务。

哦,至于这件事的本来面目,我倒没抱任何幻想。即使我本人十分单纯幼稚,想到那天我们之间发生的一幕幕,我也心知肚明,这里一定涉及犯罪交易。首先,我即将收到的那笔钱就能说明这一点,再加上我即将要联系的人以及我自己,都煞费苦心地隐瞒了身份。尽管难以置信,我还是没有想出他究竟要让我做什么。八成是有人欠他的钱,可能是某种违法服务得到的报酬——

伪造记录，完成某种违法的手术——由他出面收钱不安全，相比之下还是通过这种间接的方式比较好。各种其他的细节一下子都浮现在脑海中，反而形成了一个令人费解的盲点。我把之前他给我的那些小纸包仅仅看作是一种权宜之计，让我们之间的会面看上去更可信一点。换句话说，一旦不久之后他被人质疑、询问的话，他就可以解释说他只是把我当成他的病人而已，给我开些镇静剂、强化剂或者头疼粉之类的东西，因为我偶尔会感到晕眩。这样我自己说的话反而就成了他的证词，也许办公室里的病历记录也能证明他所说的。

高明，当然同时也很盲目。我停在"纯净咖啡馆"附近探头张望，仿佛在进去之前需要花点时间考虑点什么吃的。

这个时间点，里面居然坐得满满的，靠近前台所有好一点的座位都有人。尽管很多人看上去早就把甜点吃完了，但依然待在那里，三三两两地闲聊。正如很多类似的餐厅一样，来这里吃饭的人更多是出于社交目的而非仅仅为了填饱肚子。

我心想："他希望我进去。我从那里就能拿到钱。"我推开旋转门，从服务员手里接过一张硬纸片，他就像是售票员一样站在门口。铃声刺耳地响了起来，但甚至没有一个人扭头看。或许每次有人进来的时候，都会铃声大作。

我拿了一个托盘，沿着柜台前面的横杆推着托盘往前走。他烧掉的纸上写着"碎麦片"，可我根本没看到。我都走到底了，甚至还往回走了几步以确保自己没有忽略它。最终我不得不问柜台后面的服务员是否还有麦片。

"没有了,"他说,"不过我可以为您再打开一包。我们在里面还为明早预留了一些。"

不一会儿他就从食物储藏室或其他什么地方回来了,盘子上放着两块熟悉的、类似长方形蛋糕的东西。

他一边给我的票上打孔,一边说:"之前也有人在这么晚的时候点这个吃。有个客人每次来都会像你这样点麦片吃,不过他好久没来了。麦片用来做早餐最好啦。"

我想知道他究竟明不明白这其实是个暗号。我仔细盯着他看,看样子他并不知道,说这番话只是出于亲切,不过我并不十分肯定。

我把它们放在托盘上,离开柜台坐在最后面靠墙的桌子旁。

铃声又响了起来,一个男人走了进来,在饮品区给自己倒了一杯咖啡。虽然他背对着我,但看起来隐约很像我今晚离开家到这里之前,曾经两次遇到过的那个人。我想一定是自己搞错了,这种巧合不可能出现第三次。

捏碎的麦片像是枯树叶一样堆在盘子中央,我也不知道自己该不该吃掉它。我本来也不是特别想吃。虽然不如之前在医生家那么恐惧,可现在我还是很紧张,希望事情快点结束。

端着咖啡的那个男人淹没在人群之中。尽管我们相距甚远,但他就坐在我对角线的位置,我可以清楚地看到他的座位,如果他留意我的话，也能看到我。而他并没有朝我这边看，仅仅埋头专注于自己的事情，所以我只能看见他帽子顶部的褶皱。不过我隐约还是感觉，他和我来这里的路上曾两次遇见的那个男人之间，有着惊人的相似之处——

还没来得及顺着这个思路继续往下想，我对面突然冒出一份打开的报纸。有人在我对面坐下，可我并没有听到响铃的声音，这说明他本来就在餐厅里面。

他目不转睛地盯着报纸的标题看，按理说读个标题花不了多长时间，但他的眼睛一直盯着标题，没有继续阅读下面的具体内容。

我感觉自己心跳加速。

他侧着身子坐在我对面。若是在这种狭窄的小桌子前看报纸的话，大多数人都会采取这种坐姿。透过报纸和他脑袋后面墙壁的缝隙，我大致能窥视到他的侧颜。

"拿到了？"他含混地问道，脸上没有任何表情。有那么一瞬间，我还以为他是在读报纸时自言自语而已，就像很多人边读边娴熟地发表意见那样。

我还没来得及作答，他就已经等得不耐烦了。

"怎么回事？他跟你说起我了吗？"

"说过，但我也不知道谁——"

"出什么事儿了？你啥也没拿到吗？他没交给你什么东西？"

"嗯，他只是给我——"

他对压力和紧张早已习以为常。

"别瞎耽误工夫。我不能整晚都这么举着报纸看。这里还有其他人。你是新来的?"

"你想让我怎么做?"我无助地问道。

"把你的包推到这边来。"他把胳膊肘抬起来,和桌面保持一定距离。如此一来,包既可以从中间的空档经过,还不会影响他继续看报纸。

整件事情处处透着古怪,搞得我晕头转向。我把包推了过去,直到它失去平衡,掉了下去。他双腿交叉,把包接住,摊开的报纸始终纹丝不动。

他一只手松开报纸的一边,让桌子继续撑着报纸另一边。尽管它稍微晃动了一下,险些坍塌,但因为整份报纸本身就是很厚的一叠,所以它仍然直直地立在桌子上。

我听到搭扣被"啪"的一声打开,声音令人窒息。尽管无法用肉眼看到,但从他的呼吸中还是能感觉到他正鬼鬼祟祟地做什么。突然,耳边传来他恶狠狠的声音:"他给你的东西放在哪儿了?"

"他只是给了我一些东西,用来——把那个拉链拉开。"

搭扣又"啪"的一声被合上。鼻孔随着怒火而紧缩,愤怒甚至令人几乎窒息。

包又突然出现在它原来的地方,他的手指也重新放在报纸边缘。两个动作一气呵成,尽管一定会有先后次序,但他动作太迅速了，它们几乎是同时发生的。

还没等我反应过来，那份用来遮掩的报纸已经不见踪影，他也像梦一般迅速消失不见。侧厅的门来回摇摆着，但人影早已消失在门外漆黑的夜色中。

我把失而复得的皮包放在腿上，在桌檐的掩护下查看包内物品。医生给我的那些小纸包少了一个。在包的最底下有一沓卷在一起的钞票，拿皮筋牢牢地捆紧，宛如什么人用修长但颤抖的手指捆的一样。我数了数，二百五十美金。

我茫然地抬起头，一种后知后觉的恐惧感袭上心头。这里面一定是——"你知道的，"我在心里数落自己，"自始至终你都知道，只是自己不肯承认罢了。你不想让良心阻碍你的真实企图，因为这是必需的准备工作。于是你就把良心踩在脚下。你把它想象成是那种可以让自己全身而退的犯罪行为，比如说一次违法手术的好处费。"

我惶恐地朝四周看了看，相较于之前他坐在离我半米左右带给我的恐惧感而言，现在他不在我身边的那种恐惧感有过之而无不及。

这里没有一个人在看我，柜台后面的服务员全都低着头，忙各自的事情；坐在玻璃窗后的收银员正在看报纸，迎接不时结账离开的顾客；一位男士小心翼翼地端着一杯咖啡，目不转睛地盯着咖啡看，就好像发现了什么脏东西。他并没有看我，只是盯着咖啡而已。然后他往前走了几步，这才喝了一口，继续刚才尚未完成的动作。侦查，抓捕。不假思索地，我脑海中自然而然蹦出这两个词来，这就是我现在最真实的想法。

我起身朝门口走去，浑身颤抖，虚弱无力，甚至感觉自己已经老态龙钟。我觉得肩膀黏糊糊的，仿佛世上一切的肮脏污秽、一切凡是看得见的罪恶，都被一股脑倾倒在我双肩之上，压得我喘不过气来。

现在我全都知道了，但是拒绝去下一个地方的决心并不坚定。各种因素致使我打消了这个念头，总有个声音接二连三地敲打着我的心："柯克，我甚至愿意为你做这种事。""既然都已经做过一次了，就将错就错吧，再做几次又能造成多大的伤害呢？""要是不这么做，我就再也不可能回到那个地方了。""这些人也算不上是受害者，可以这么讲，他们就是那种专业的分销商、零售商。"最终，我甚至从这些想法里获得了些许安慰和解脱，自己的犹豫彷徨反而成为继续前行的动力。她曾拒绝去下一个地方——这算是种比喻的说法，因为她并没有徒步从一个地方走到另一个地方。她一直都是个养尊处优的贵妇——但出于某种原因，她拒绝继续下去，然后一个枕头落在她的脸上，将她脑海中关于"下一个地方"的所有记忆都清除了，扼杀掉了任何会泄露真相的可能。

倘若我现在所做的事情本身就是完整的杀人动机，那如今所需要的就是确凿的证据，我又怎能拒绝继续前行呢？这将是对自己目标的公然背叛。

当晚12点30分左右，我到达第三大道四十九号的俄勒冈酒吧。酒吧向内纵深，像是刺入所属大楼的一间凹室。酒吧内光线昏暗，所谓的灯光摇曳，不过都是暗淡的橙色、玫瑰棕色以及类似色调。比起这些色彩，你所感受到的依然是昏暗感。整个酒吧暗淡混沌，宛如落日余晖时的黄昏景象。

尽管位于繁华地带，酒吧生意却是一般。我虽算不上是专家，但当我刚刚踏进这里，就能感受到一种死气沉沉的氛围，空气中毫无生机，酒吧也仅仅是勉强运作下去而已。

只有几个男人坐在吧台那里。狭窄走廊的另一边，在进出口处贴着墙的地方，有几个一人高、带桌子的隔挡，就像是梳子齿一般，当然远没有梳子齿那么密实。其中一两个隔断里坐着几个女人，就是那种常出现在此类场所的女人。她们像贝壳一般脆弱，心智并不成熟，内心空虚无比，跟外面卖的不倒翁一样，底部很重——不管被推倒多少次，它都能重新站直——笨重而柔软，幼稚的大脑中充满了含着愤恨的绝望。这跟年纪大小无关，完全是品德问题。一个身材臃肿、扎着一头辫子的女人显然是在和她丈夫一起喝啤酒，他们将会在自己的出租房里，在相互殴打中度过今晚，直到有人报警为止。

最后一排桌子被人占了。我现在唯一能记起来的是，他并没有像在咖啡馆那样,明确要求我坐在最后一排的桌子那里。但是它前面一排的桌子是空的,于是我有些费劲地侧身从固定好位置的桌椅之间的空隙中坐了下来。酒吧里的人们那一副副迟钝而愚蠢的面容仿佛是一串延伸出去的项链,珠子一颗一颗地散落在酒吧四处,直到最终我也融入其中,不再用眼睛探寻。

酒保派人过来招待我,我对他说:"我在等电话。"他转身走了,看样子并没有表现出任何不满。

他刚走没多久,我突然发现自己忘记了联系人的姓名,顿时心头一紧。我马上自我安慰说这也没什么大不了的,接电话的时候自然就能想起来了。在这个洞穴般的地方,不太可能会同时有两个电话找一个没人陪伴的女人。我趴在桌子上,试图舒缓紧张的心绪。紧张的情绪一旦放松下来,关于那个名字的记忆也就慢慢浮现。好像名字里有个R?赖斯吗?嗯,就是这个。

我不知道眼睛应该往哪儿看。我的一侧是光秃秃的墙,而如果我往另一侧看,也许就会和他们其中某个人的眼神相遇,招惹是非。我只好无奈地盯着自己对面的松木板看,偶尔能看到一缕朦胧的青烟,应该是有人刚刚点燃香烟,烟慢慢飘了过来。还有个有趣的东西,像是黑色的三角形鱼鳍,插在木板之上,然后又不见踪影。我知道那是什么——女人帽子上翘的帽檐。木头桌面上,尽管已经被清漆刷过,还是能隐约看到模糊的痕迹。某个人,在之前某个早已被遗忘的夜晚,用刀尖、叉子甚至是大头针这类东西,把他或者她姓名的首字母刻在桌子上,就像孩子在树上刻下自己的姓名一样。

他,或是她,现在又身在何处?死了吗?还活着吗?变得富有还是更加贫穷?或许都没有。人是不会改变的,只有在故事书里才会。他可曾想到某个晚上,有个女人会坐在这里,坐在他曾经的座位上,她的包里装着那个东西——对所有人而言都会招致杀身之祸的东西,可她居然寄希望于这个东西能帮助她让自己的丈夫重获新生。

酒吧服务生再次来到我身边。我猜,我这么久都不点东西,让他有些不耐烦了。

可他热情地凑过来说:"打扰了,您是芙洛·瑞安吗?"

就是这个名字。他一说我就想起来了,跟我之前想的一样。

我对他说是的,我就是。

"有人打电话找您,就在第二个电话亭。那边走到底就是了。"

大概是因为这些隔断,我甚至都没听到电话铃声。我小心翼翼贴着桌子往外走,尽量不引起别人的注意。身体离开桌椅后,我径直朝后面走去。

实在不巧,第一个电话亭里有人正在打电话,他离我这么近让我有些不安。我记得再清楚不过了,这些所谓的隔断有多不隔音。从它旁边经过的时候,透过玻璃,我看到他黑色的帽檐,而他正好回头。

酒吧服务生把听筒放在一边，等我接电话。我把门关上，抓起听筒，手指像五根冰柱一般，僵硬得几乎无法弯曲。

听筒里没有声音，我也不知该说什么。"我是芙洛·瑞安。"我一只手掩上嘴巴，防止被别人听到，屏住呼吸道。

那头传来一个男人的声音："你那儿的灯亮着吗？"

我抬头看了看。光线昏暗，让人几乎注意不到灯还亮着。

"如果亮着，先把灯关了。"

我伸手扭动开关，灯灭了。起先我还纳闷他是怎么知道的，后来我才想起来，大多数付费电话亭的灯在人进来的时候都会自动亮起来。

他说："嗯，好了。把你拿到的东西放在退币口，然后挂断电话，回到你的座位上。你知道该怎么做：默数十下，假装落了什么东西，再回到这里。不要让别人抢先进来。"

我挂断电话，打开皮包，取出一包东西放到退币口，然后走了出去。旁边的电话亭还有人在，但是我刚才并没有说什么，就算有人听到也摸不到头绪。

我瘫坐在座位上，心里默数着，每数一下，心也不由得哆嗦一下，仿佛是敲响的丧钟。然后我在皮包里翻找，佯装丢了什么东西，硬币或是唇膏，又或是手帕。我站起来，第二次往电话亭走去。

这次第一个电话亭的门敞开着，空无一人，而且也没人跟着我回到酒吧。我走进刚刚离开的电话亭，伸出两根手指在退币口摸索。那个小包已经不见了，取而代之的是同样一沓现金，中间用橡皮筋捆住，就跟之前在咖啡馆时一样。

我把钱放进皮包，扣上搭扣，从电话亭走出来时还不忘朝四周看了看。电话亭旁的通道十分狭窄，只有电话亭这里稍微宽敞一点，再往前走就是墙了。那里有三扇门，其中两间包间看起来很舒适，但第三间没什么标志。我稍做犹豫，伸手推开这扇门，佯装自己丢了什么东西，走错了房间。

外面黑漆漆的,空气中弥漫着呛人的味道。有条巷子直通街道，巷子两侧都是围墙。

我从另一边往回走，这才闻到一股雪茄的味道，就悬浮在那个空的电话亭上方，就在我刚才进去的那个电话亭的旁边。我身体无法控制地发抖，仿佛闻到了什么有毒的瘴气，慌忙逃离。

我径直往酒吧门口走去，就连经过我之前的座位时也没停下脚步。我惊恐不已，越走越快，几乎是一路小跑地离开了这个地方。

尽管我走得很快，但还是留意到两个酒保好奇地盯着我的背影，其中一个还对另一个人说："他必须改变主意，更换下次和她见面的地点。"

我一口气跑过好几家店面的门口，觉得那潮水般的空气仿佛能够将我净化。之后我强迫自己放松下来，抑制住本能的厌恶感，加快步伐，让自己快速离开这里。

倘若有人在监视我或等我现身，肯定会对这种突发情况感到错愕不已。就在我明显加快步伐，从附近一间不太显眼的店面门口经过时，余光看到有两个男人站在那里，好像是在商量什么事儿。点燃的香烟那红色火点迅速从我眼前向后方移动，很快不见踪影，仿佛是被什么人刻意用身体遮挡了一下。尽管他动作敏捷，但还是在我经过的时候被我发觉了。

经过下一个路口时，我回头望了一眼，仅仅是为了让自己安心而已，但一个人都没看到。这么说来刚才躲在那里的两个人跟我一点关系都没有。

一群人簇拥在一起，在铺着地毯的一小块地方摇摆身躯。舞池四周分别用彩灯打光，而其余的地方则一片昏暗。舞动的人们仿佛是一群海洋生物，从泛起涟漪的紫绿色海水中得以窥探一二。他们彼此紧紧地挤在一起，谁也无法取代他们中的任何一个人。在适当的时候，尽管可能是很久之后，他们还会按相同的次序排列，重新回到原来的位置，宛如一群被铁链捆绑的奴隶，正极其缓慢地推动一个几乎凝固住的车轮前行。

我走了进去，朝黑暗中那堆泛着紫绿色火焰、作为祭祀之用的柴火垛走去。

那些在夜半时分还在跳舞的人们，浑身散发出一种极度悲伤的情愫，它就像是为迎接死亡而举行的一场公开仪式。我能感觉到他们的这种悲伤远比我自己的差事所引发的悲伤更为残忍，更为冷酷。这是一场明码标价的寻欢作乐，希望通过一次又一次注定失败的尝试，暂时地抑制无可救药的疼痛、失望抑或死亡。这不过是麻痹自己、拖延时间罢了。

不知道为什么，我还记得找马蒂的那个晚上，在旅馆前台的那个人以及他那双令人毛骨悚然的眼睛。"哦，上帝啊，"我心想，"那是一双历经沧桑的眼睛啊。见得太多，看得太清楚了。"

我表情麻木，跌跌撞撞地坐在手边第一把空椅子上。旁边的女人扭头对我说："这里有人。"

她的意思是这个位子属于其中一个跳舞的人。

"我知道，"我答道，甚至都没有看她。我用手挡住眼睛，但一道道紫绿色的光还是会从指缝间刺进来。"我就休息一下，马上就起来。"

音乐停了，劳作的轮轴也随之停了下来。他们不得不把双手举过头顶鼓掌庆祝，因为双手在下半身根本无处安放。音乐再次奏响，将他们对死亡的恐惧又往后推迟了几分钟。

我站起身，尽量避开外围跳舞的人们，从他们身后和桌子之间的缝隙穿过。他们几乎全都贴在一起。一个男人坐在那里，我从他旁边经过时，他伸出手想抓住我的手，还好我正好摆臂往前走，他扑了个空。

我打开门，走了进去。

死一般的沉寂，却让我突然感到极度紧张。我发现自己站在一面变形的镜子前,浑身发抖。空气中弥漫着令人作呕的廉价香水味。一个虎背熊腰、皮肤呈焦糖色的女人坐在一把椅子上。我进来的时候,她的手懒散地放在大腿上,无所事事地拨弄着自己的指头,显然并没有在计算什么。看我在镜子前停下,她站起身来,从容地看着我。

"孩子,东西带来了吗?"

她的脸上没有丝毫刻薄的神情。然而人的脸又有多少可信度?她的声音如此轻柔,如此美妙,令人放松,简直就是天籁之音。我觉得她是个和善之人,如慈母般安慰人心。能将这些天性展露无遗,可谓是艺术。她可能这一生从来没有离开过纽约,但她渴望拥有歌谣中或是海报上的南方黑人妈妈一样宽广的胸怀。

我问:"你——你就是比拉吗?"

"人们的确这么叫我,孩子。可那并不是我的名字,不过你不介意的话,也可以这样叫我,虽然我还有很多名字。"

我一只手拿着皮包,另一只手在皮包内翻找:"嗯,我——有人告诉我要找一个——"

她安慰我,口气就像是在对一个烦躁不安、拽着她裙角的小孩说话那样:"孩子,不要在这里,到那扇门后的房间里去。来,你过来。比拉告诉你是哪里。"

她把东西从我这里拿走,走了出去。

我听见她把什么东西打开了,很可能是她衣柜上的锁。她应该是觉察到我往前迈了一步,而并非真的听到了我的脚步声,因为我自己都没有意识到这点。"别过来,孩子。你在那里等一小会儿,比拉很快的。"

衣柜又被锁上了,她衣裙下的钥匙发出轻微的碰撞声。

我再次走到镜子前,身体仍在颤抖。我在其他地方也会紧张到发抖,不过并不会从镜子中看到自己的模样。她把我可能需要的东西放在镜子下方的玻璃台上。钱就放在梳子和一块脏兮兮的粉扑之间。有那么一会儿,我实在没办法让自己触碰这些钱,不停地搓着手,仿佛手上有水一样——

她开口说:"孩子,别把自己的东西落下,虽然好多人都会这么干。"

我发现她正溺爱地观察着我,像母亲一样,一只手搭在我的肩膀上,另一只手放在粉扑上,说:"哦,天啊,你真是个漂亮的小家伙。简直就是个小可爱。来,让比拉帮你,她会教给你怎么做的。"

突然我扭动身体,挣脱开她的手,猛地推开粉扑,空气中立马出现一团白色的薄雾。我退回到桌子另一旁。镜子中的我身体依然不住颤抖,但这一次是因为厌恶。"别碰我!你——你这个恶魔!你应该——"

她脸上没有丝毫怨恨之情。我想她根本不曾体会过愤怒。她站在那里,看起来那么和蔼可亲,宠溺地看着我。"愿上帝祝福你,小心肝儿,"她仍然柔声说着,仿佛她这话是在祝福我一样,"愿上帝祝福你,小心肝儿。"

我随手关上门,将她从我眼前抹去,就像是擦去杯子上的污点那样。

比犯罪更可怕的是,你没有意识到你是在犯罪。

他们还在跳舞,从绿色慢慢变成紫红色,又从紫红色变回绿色,宛如两种颜色慵懒地碰撞在一起。他们一边跳还一边齐声欢唱,使整个画面变得更加恐怖。

跳吧,跳吧,跳吧,亲爱的小姐,

在你的脑海里

生命踩着节拍飞速离去。

我筋疲力尽地从混乱的人群中穿过,其实是用胳膊和拳头推搡着他们开出一条路,可他们几乎没有注意到这点。音乐就是一剂麻药,令他们的后背和肩膀都变得麻木。

"哦,柯克,我究竟在这里做什么?"我内心哀号,一丝清明再次从我身体中迸发而出。凭着剩下的理智,我竭力飞奔到酒吧门口,让门外的空气将我庇护。

我拐弯的时候,看到一个男人站在酒吧入口处看报纸。他离我很近,差点被我撞倒。他把手中的报纸举得老高,离自己很近。我有种错觉,感觉此举像是刚刚才完成的——他之前把报纸拿得很低,也不知道是出于什么原因,突然又把它举到现在的位置。

后来我还在纳闷,他为什么会选择在那个地方看报纸,那里光线又不是很好,不过当时我并没有在意。

我从他身边经过的时候离他那么近,他肯定会听到我带着哭腔的喘息,但他太专注于自己的事儿了,并没有注意到这点。

我沿着马路疾步朝前走去。身后那个不断闪烁的招牌在它每次变化的时候,都变得越来越小,就像这样:

咪咪酒吧

咪咪酒吧

咪咪酒吧

我之所以这么说,是因为我一直不断回头看,几乎和招牌每次亮起来的频率一致,像是害怕那脱离肉体的恶灵会突然显形,跟着我一同离开那个地方。

但是它没有。一个人也没有。那个偶然出现在那里、纹丝不动地盯着报纸看的人,太专注于报纸的内容,根本无法从中剥离出来。就是这样了。

一度,我以为自己听到从身后的某个地方传来微弱的口哨声。不知是哨子发出的,还是人嘴巴发出的。我说不清哨声是从哪里来的,要到哪里去;也不清楚哨声因何而起,又有何种意义。我甚至无法确定它是否确实存在过。它再也没有出现过,不过像那样的声音并不会让我惊恐。今天晚上全是这样的声音,我还有个人的恐惧需要应对。

这里就是他们口中的"宝石剧院"。它应该也有一段历史、一段过往，就像所有的人以及建筑物那样。曾几何时，那些身穿紧身束腰裙、头戴插着鸵鸟羽毛帽子的女士们从加长型豪华轿车上走下来，到这里出席首演之夜。此后，在单调无聊的年月里，一排排无足轻重、穿着廉价衣裙的姑娘们在舞台上昂首阔步地走来走去，就这样每天表演五六次之多。以这种方式，它又继续存在了很多年。而现在它衰败了，近乎死亡，等待着门口被堆满石块。

如今那些无家可归的人把这里当作睡觉的地方。剧院工作人员得隔三岔五地过来，踢他们的鞋底，把这些人弄醒。可是工作人员走后，他们又睡过去，直到下次被踢醒。

它一年到头从不歇业，从晚上开到第二天白天，然后又开到晚上，周而复始，终年无休。昏暗中青灰色的银幕所映出的一束束蓝色尘埃，伴随着"嘶嘶嘶"的响声，像雨水般投了下来。嘶哑而机械的声音，听上去仿佛是在雨中谈话时空洞的回音。从任何一个角度来说，那都是孤魂野鬼之间的对话，声音和银幕上的嘴形根本无法同步，不是过早就是过晚。

我停下来花了二十五美分买了一张票。售票员是个男人，这么晚女性是不被允许干这活儿的。另一个男人在内门又把票收走了，入场手续这才算全部完成。

我走进昏暗之中，银幕发出的淡蓝色的光像扇窗户一样。在我前面还有几个分散在各处的、昏昏欲睡的脑袋，深深地埋在椅背后面。我走到另一边，沿着楼梯，来到左手边的楼座那里。左右各有两排楼座，他告诉我是左边的这排。

地板上还留有剧院辉煌时期留下的地毯，不过早已破旧不堪，黏糊糊的，像海绵一般粘在脚下。在楼梯转角的地方，我看到一个上了年纪的老妇人摸索着下楼，看模样应该是清洁工。她下楼时十分小心，手紧紧抓着扶手，每下一级台阶前都先伸出脚试探一下，确认安全后才踩下去。她下楼的时候，酒瓶里的酒在她身后的台阶上滴了一路。

看到眼前的一切，我似乎又听到丧钟敲响的声音，不禁再次回头看了她一眼。只见她一本正经地把空酒瓶小心翼翼地放在楼梯转弯的角落，生怕被人损坏。她还舔舐指尖，又摸了摸酒瓶，像是在做最后深情的道别，这才转身离开。

我在楼座处最后一排椅子上坐了下来。那扇"窗户"不断洒下的光束，如今就在我下方。一大束泛白的光柱，以及空气中呈螺旋状悬浮的灰尘，从我身后斜上方洒了下来。

大多数人都分散地坐在前两排。在最后一排，至少在我左手边，并没有人。像大多数楼座的布局一样，中间一条走廊把座位分成左右两个部分。我所在的这片区域完全没有人。在我前面两排有个男人，听声音已经睡着了。我侧身走进这一排，在第三个座位前站了一会儿,也说不清什么原因,又改变主意坐在第二个座位上。

我坐在那里,朝四周看了看,然后又看了看我刚才走过的楼梯,一个人也没看见。之后我把目光转向那扇"窗户",兴致缺缺且不悦地盯着那个虚构的世界看了一会儿。

在距离我较远的第一排那里,有个男人从座位上站起来,朝楼梯这边走来。他似乎并没有注意到我。我试探性地朝他瞥了一眼,以为他仅仅是某个路过的观众。

我盯着银幕又看了一会儿,突然闻到周围有股烟味,连忙扭头,发现他就站在我的正后方,胳膊撑在座位旁边和走廊中间的隔板上,几乎都快挨到我的肩膀。可他眼睛一直盯着银幕,并没有——或者是好像并没有——注意到我。他站立的位置很巧妙,我甚至没有注意到他的存在。

我不知道应该由谁先开口说话,没人交代我这点。那条不存在的围巾可能属于我们中的任何一个。不过,现在还没到一年中最冷的时候,男人还不至于系上围巾。我依据常理做出判断。

于是我压低声音,问道:"我把围巾掉在您座位下面了吗?"

"没错。"他说完,在过道的间隙敏捷地转身,坐到了我旁边的椅子上。

他并没摘掉帽子,身体向外倚着,和我保持距离,而不是贴近我。不过他的眼睛始终装腔作势地盯着银幕。这怕是他长期以来养成的习惯。真令人恶心。

我在包里摸索着，掏出了莫当特给我的最后一包东西。我把它放在我和他之间细长的座位扶手上，尽量把它推到扶手边缘，离我越远越好。待我再看的时候，它已经不见了。我发誓他根本就没有动。他双手环胸，没有任何动作。

"我希望，在我有生之年，永远不要再看到这些白色的东——"我陷在自己的世界里，突然，意想不到的事情发生了。

就在我们身后，隐约传来一阵急促的脚步声。我也没看清来人是谁，估计他就蹲在我们身后座位隔板和走廊之间的空隙处。一只白色的手突然从后面搭在我邻座的肩膀上，急促地低声说："布洛！她是卧底！我看到他们正从上面下来！"

随后那只不知道属于何人的手以及那个声音，都不见了，正如它们刚才突然出现在我们面前那样，又突然消失不见了。

我身旁的男人猛地站起身，正对着我，带着明显的怒气，愤怒地看着我。我一个没留神，他的手就伸了过来，像是蛇一般缠上我的脖子。唯一幸运的是他没有足够的时间扼住我，只是用力扇了我一巴掌，宛如一声爆竹炸响。巴掌声在一片寂静中回响，惊醒了那些昏昏欲睡的人。他们全都抬起头，一个个扭头查看。一阵刺痛在我脸上蔓延开来，甚至连脸蛋这一侧的脖子也疼了起来。我泪眼婆娑，一时间也无法看清他。

"等等，把你应该给我的东西还来！"我茫然地带着哭腔大喊，试图抓住他。

"我就只会给你这个！"我听到他嘘了我一声，然后就离开了。整排座位上现在空无一人。几秒钟过后，我的眼睛捕捉到一个快速移动的身影。黑暗中那道黑色的身影，身体刻意与墙壁保持距离，从侧廊一闪而过。消防通道的门"吱扭"响了一下，随后一切都归于平静。

之后，什么事都没有发生。在这种地方，那一巴掌再寻常不过，即便是打在一位女士的脸上。那些人把头转了回去，继续观看银幕上那部更为刺激、惊险的影片。

我犹犹豫豫地蜷缩在那里，待了好一会儿才站起身，走在座位后面铺着地毯的过道上，也不知道应该朝哪个方向走。卧底？卧底是什么意思？他们吗？楼下的那些人是谁？

我现在有些害怕下楼，可若是按照刚才他逃跑的那条路线从消防通道下楼，我会更加害怕。消防通道很可能通往一条黑暗的小路，在那里等待我的又将会是什么？

我站在楼梯口待了好一会儿，目光在楼梯和自己之前的座位之间来回游荡。没有人上来，也没有人接近我。那个酒瓶仍然还摆放在老太婆之前放置的位置。

终于我鼓足勇气，沿着楼梯朝下走去。就和她一样，我也摸索着，两只手抓着扶手，一个台阶一个台阶地下楼。你学得可真快啊！这么快就成为这一幕场景中的一部分，与之融为一体。

我现在来到楼梯拐角处，要么加快脚步下楼，要么就干脆不要下去。反正不能像这样蹑手蹑脚,因为从这里开始,下面的人很容易就能发现我。

我发觉自己居然希望那个酒瓶里还能剩下点儿酒,这样我就再也不用独自面对这一切了。然而我必须硬着头皮继续走完余下的路程。我打起精神,主动出击。下面的楼梯逐渐出现在我眼前,那些昏昏欲睡的观众的脑袋宛如点缀在黑色布丁上的葡萄干。当我走到他们那里时,会不会有人突然站起来跟着我?

之前还在我身前的楼梯此刻像涟漪一般迅速消失,带我离开那些人,来到剧院正门。并没有人移动。我把门微微拉开,仅容自己侧身而出,尽可能避免光线射进剧院,引起其他人的注意。

什么事都没有发生。没有人跟着我出来,也没有人在外面等我。一个人都没有,这次甚至连个看报纸的男人都没有。

根本没有人注意到我。这仅仅是纽约的一个夜晚,只有我自己而已。

我渐渐感觉到回去可能会有危险,最后我变得相当确定:回到那个我应该去的地方——莫当特的家,必然凶多吉少。

之前我相信自己生活在一个法制世界,如今我再也不属于那个世界了,不再和那个世界打交道了。在丛林中,没有人会相信你。但凡涉及金钱,他们就想方设法欺骗你,从而牟利。他们也知道这点,所以按他们的逻辑,反而是你在欺骗他们。若是没有取得利益,他们连半分钱也不会给。

但如果我不回去——

不,我必须回去。他必须要相信我。

我步履蹒跚地回到家中,把自己藏在门后,那个鬼魅一般的夜晚也就随之消失了。如果还留着那晚的痕迹,我根本无法入睡,担心自己在睡梦中会遇到什么人。"孩子,让比拉帮你,她会教给你怎么做的。"

我坐在那里,双手抱着头——头痛欲裂,被悔恨灼痛——旁边放着的水杯里滴了几滴氨水,但我一口都没喝。过了一会儿,世界再次被阳光普照。一切似乎有所好转,更容易承受。我来到窗前,把窗帘拉开固定好,让阳光洒进房间。它看起来不仅具有治愈作用,还能洗去污垢,仿佛是上帝手中的肥皂泡,被涂抹在窗格上和墙上,清洗我的脸和疲惫的双眼。

又过了一会儿,我打起盹儿,就那样坐着,穿得整整齐齐的,后背靠着枕头睡着了。待我醒来,首先想到的是害怕要再次回到那里。

就是今晚,而今晚即将到来,很快很快。

"就算你去了,他也不会对你做什么的,"我不断安慰自己,"可如果你不出现——肯定会出事儿的。"

第二次去他家时站在他家门外的那些想法再次浮现在脑海之中。这果然十分有效,我再一次说服自己。"如果你现在就打算放弃,那之前为何要开始这一切呢?昨晚所经历的一切恐惧就这么白白浪费了吗？不，你必须坚持下去，不管会是什么结果，都要走到最后。"

夜色如幕布般层层落下。起初还是透明的，仅仅是给日光蒙上了一层薄纱，而后越来越厚。渐渐地，日光无法将它穿透，直到最后如墨般的黑色越来越浓厚，将天空完全占据。

就快到时间了。我什么都吃不下，双手冰冷。

我站起来，穿过昏暗的房间，来到窗户那里。太阳已经落山了，我打算把窗帘拉回到原来的位置。当我把它拉到半截时，我停了下来，目不转睛地盯着窗外。我太清楚这条街夜晚时分的景象了，所以才会注意到他在那里。我知道在门廊那边不可能会出现一个曲线状的暗影，那里应该是一条直线才对，不应该这里凸出来，那里又凹进去，像是肩膀、腰和臀的投影一般。肯定是有个人站在那里。

这一幕让昨晚的一切再次浮现在我的脑海之中。也许正是出于这个原因，而非源于自己的不确信，我强迫自己离开窗户那里。就算有人在那里，也不关我的事儿，怎么可能跟我有关呢？

"你很清楚的确如此。就是因为你，而不是其他任何人。这条街上所有的住户里面，单单就是你和他有关。"

我在没有开灯的房间里坐了好一会儿，抑制住内心不断的冲动，强忍着没有再次到窗户那里窥探一二。

是莫当特派人来的吗？确保我如约前往，而不是带着他的钱藏起来？一定是这样的。否则还会有谁、还会因为什么事儿呢？

我对自己说："偶尔会有车从那边稍低的拐角经过，转弯的地方很宽，如果车灯够高就会把街这边照亮，墙面和门廊都会照得一清二楚，我之前曾经看到过。他对此一无所知，根本不会料到这点，但我知道。"

我再次来到窗户附近，躲在窗框那里伺机而动。

附近很少有车辆经过，终于来了一辆车，但是车灯光线暗淡，毫无用处。

终于我一直期待的那种车从拐弯的地方出现了。那是辆小卡车或是货运车，车灯的光线比常规车辆强很多倍。转弯的时候，光线在车辆一侧形成反射抛物线，尽管转瞬即逝，但已经足够了。这就跟暴风雨的夜晚落下的闪电一般，瞬间将所有的一切刻画成浮雕的模样。门廊之处的身影无处遁形。有一两秒钟，他像个士兵一般一动不动地站在那里，之后再次隐匿在黑暗之中。

我转身离开窗边，虚情假意地在内心耸了耸肩。我一心想知道答案，现在知道了。确实有个人在那里，他并不想被人发现。他以为黑暗可以挽救他，但他在往黑暗中退缩的一瞬间就被我捕捉到了。

出门，只有这一条路而已。

现在已经过了出发去莫当特家的时间。要是再推迟一会儿，可能就来不及赴约了。我打算去的，我知道自己会去的。我心里怕得不得了，但是我还是要去。

我心想："这次我应该随身带点什么东西防身，却不知道应该带什么好。"这里什么也没有。之后我又想："就算带着东西又能怎么样？在那所房子的地下室里，一切逃生之路都被封死了。"终于我还是空着双手，独自离开了。

事实上出门的时候我特别留意了门廊的情况。现在它是一条直线，就和之前一模一样，但现在太迟了，无法让我信服。它并不是直接对着我家所在的大楼，而是离我家稍微有点距离。尽管街道很宽，但我仍然要从它旁边经过。

现在它看上去有些空旷，明显没有人出没。这种无聊的伪装根本毫无用处，不管怎么说我都知道的，某个人一定还躲在里面。就在它的深处，就躲在它后面某个看不见的地方。

当我走到和那幢楼平行的地方时，我很难做到目不斜视地径直朝前走，但我迫使自己这么做。如果他打算出来，也绝不可能紧跟在我身后。经过转弯时，我快速朝后扫了一眼，那里依然空无一人。他不愿被人识破。

我看见公交车从远处驶来，连忙跑了过去。依旧没有出现其他人的踪迹或是异常情况。我上了车，就算无法确定其他事情，也可以肯定没人跟着我上车。也就是说，如果任何人试图跟踪我，现在至少在形式上被暂时终止了。

下车之后，我沿着马路朝他家走去。表面上我比之前来的那一次脚步更加坚定、更加沉着，但我内心深处却更加恐惧不安。这是一种不一样的恐惧，再也不是一个半大的孩子走进一幢漆黑的房子，担心会毫无征兆地被人疯狂地攻击而产生的那种恐惧，而是一种更深层次的恐惧；是更加合情合理，因怨恨而生的恐惧，我让自己成为一个亡命之徒的共犯，可又没能把他交代给我的任务圆满完成。

我走到地下室门前的空地上，仿佛是踩在流沙之上。我不断拖延自己的步伐，故意哄骗自己，直到我又走了一段距离。

就像上次一样，他的声音再次毫无预兆地从地下室的铁栏杆那里传来。

"你还不慌不忙的？"

我没应声。

他双手摸索一阵，那扇网格铁门开了。

"我差点就放弃你了，也许你会讨厌自己那么做。"他的话语中含有一种严肃的威胁之意。

我依然没有作声。

他探头查看周遭环境的时候又说了第三句话："走吧，你现在知道该怎么做。"

我沿着隧道般的地下室盲目地往前走，与梦游之人无异。可以预知这场梦的结局是死亡，朝着既定的高潮，不容延缓地发展下去。

我没办法像他那样一下子就找到开关，我指的是之前那盏可怕的灯。我还以为自己找到了，结果还是一场空。

突然灯亮了，是他开的。他已经在这里了，离我如此之近，我痉挛性地吓了一跳。我想自己的面部表情一定泄露了一切。

"你看起来很紧张啊？"他刻薄地说。

他示意我像那天一样坐在那个箱子上，口气依然刻薄："坐吧。"

他自己也坐了下来，正对着我，双手无精打采地托着腮帮子。尽管我没看到他的嘴唇在动，但我依然觉得他的舌头正在舔舐嘴唇。我也不知道为什么会有这种感觉。

"你去过那些地方了？"

"是的，我都去了。"我不太确定，但这好像是我来到这里之后第一次开口说话。

我把其中一沓钱放在桌子上。"这是咖啡馆里一个男人给我的，他就坐在——"

"我知道，都知道了。"他手一挥，阻止我继续说下去。

"这是酒吧里一个人给我的。"

每次都是等前面的一沓钱被拿走后，我再掏出另一沓。

"这是那个夜总会里的人给我的。"

过了一两秒钟，他问道："我想应该还有第四个地方吧？"

"那里出了点状况。你最好还是让我告诉你究竟发生了什么事。"我毫无缘由地紧张起来。我刚一开口就感觉到了，声音仿佛在胸腔中共鸣。

他的语气并无任何异样，我倒真希望他能有些变化。

"你去送货了，但那时有人在他耳边说了点什么，他跳起来就跑了。"听上去他像是在仔细思索我的话。他轻轻地摇了摇头，好像觉得哪里有些不对劲。"他不是傻瓜，他很清楚会有什么后果，要是他——"他开口说道，接着又改口，"他应该不会那么做——"

"他真的是这么做的，我当时甚至想拉住他的胳膊。"

他目不转睛地盯着我看，我读不懂他目光的含义。"这些事大概是什么时候发生的？"

"今天凌晨三点左右。"

他双唇抿成一条直线。"我们上楼吧？可以在上面好好聊聊。"

他起身把手伸向那盏灯，我猜他是要关灯。如果我还待在这里，就要留在黑暗之中，于是我先于他走到门口，扭头紧紧盯着他的脸，直到听到电源"啪"的一声断开，他的脸也消失在黑暗之中。

我扶着栏杆，沿着昏暗的楼梯往上走。我做这一切倒不是出于自己对这个地方的熟悉度，而仅仅是为了能走在他前面，不想听到他紧随其后的脚步声。我推了推上方紧闭的大门，他为我把门扭开。我感觉他粗鲁地把我推了进去，尽管他的手并没有碰到我。

借着微弱的光线，我看得出来这里是一楼大厅的后面。

这里有三扇门，他打开了离他最近的那扇门，摸索着按下开关。灯亮了，但和大厅的光线差不多，尽管依然十分昏暗，但至少驱散了黑暗。

"在这儿等我一会儿,别出去。"说完他就关上门,和我分开了。

这间房间竟然还摆放着一些器材,却说不清究竟是做什么用的。有一张铁制床架子,但没有床垫。也许只是一个房间而已,就在我那天候诊时,那间会客室所在的走廊背面,也就是我第一次来咨询他时,他接待我的那间所谓的检查室的后面。

我仔细听了好一会儿,虽然没有听到他离开的脚步声,但他似乎已经走了。

我旋转门柄,虽然可以转动,但门却无法打开。

他把我锁在里面了。

我心下一阵慌乱,第一反应是疯狂地砸门,想要出去。我握紧拳头正打算出击,却在最后一刻缩了回来。"等一等,现在不要轻举妄动。他现在什么都没有做。如果你不激怒他的话,说不定你就能——"

寂静中,我听到有人拨电话的声音,但他刻意压低声音,我也听不清他具体说了些什么。

每一次的呼吸似乎都要借助呼吸机才能完成。

猛然间,我扭头寻找之前看到的另一扇门。我应该早点想到的,那扇门应该就通向我之前去过的咨询室。就算我现在想起来了,一切也都太迟了。门框四周出现一道白色的射线,原先黑色的钥匙孔如今变成了一个小小的白色缺口。

那盏高瓦数的灯亮了,这说明他已经打完电话了。他把搪瓷盘中的器械拨在一旁,我听到器械轻微碰撞的声音。我突然想起自己第一次来这里时,也听到过同样的声音。

我转向另一边,蹲下来,试图通过那个青灰色的钥匙孔查看里面的动静。

他站在洗漱台前,但是这次并没有洗手。他的两只手垂在下面,好像是在把什么东西拉上来,可能是某种活塞类的东西,我也说不上来。我似乎看见玻璃反光,像是试管或是玻璃棒,在他灵巧的手指尖闪闪发光,不过我并不是很确定。

之后由于他的移动,焦距变得有些模糊。原来他正朝钥匙孔这边走了过来。

我心惊肉跳,一步一步往后退,浑身僵硬,甚至无法转身。我摸到第一扇门的门柄,背靠着门,胡乱转动门柄,可门依然未能打开。我已经无路可逃,只好朝床架子那边跑过去。在这个四方形的兔子窝里,再也没有任何障碍物任何阻拦。

我把床架移开,使它和墙面之间留下一条窄道,然后费劲挤了进去。不过它只到我膝盖那么高。有人在开门,门开了,又关上了。

从他脸上看不出什么异样,事实上他语气温和,花言巧语道:"我有东西给你,这是你应得的。"他手里拿着一两张钞票,朝我递过来。这根本就是给兔子接种时,用来引诱它的莴苣。

我喘着粗气。

"嗯,拿着吧。你不想要吗?"

"等一下。你为什么把另一只手像那样藏在身后？应该拿着什么东西吧。拿的是什么？"

他说话的时候和颜悦色，就和出来时一样。只不过说话的内容发生了改变，而非他说话的语气和面部的表情。"你这个长着娃娃脸的小可爱，快点过来，到我这里来。"在这个时候，这种情况之下，他竟然还用那只空闲的手连哄带骗地示意我过去。

"让我看看你另一只手，让我看看你手里拿了什么东西。"

他朝我走了过来，把床朝他那边用力拉了拉，我所在的那条窄道立马变宽了。"别过来。你要干什么？走开，你听到没有？我又没有怎么样。"

"你之前没有，以后也不会。我知道你不会的。"

他从过道这一头朝我走来，我赶紧从另一头退了出去，双手扶住床架保持平衡。

"我什么都没有做，我保证！"

"胡扯。你昨晚在剧院指认洛奇后，不到十分钟他就被抓了。我刚刚才收到消息。"

我冲他大喊大叫，整栋房子都能听到我的吼声，而他却不动声色。"我甚至都不知道你口中的'指认'是什么意思，我怎么可能——"

"你这个卑鄙的小东西，给我听清楚。我是无罪的。你是我和他们之间唯一的关联。我十分钟之内就能从这里脱身。之前我就行动迅速，有必要的话，我还可以迅速离开。不过我只能放弃他们这九个人了——"

他拿出手里的针筒。虽然看不清针头，但从他"V"字形的手势可以推测出来——他食指冲着针头，拇指按着活塞柄。我低声呜咽，算不上惊声尖叫，只能算是呻吟。他再次离开那条窄道，我立马又从这头走了进去。他走进去，我又退出来。这场预示着死亡的弗吉尼亚里尔舞又开始了新的轮回。

"不会有什么感觉的，但它肯定能解决掉你的麻烦。你不就是为此来找我的吗？瞧，我现在就为你开方子，你现在需要的是睡眠。我手上拿的就能帮助你。"

"他们会知道一切都是你做的！"我急促地说道，"你这是罪加一等——"

"他们甚至都搞不清楚发生了什么事儿。吗啡中毒而亡，我亲爱的病人，这只会留下瞳孔放大这一条线索。在你还没完全断气之前，给每只眼睛滴一滴颠茄，就连这点线索都没了。死因不明。怀疑是在我家发生的？怀疑我有罪和在法庭上证明我有罪可是两码事。"

我突然蹲下来，使出浑身的力气，将整个床架朝他猛推过去。他正好处在正中间的位置，身体紧紧贴着墙壁，动弹不得。床架所在的位置十分尴尬，就在他膝盖下面一点的位置，把膝盖牢牢地卡住，所以他没办法用膝盖再把床架顶回去。为了能快点把床架推回去，他不得不弯下腰用手推。想必他的双腿一定承受了不小的冲击，他的小腿甚至都抽筋了有一分钟之久。

我恰恰就是利用了这宝贵的一分钟。尽管他把原先的门锁了，但是他刚从那间灯火通明的办公室出来，那扇门还开着。我飞快地跑到那里。

离开这里仅剩下唯一的一条路了。从那扇推拉门出去就能到会客室那里。我猛拽门上的凹槽，几乎把指甲都抠断了也没拉开多少。后来门总算被拉开足够宽的距离，而他已经走到我身后了。

我旁边的盥洗池边放着一盘器械，我一把抓起来砸向他。盘子里大多数都是些短棒类的小东西，没什么分量。这些东西在他的胸前四散开来，落在地上，根本没有伤他分毫。

我又用力拉了一下门，终于能容我过去了。时间所剩无几。这里漆黑一片，我根本看不清路，不过我努力搜索记忆。我想起左手边有扇门通向大厅。从那扇门出去，整栋房子的大门就出现在右前方了。

我犯了一个错误：门开得过大。他先是一把抓住门，随后"砰"的一声把门关上。我被困在里面了。已经没时间了，我错过了逃跑的时机。站在门口的我们，身体似乎都能碰到，之后又再次分开，也是最后一次短暂的分离。"他不费吹灰之力就能把我抓住，"我心想，"他一只手拿着针管，只能用另一只手抓我了。"

我的腿好像被什么东西从后面抓住，我挣扎着，摆脱了他的钳制，跌坐在沙发上。不一会儿他也俯下身来，把我固定在沙发上动弹不得。

我毫无招架之力，根本不知道该如何保护自己。面对匕首，甚至枪口，一个人或许还能心怀侥幸，希望自己有能力闪躲，但此时我更像是在与毒蛇周旋，一条长着毒牙的毒蛇。一旦被咬，就再也没有继续抵抗的必要了。

我隐约听到楼下有人在吹口哨。给他跑腿的那天晚上，我在大街上也听到过同样的声音。不过这一次口哨声更快，也更为急促，就在屋子外面的某个地方。我知道其实并不是这样，这不是真的，一切都是我在垂死边缘出现在脑海中的错觉而已。突然间我仿佛听到皮鞋踩在石头上的声音，像是有人在门廊那里集合。

他顿了一下，仔细听门外的动静。"好吧，我还是先把你解决掉。只要你死了，他们就没法把我怎么样。之前他们就对我束手无策，将来也将无能为力。"

我双手死死地揪住他有些谢顶的头发，似乎想用蛮力把他的头盖骨拽下来，但这毫无用处。

他在寻找可以下手的地方——他故意扯下我裙子的肩带，露出裸露的肩膀。

我听到有人闯了进来。是外面的那扇门，就在大厅后面。"砰"的一声，宛如击鼓发出的响声一般。

"他们还是无法——"

黑暗之中，我感觉到他的胳膊向后动了动，无从知晓它是要从上方、下方还是正中间伸过来，也不知道一秒、两秒还是三秒后它就会朝我攻击过来。

我极力朝相反的方向扭动肩膀，做最后的挣扎。

他的手斜着朝我肩膀抓了过来。我听到什么东西刺在沙发上，湿乎乎的液体渗了出来，顺着我裸露的肩膀滴落下来。

一道刺眼的光射向我们，离我们大概只有一臂之遥，形成了一个光环。我就躺在光环里，他压在我身上，缓缓扭头看向光源之处，狡猾地想要拖延时间。

我眨了眨眼睛，越来越快，感觉光线变得模糊不清，光晕变得越来越小，然后一切都看不见了。

我之前从未昏迷过，之后也不曾有过。

过了一会儿，我醒了过来。并没有人施救或是帮忙，我是从一种不真实感中惊醒过来，甚至比从一场刚刚被遗忘的噩梦中醒来还要糟糕。

时间并没有过去多少，仿佛是正在放映的电影中的一个片段，在它停止的地方快进了一小段。莫当特正被带离这间房间，耷拉着脑袋，脖子仿佛被人打断了一样，不过还能自己走。他的一只手臂背在身后，经过门框的时候，我看到他手腕处闪过一抹金属光泽，同样的光泽同时也出现在紧跟其后的那个男人的手臂上。

屋内灯火通明，我几乎都认不出来这个地方了，好像我是从某个自己从未去过的奇怪地方突然苏醒过来。房间后面放着一台有着郁金香造型的喇叭留声机；墙上挂着一个罩着玻璃罩的绿头鸭浮雕；几本旧杂志之类的读物，应该是供病人等候时阅读之用，如今散落在地上。不知是谁踩在上面，把脱落的一页踢到了不远的地方。

房间里都是人，从他们脸上看不出对我有任何内疚或是担心的神情。他们一个个都板着脸孔，气势汹汹。其中一个人站在那里，等着我发现他。

"起来。"我的目光刚落在他身上，他便粗声粗气地喝道。

我强迫自己的后背离开沙发凹陷的地方，整理好被莫当特拽下来的肩带。

"你叫艾伯塔·弗伦奇。"他看着手中摊开的备忘录，简略地说道。

"是的。"我轻轻地呼了口气。

"你住在——西街六十八号。"

我再次肯定。

"站起来。"他拉了我一把。

我撑着他的胳膊，跟跟跄跄地站了起来。

他一只手扶着我的胳膊肘，一只手扶着我的手腕，那姿势仿佛是在抓杠杆。他的动作并不绅士，我必须跟着他，以免胳膊被拧脱臼。

"现在往前走,从前面那扇门出去。"

我不情愿地跟着他的步伐,断断续续地问道:"你为什么这样对我?你要把我带到哪里去?他——难道你没看到他要对我做什么吗?"

他严厉地说道,从始至终莫当特都没有用这样的口气和我说过话:"你现在因涉嫌运输并贩卖毒品被捕。"他说这话时完全不带任何私人情绪,而是一副公事公办的口吻。

我就像莫当特一样,仿佛脖子被人扭断了,同样耷拉着脑袋走了出去。狐狸和鸡落入了同一个陷阱。

我被他们一次次地提审,最后一次彻底的审讯之后——或许应该说是最近的一次审讯之后,因为那时我也不知道还会不会有下一次——我并没有被押回拘留所,而是被车送到警察署总部。

我被人带到一间办公室,当我看到弗勒德时,才明白之所以今天会和往常的安排不同,全是因为他。

他们把我移交给他,听凭他的处置。

他看上去很严肃,就像是被指派了一项吃力不讨好的任务,并不确信自己能否胜任这份工作。

"你被释放了,他们告诉你了吗?"

我愣了一下,根本没反应过来。我已经被关了四天之久了。"没,他们没告诉我。"我注意到上一次他们审讯的方向有些变化，但仅此而已。除了这件事以外，更多是关于柯克的案子，以及我为他的官司都做了什么。

"嗯，所以你就被带到这里了。是我为你求情的。很难让他们相信这一点，你也知道，我只是个小警察而已，没有什么特别的影响力。只不过我恰好对你这件案子的背景比较熟悉，于是就把一切和盘托出，让他们相信我的判断。严格来说，你并没有完全获得自由，而是在我的监护下，所以你不必面临联邦法庭的指控。但你需要出庭指证莫当特，以及其他三个人和一个黑人妇女犯下的罪行，不过这都是几个月之后的事儿了。"

不带丝毫的同情，他刻薄地说道："别哭着埋怨，这一切都是你自找的。"

我把胳膊摊开，抬起头不再看他桌上的记事簿，无助地问："那我现在可以走了吗？"

"是的，你现在可以走了。"他冷漠地说，"照我说的做，回家好好休息休息，从现在开始不要再卷入任何麻烦之中。你瞧，当初你要是听我的话，就不会出这档子事儿了。那天你在这里的时候，我就告诉过你——"

他的话还没说完，我就起身朝门口走去。

现在我仍然没有办法敬佩他。"你真是个蠢女人，默里太太。我很愿意相信在这场混乱中你是清白的，正如事情表面所呈现的那样。这是出于我对你的信任，但是——"

我站在门口扭头看着他，几乎吓呆了。他的话击中了我心中所有自哀自怜的软弱。"你认为我不是自愿和他合作的——"

"我很愿意相信你。但是我没有确凿的证据，你知道的，而你可能会有。"

他拉开抽屉，取出类似文件或是卷宗的东西。他舔了舔大拇指，快速翻阅夹在其中的几页松散的纸张。"在你离开之前，你可能会对这个感兴趣，你所做的一切都是在浪费时间。他叫莫当特，对吧？那个叫默瑟的女人是在哪天被杀的？没关系，我这里就有记录。五月十二号。我费了些工夫查了查那个人的记录——甚至在我还在穿开裆裤的时候，他就留有案底了——我从这些记录里发现了一些有趣的东西。他最近一次被捕是在三月十五日。拘捕他显然是因为怀疑他犯下了更为严重的罪行，不过还是被他耍了些花招蒙骗过关，他只承认了比较轻的罪行。不管怎么说，他被指控扰乱治安和其他一些较轻的罪名，并在韦尔弗尔岛关了一段时间。记录显示，他是在五月十五日那天被释放的，也就是她死后的第三天。"他"啪"的一声把卷宗合上。"以防你还有疑虑，我已经核对过他的指纹了，的确是同一个人。"

我低下头。一小会儿之后我重新昂起头，抬得比之前还要高。

"这就是人们犯错误的原因，"我轻声低喃，"所以我才会勇往直前，不轻言放弃。"

他好奇地审视着我。我也说不清，不知出于何种奇怪的缘由，看到我如今这副应战的架势，他似乎比上一刻更加欣赏我了。

"我喜欢你永不言败的精神，"他承认，"但你的逻辑思维整个都乱套了。"

"如你所说，你算是我的假释官。我想你的确可以阻止我继续追查下去。"

"我必须这么做吗？"

"你只有一条路。重新把我关进监狱。"

"你看不出来吗？这是白费工夫。相信我，默里太太，没用的。放弃这个愚蠢的想法，不要再做——"

"不，我不会放弃的。尽管我也想放弃，但我不能那么做。我相信，这是我全部的信念。别把这点也夺走，我不会让你那么做的。"我打开门准备出去。"为什么要我放弃？只是因为这一次我犯了错？那么下一次我可能就做对了。不到最后一刻，人总是会犯错的。在最后一刻，只要你做对了，那就把之前的一切错误都抹去了。弗勒德先生，我会继续下去的，不管有没有得到你的批准。下一次也许就做对了，那就是最后一役。也许他就在我身边不远的地方，隔着一个钟头的路程，隔着一条街道而已。可能他就在转角处等着我。下一次，当我再次拿起电话，说不定就是他接的电话，或许我还会听到他的声音：'喂，是哪位啊？'"

"我是你熟人的朋友啊。"

"喂，是哪位啊？"

他的声音十分坦率，带着一丝兴奋，直冲耳膜。听声音他有些不耐烦，但并非那种"我很忙，找我有什么事？别烦我"的感觉，而是刚刚结束了一件有趣的事情，现在正怀着一种热切的、兴致勃勃的、迫不及待的心情期待下一件有意思的事情发生。拥有这种声音的人总会遇到一些有趣的事情，即便现在尚未发生，将来也必然会发生。就是这样的一种声音。

那声音仿佛是第一次品尝鸡尾酒，或是站在汽船船头拥抱海风时的感觉；仿佛是一曲让你不由自主想要翩翩起舞的乐曲；宛如在酷热难耐的八月天，冲凉时冰凉的水流拍击肌肤时带来的那种强烈的快感；抑或是坐在雪橇上急转直下时产生的刺激感。一切能让生活充满激情的事情，都蕴含在这声音之中。那是怎样的一种声音啊！

我说："我是你熟人的朋友啊。刚到城里，给你打个电话，我之前保证过会这样做的。"

他的声音爽朗且友好，听起来他并未起疑，相信了我所说的话。那个声音的主人似乎并不知道何为怀疑。"你说的熟人是谁啊？"

就是这个问题。熟人是谁呢？

"这个人你有段时间没见过面了。现在，好好想想是谁。"

那个声音的主人也相信了我说的话，仿佛是在努力解开谜题："让我想想，有谁我好久没见过了？"他很快咕哝着一两个名字，在我还没来得及做出回应前就否定了。之后他问道："莫非是埃德·劳里？是他吗？"

我在电话这头轻笑，意味着承认或是投降，任由对方猜测。我并没有做出肯定回答，如此一来，就算出现什么问题，我依然可以全身而退。

仿佛对他这位许久未见的朋友十分好奇，"说说吧，"他问道，"你都知道些什么？他如今在什么地方，还是到处游荡吗？"

我回答说："他还是老样子，和我最近一次见到他时一样。我自己也是兜兜转转才来到这里的。"我再次轻声笑了笑，没有笑得很大声，好留有余地收回刚才的话。若是有必要，我还可以改口说"并不是他，是其他的人"。这样就必然不会出错。在他真正上钩之前，所有这些开场白对于整件事情而言至关重要。

"你是自己一个人来的啊？"他问。

"当然是啊。"而后，我假意结束这次谈话，耍了个小聪明让他渴望继续和我聊下去。我接着说道："好啦，我的任务已经完成了，我想现在应该——"我用指甲划了划听筒边缘，使声音听得更加清楚。

他连忙说："嘿，等等，你还没告诉我你的名字呢。"

随着事情的进展，我变得越发自信。人们常说成为绅士的艺术在于让他人感觉放松，而拥有绅士嗓音的艺术则在于激发与其谈话之人的自信。显然他的声音属于绅士的嗓音。"噢，我以为你知道呢，"我回答说，"我可不想这么冷冰冰地介绍自己，却没想到我不得不这么做。看样子你还没有收到他的信吧？"

"没有，"他说，"真的没有，天知道我有多久没联系过他了。"

"我就是担心这点，"我懊恼地说，"我想他压根儿就忘了把信寄出去。可现在，我人已经到这里了——"

"噢，拜托，我很乐意结交新朋友，根本不需要什么介绍信。"

"话是没错，但我可不愿意强迫你——在你看来，我可能是一个随便的人，或许只是个自作聪明的女骗子，企图——"

"我保证不会这样想。"他有些溺爱地说道，"你知道吗？有一个方法可以证明你不是这样的人,那就是——"

"真抱歉,我还没自我介绍吧。我叫艾伯塔·弗伦奇。"

"所以现在我们是朋友了。今晚晚餐有安排吗?"见我有些犹豫,他又说道,"瞧,不管怎么说,咱们两个都要吃饭啊。如果我们彼此不喜欢,那——双方也不会有什么损失。就当是吃个晚饭而已。"

"这么做有何企图呢?"

他急着岔开话题,继续问道:"我怎样才能认出你呢?"

"说到这点,我又怎样能认出你呢?"

他言语中带着笑意。"是我先问你的。这样吧,你住的地方附近有没有花店?"

"应该有吧。"

"那好,找一朵既漂亮又显眼的花,这样我就不会错过你了。菊花吧,可以把它别在你的肩膀上。"

"好,可我还是无法认出你来啊。"

"我想你大概不会想看到我佩戴菊花的模样。瞧,我就是那个走到你跟前对你说'你就是你吗'的家伙。"

我知道他打的什么如意算盘,这十分聪明。他计划首先从一个相对安全的距离打量我。如果我的长相不符合他的要求,他就不会上前来与我相见,我连他的人影也别想看到。也许他不喜欢戴眼镜的,又或许不喜欢年龄差距太大的。我并非在谴责他,只是实话实说而已。是我把他逼到这一步的,后面将由我来决定剩下的路应该怎么走下去。

"那就这么说定了。"他说,"现在我把见面的地点告诉你。我知道一个地方,一间不算大的鸡尾酒酒吧,就在里茨饭店的拐角处,叫'蓝色猎人'。那里的氛围就跟它的店名一样。人不算多,这样就不会有人打扰到我们了。我们约好啦,别爽约啊。"

"好吧,我们约好了。"

他最后对我说的是:"记得我们的暗号,'你是你吗?'可别认错了人。"

我最后对他说的是:"这个事儿轮不到我操心。"

我必须遵循他的游戏规则,由他规定好节奏,而非我。这个规则有玩笑、揶揄的成分,还带有些许调情的意味。也许他正值这样的年纪,又或许他一直以来都是这样。这是一种心态。好吧,就听天由命吧。

我并没有刻意打扮自己。出门之前,我看着镜子里的自己,心想:"我不知道他想要什么,所以得让他接受我现在的样子。"

我买了一朵菊花,黄澄澄的,让他们帮我高高地别在肩上,我朝那边扭头的时候甚至都能碰到它。4点45分,我出发前往约定的地点。

那是一间典型的鸡尾酒酒吧,十分私密,容易让彼此产生信任,很适合我们这样的人约会。我还从来没有去过这么小的酒吧。酒吧里铺着厚厚的地毯，周遭很安静，是一种让人放松且舒适的安静，不会让人感到压抑。这是这间酒吧的亮点所在。时至今日，我还在想它是否依然如此。

唯一不协调的是，我刚坐下来便有个面目扭曲的服务生走了过来。他大概是得了某种皮肤病，整张脸贴着五六块膏药，纵横交错。更加让人意外的是，他一只眼睛的眼角几乎被膏药完全盖住了。他拖着脚，步履蹒跚地走了过来。看到他的第一眼我着实吓了一跳，之后我便竭力克制自己不再与他对视。不管他端来何种开胃酒，都足以让人倒尽胃口。不远处还有一个服务生，长相要端正很多，不过他一直都在吧台的后面，只服务坐在他对面的客人，而我则要面对这一位。

他还没来，如我所料。我相当肯定这点，他是故意迟到的，为了让我先于他来到这里，然后他就能从容地观察我，甚至不需要走进来。尽管酒吧不大，但我尽可能地选择了一个远离酒吧入口的座位，让他不容易观察我。虽然作用不大，但他至少需要走进酒吧，才能完全看到我。就算他进来后随即转身离开，从那个角度看，他最多也就只能看到那朵与我眉毛齐高的黄色菊花以及我的帽檐。

"女士，您想喝点啥？"那个长相压抑的服务生站在我身侧问道，一口土腔，简直让人想用小刀割断那个声音。

我推开酒水单，道："一杯无糖雪利酒。"

"好的,女士。"他离开了,留下我一个人。

我心想:"他也许不会出现,可能在我还没有意识到的时候,他就已经将我踢出局了。"他之所以会约我在外面见面,而不是到酒店找我,表明他对我仍有所保留。听上去坦率而诚恳、掷地有声的话语和那些小心谨慎、闪烁其词的言辞无异,同样表达一种不信任感。为什么不呢?二者唯一的区别在于前者流露出的不信任感并非浮于表面。的确,我终究会知道自己在什么地方能找到他,但是那毫无意义。它属于这种情况:一旦首次交锋失利,就意味着整个作战计划将以失败告终,也就没有必要再继续下去了。

我不可能再次给他打电话,哪怕试着更换一个身份。他已经记住我的声音了。一直以来,他拥有行动自主权,而我在与他接触之前就已经丧失了这点。

"哦,好吧,"我反省道,"他兴许并非像他表现得那样毫无戒备之心。"我不禁疑惑为何自己到现在才想到这点。一定是他的声音具有某种魔力。

我的雪利酒来了。他把酒放下的时候,一张折成树叶状的纸片被压在酒杯和托盘之间。刚开始我以为是账单,当我打开后,纸片上面赫然写着几个字——

你是你吗?

"等一下,这个是从哪里拿到的?"

他吃惊地看着纸条，一脸茫然。"我也不知道啊，女士。但可以肯定的是，我刚刚把酒杯放在托盘上的时候，没见过这张纸条。"

"你是从吧台那边径直走过来的，我亲眼所见。所以不可能有人在你过来的路上把它放上去。它就压在酒杯下面。"

我偷瞄了一下四周。"等等，先别走，就站在现在的地方，挡在我前面。你把盘子端过来之前，有没有把它放在吧台上？"

"嗯，只放了一小会儿。女士，我通常都会这么做。我要在单子上写下客人点的东西，方便后面结账。"

"你把托盘放在吧台哪个位置？"

"那边靠墙的位置。要从吧台后面出来，只能从那个地方走。"

"就在那个男人附近吗，座位两边都空着的那个人？"

他不动声色地朝那边看了过去，仿佛是用汽笛风琴演奏出一个完整的音符那么谨慎。"可能是吧，就放在他旁边。女士，需要我帮您问问吗？"

"不，不用，你这个笨蛋。"我顾不上礼貌，脱口而出。

我也纳闷为什么自己对这点耿耿于怀，为什么不往好处想。也许是因为我不愿意承认现在自己面对的敌手要比之前预想的聪明得多。他可能一直都在这里，因为在我到这里之后，再没有人进来过。我的长相早就完全暴露在他面前了，我很不喜欢这种感觉。显然当我坐在这里琢磨对策的时候，他就一直安安静静地坐在那里，观察我的一举一动。

如果那个人就是他,那我可不喜欢他的长相。他的样貌和他的声音完全不相符,不过这还不是最糟的。他身上透着一种冷酷的精明,老谋深算,我根本就不是他的对手。从他的言行举止看得出来,他绝对不是个随性之人,反而矫揉造作,精于算计。哪怕是打算改变坐姿,甚至是举起酒杯,抽一口雪茄,都向人传递出这样一种讯息:"这么做对我有什么好处?有利可图吗?很好,那就这样做吧。"

如果他是在跟我捉迷藏,或是玩什么传递情书的把戏,这其中一定有什么猫腻,绝不是年轻人找乐子,追求刺激。对于这点我深信不疑。

坐在吧台的那个人看起来应该有些年纪了,又老又无情。他这一生肯定没错失过任何一次机会。他贪婪成性,如今早已经坐拥一切,但也许还有很多他曾经不屑一顾的东西,后来又想要了。他这辈子就是这么过的。

我垂下眼帘,抿了一口雪利酒,明白自己已经输了。

我不明白他为什么要和我玩这种游戏。我戴着菊花,他却送了张纸条给我,这说明他并不打算假装自己不在此地。他只是让我坐在这里,五分钟,十分钟,十五分钟,残忍却没有挑衅的意味,仅仅是出于自己的利益考量。

我没办法一走了之。我不能逃避自己的任务,不得不坐在这里耐心等待,讨他的欢心。如果他现在就把我牢牢地玩弄于股掌之中，之后等待我的又将是什么呢？

杯中酒被我一饮而尽。我点了支烟，抽完后熄灭烟头。服务生又走了过来，尽管他脸上贴满了难看的膏药，长得奇丑无比，但看我一副心灰意冷、闷闷不乐的样子，竟也无比同情我的遭遇。

"女士，您还想再来一杯酒吗？"

"嗯，再来一杯。"

我心想："既然我已经知道就是他了，他不过来，我为什么不自己直接过去找他，结束这一切？"但我转念一想，"他就是想让我这么做，一直等着我上钩。对付这种男人，越是他想让你做的事儿，你就越不能遂他的心，因为你根本无法看穿他的目的。"

一定是因为我盯着他看了太久，他竟然整个人面朝我转过身，冷冰冰却目不转睛地看着我，一脸质疑。

就在他的眼神中流露出另一种意味时，那个服务生突然挡在了我们中间。欸，我还没看清楚呢。这一次他走过来的时候，没拖着脚走。托盘里除了我点的酒以外还多了一杯酒。

他把我的酒放在桌上，接着把另一杯酒放在我对面的空座位前，然后又把托盘放在他身后没人坐的桌子上，突然就这么大刺刺地坐在了我对面。

"哎，你以为你是——！"我刚要开口。

他咧着嘴笑，冲着身后的人说："马特，这件外套给你，谢谢你借给我穿。"

我朝吧台扫了一眼,那个一脸冷冰冰的男人重新坐好,依旧面无表情。

"那个家伙总是慢吞吞的。"对面的男人笑着说。

我重新看着他,道:"你想让我——"

"只是开个玩笑而已。"

马特走过来,手里拿着他的外套,热心地帮他穿好。

"觉得我怎么样?"他兴致勃勃地问他,"她点的单子在那件外套的衣兜里——如果你能看懂我的字迹的话。"

"一清二楚,梅森先生。只要您发话,随时可以来这里工作。"

"谢谢,我会记住你说的话。"

我看见他们的手短暂地碰了一下。我没看清是什么,估计是笔可观的小费。

他瞧我盯着他的脸看,马上对我说:"哦,我都给忘了。估计挺疼的,粘上去容易,撕下来难。"

"让我帮您弄吧,梅森先生。"马特说,"速战速决是最好的办法了。"

他缩了一下,尤其是在撕下他眼角那块最大的膏药时。"为艺术而艺术。"他明显又缩了一下。短暂的红肿褪去后,膏药下的皮肤完好无损。他确实很聪明。尽管每块膏药都很小——每一块在他皮肤表面仅占据很小一块面积——但它们还是会让人产生错觉,把他的脸弄得和原本的面目没有丝毫相似之处,仿佛是收音机里描述照片内容一般,全是连续的点而非流畅的线。

于是,尽管他脸上仅仅粘了四五块膏药,而且还一直跟我待在同一个地方,可我到现在才第一次看清他真实的长相。

我首先想到的是:"他看上去那么阳光,那么友善,不可能会杀死一个女人。"

我仔仔细细地上下打量他,仿佛生死便取决于此。的确如此。柯克的生死。如今他就在这里,我们第一次会面:一张桌子,一杯淡黄色的苏格兰威士忌酒。他一只手慵懒地放在酒杯旁边,半握着,但手里什么也没拿。这只手看起来很秀气,就像莫当特的手一般,并不绵软;手指上戴着一枚印章戒指,上面还镶着一块方形宝石,看起来应该是玛瑙;手指甲修剪得很整齐,短短的,应该是用剪刀修剪的,不像是做过专门的护理,并没有抛光后产生的光泽。换句话说,指甲保持着原本的得体和雅致。

然后是他的脸,最关键的部位。宽脸盘,不是又瘦又长的脸型,但也不是又肥又圆的样子,而是宽宽的,看起来很坚毅。等他上了年纪后,他的脸型可能会显得过于沉闷,过于宽大,但现在还没到那个时候;他皮肤紧实,没有任何松弛或是皱纹。最显著的特点,若是非用个形容词的话应该就是"赏心悦目",很讨人喜欢。如果你爱上了这张脸,它一定会让你深陷其中,无法自拔,就跟你第一次看见这张脸所感受到的爱意无异。

他有一双深棕色的眼睛,机敏而灵动。这双眼睛衬得他整张脸更加熠熠生辉。它们出卖了他，并非是背叛，而是泄露了他的内在。你以为自己能够骗过他，但是当你与他那双眼睛对视的时候，你就不会如此笃定了，而是会疑惑自己是否足够聪明。

他的头发呈棕红色，一定是吹干后才梳好的，这样头发就不会像草一般紧贴头皮；他发质很好，头发剪得虽短却十分浓密，最重要的是保持了其应有的状态，未做过多修饰。

这就是他，他就在这里。与此同时，他也从他的角度仔细打量着我。我猜我对他的评价和他对我的评价应该不谋而合。

"所以你就是你。"他终于笑着说道。

我点点头。"你是怎么认出我的？"

他有些自厌地眯起一只眼睛。"在准备见你之前，的确费了些工夫。但是我竟毫无缘由地白白浪费了二十分钟，我猜自己现在已经被黄牌警告了吧。"

"也许是因为你之前上过当吧。"我说。

"说真的，曾经被骗算不得什么好借口。这是世上再简单不过的道理了。一杯鸡尾酒就能让人看清楚。我的意思是说，通过一杯鸡尾酒就能把人看得通透。如果你不喜欢对方的样貌，就可以盯着橄榄看。等汤端上来的间隙，你可以借口到外面买盒烟抽。不过要确保选择一个绝不会在酒吧买得到的牌子，以防卖烟的姑娘就在你旁边。拉姆斯三世，或者其他卷烟。之后等待主菜的时候，来了一通救命电话。家里有人快死了，或者是谁要临产了，又或者是你的办公室起火了。你要把晚餐的账单结了——这是为了确保她会一直待在这里吃完晚饭,而不是打算和你一同离开——你当然要为此表示歉意,保证你会给她打电话,接着你就能全身而退了。"

我笑着问:"这种事,你之前干过几次?"

"噢,这个啊,当然,这是事情最有意思的部分了。我跟你说过啦,我现在被黄牌警告了,之前可从未有过。我总是坐在那里,心里谋划着这一切,然而当咖啡端来后,我依然坐在那里,饱受煎熬。她们看上去总是那么信任我,我最多也就是尽量让晚上的约会早点结束而已。"我喜欢这个回答,避免了在接下来的谈话中彼此相互猜忌。

"这点我要谨记于心。从现在开始,用餐过程中的一切电话都值得怀疑。"

他大笑。"别让那些你永远也不会遇到的东西烦扰你。我敢说,他们在用餐时会丢下你去做的唯一一件事,就是出去把门锁上。这样你就不会从他们身边逃走了。"

"一次舀一勺就够了,"我岔开话题,"别用那种铲子似的东西盛,不然就没你的份了。"

"还要吗?"

"两勺足够了,谢谢。"

"来根烟?"

"那就来根吧。"

他掏出火柴帮我点烟。

我问:"你所有的东西上面都印着你姓名的首字母吗?"

他仿佛根本不在意这点,爽朗地笑着回答:"没有,这是我妹妹的主意。上一个圣诞节的礼物,我猜应该是吧,所以没办法退回去。"

他吹灭了火柴,把这个问题抛到脑后。"你还没告诉我你的名字呢。"

"是吗?我以为我说过了呢,我叫艾伯塔·弗伦奇。"

"他们平常叫你什么?"

"艾伯塔·弗伦奇。"

"这星期之内我一定会让这个名字消失的。"他保证道。

"好吧,你的名字对我而言也很陌生。"

"不考虑其他的,我的名字也不过普普通通。"

"确实不足为奇。"我一本正经地说。

他叫马特过来结账,然后用拇指按着一个面值一毛钱的硬币。"千万不要忘记那个服务生,"他对我亲密地说道,"这应该就够了,你觉得呢?他服务得又不怎么样。"

"噢,应该比这个多点儿。"我哀怨地劝他。

他极不情愿地又加上五分钱,接着用土腔自言自语道:"谢谢您,先森。"然后强压怒火小声嘀咕道:"铁公鸡。"

我忍不住笑得前仰后合。

"走吧，咱们离开这里。还有很多地方要去，很多事情要做。"他为我拉开座椅，道，"你如今在我的手掌心里。"

"你是说，"我起身和他离开的时候，闷闷不乐地想，"是你在我手掌心里，无论你现在有没有意识到这点。"他是在开玩笑，而我不是。

有个女清洁工一直跟在我们身后直到电梯门口，然后跪在地上一圈一圈地擦拭酒店大厅嵌花的地板。

"现在我真的要上去了，"我笑着说，"我们又回到原点了。你不记得这个地方有道裂纹吗？"

"我就觉得曾经在哪里见过它。一定是我们上次来过的地方。"

那个女清洁工把布拧干，冲我们抿嘴笑。"确实来过。"她说。

天色泛白，淡蓝色的光从门外照了进来。我感觉和他已经认识一年之久了，而非短短十二个小时。他知道如何让时光飞逝。

"你还在等什么？"我笑着问他，"你现在都把我变傻了，但凡你说的话、做的事都让我发笑。我像这样站在这里快一个小时了，什么都没做，只是笑。前台那个男人一定以为咱们都疯了。"

他扭头看着那个人，脱口问："她很漂亮吧？我今晚刚认识她。"

接着他又扭头望着我，不容我发表任何评论。"我一直等着看你疲惫时的模样，不过你好像根本就不会累。"

"和你在一起，脸上是不会被看到疲惫的痕迹的，只是嗓子会感到疲倦。我的嗓子现在肯定已经肿了。好吧，不管疲惫与否，我要上去了。现在真的该上去了。"

终于，他与我道别，淡淡地说："我会给你打电话的。"他拉着我的手然后又松开，这才转身走了出去，就和昨晚我们六点钟见面时一样温柔。

"挺不错的男人。"前台的男人盯着他的背影，由衷地说道。

我没有接话。"不错的男人，"我走进电梯，心想，"可我想知道他究竟有没有杀死过一个女人？"

回到房间，我久久地坐在窗边，一动不动。屋顶逐渐从草莓色变成橘黄色。此时却再也没有笑声了。我静静地回想他的一举一动。

"他只是在炫耀自己，因为我对他而言还很新鲜。没有人能如此一副乐天派的模样，如此冒冒失失——随便你怎么形容——对生活总是充满精力，热情洋溢。没有人会这样，别上当。他一定有不为人知的一面。耐心一点，再耐心一点，真相就会浮出水面。"

如他所说，他给我打了电话。电话铃声响起的时候，我就在电话旁。我一直在等他的电话。我知道是他。除了他，谁会知道我在这个地方、在这个房间里？这间房就是特别为他而订的，为我提供一个背景、一个场景对付他。

我坐在椅子里，并没有动，任由电话铃响累了自己停下来。这是谋略，吊足他的胃口。

大约半个小时后，电话铃再次响起。我仍然没有动。十五分钟后又响了起来。兴趣化为不安与焦虑。

第三次我接起电话。

他忧心忡忡。"你让我担心坏了，我还以为自己失去你了。"

"我刚进门，刚才去逛街了。你知道的，一个来到纽约的乡下姑娘。"

"今晚没有什么特别想做的事儿吗？"

"有啊，迫不及待。"

他声音上扬。"是什么啊？告诉我吧。"

"早点上床睡觉，昨天晚上玩得太晚了，今天要好好睡一觉。"

他的声音恢复正常，带着无奈的笑意。"我是说有什么事儿是我也能参与的。你可不是为了睡懒觉才来纽约的。纽约绝不是为了睡懒觉而存在的。"

"大多数人都是这样想的。事实上，我眼睛里现在只有床。而我现在正好看到一张床，它看上去舒服极了。"

"梅森，你遭遇滑铁卢了！"他说，"我从没想过自己居然输给一张床。"

"你今晚是不可能把我带出这栋楼的。"我坚定地对他说，"我现在只剩点力气下楼买个三明治回来。这之后，我会在床旁边伸伸懒腰，然后舒舒服服地躺在它上面。"

挂断电话，我对自己说："他是不会买账的。天黑前他还会给我打电话的。"

我坐在那里等他电话，但是他并没继续打给我。四次只猜错一次，这个结果还是可以接受的。一小时后，见他依旧没有打电话过来，我终于决定下楼给自己买个三明治。

他就坐在电梯口，咧着嘴笑，耐心地等我出现，一只手扶着膝盖上的牛皮纸袋子，一只手拿着几张餐巾纸。

他说："你花了这么长时间才下来啊。我早就买好了，你的和我的。你不是说上床睡觉前要吃个三明治吗？咱们两个何不在大厅里找个安静的角落一起吃呢？吃完我送你上电梯，然后互道晚安。"

谁是猎人？谁又是猎物？他也许并不清楚，但我心知肚明。

我们的双唇第一次碰触是在地铁上，一个最不可能发生这种事的地方。那种过时的情感表达方式曾十分有效，但如今再也不会有人这样做了。并非我们刻意为之，这个吻就这么自然而然地发生了。他的嘴唇碰到了我的。

这对他而言新鲜又刺激，甚至不知道该如何自处。他打算送我回家，当时已经很晚了，只要和他出去总是会很晚。于是我提议说："哪怕是在地铁站等，乘地铁也是最快的。我们这次就做个改变，像普通人那样吧。"

地铁到站时发出一阵刺耳的摩擦声，猛地刹住车——也许是司机打了个盹，又或许是别的什么——我们当时正好站在车厢门口准备下车，他猫腰朝外探头，确保我们没有下错站。惯性的作用下，他的脸突然撞上我的，然后我们就一直保持那样的姿势。

我没有动。并非是我主动选择了这个武器，可一旦碰到了，我也不会随意放弃。

"你最好扶住门，"我终于开口道，"它很快就要合上了。"

他默默地走上楼梯。

走到半中央的时候，他突然扭头对我说："站在这里别动，让我再试试。"

我置若罔闻，继续朝上走。"这些台阶可不会晃动，"我提醒他，"地铁才会。"

我以为他是在开玩笑，但目光迎上他的，才发觉他是认真的。他深情款款地看着我，甚至有些不知所措。

我也一样，不知为何。

仿佛这对我们二人而言，预示着某种不幸的降临。

"到大街上了。"

"嗯，是的。"

把我送到酒店的电梯口后，与以往不同的是，这次他匆忙与我道别。今夜没有开怀大笑，没有依依不舍。"我现在要离开你，有好多事儿要考虑。尽管你人在这里，但最好还是不要出现在我面前。"

我不置可否,转身离开。

上楼的时候,他的话一直萦绕在我耳边。并不是因为他说话的内容,而是他说话时那种奇怪而严肃的方式,不再轻松温柔,丝毫没有开玩笑的意味。"我现在要离开你,有好多事儿要考虑。"

"良心发现了?"我自言自语道。

"关乎死亡的记忆重新浮上心头,不堪重负——尤其是出现新恋情的时候?"

"旧爱之死?"

"因你而起的死亡?"

我总是时不时地说要回去。我必须如此。尽管看起来一切都没有定数,但严格来说,我是来这里度假的。我也不知道自己应该回到什么地方去,可我觉得自己必须不时地提起这件事,哪怕只是为了让一切更为可信。毕竟他并不是个傻瓜。

每一次提起这事儿,他的反应都是他情感的晴雨表。他对此的想法总会在不知不觉中表露无遗。第一次我说起要离开的时候,他刻意避开这个话题,半开玩笑地哄我说:"噢,再多待一个星期吧。多待几天也无妨,车什么时候都有。"第二次,我发现他一脸严肃,低着头,之后也没怎么和我说话。第三次,他紧绷着脸,怒气冲冲地在房间里来回走动。后来在外面用餐的时候,他面露愠色,心情很差，酒喝得也比平时多，就连给服务生的小费也格外地少。

第四次他要扭转局面。他首先提出这个话题，而不是我。"我无法想象你回去后我该怎么办，"他说，"你要是走的话，我也要和你一起走。"未等我反驳，他接着说，"就像你来这里一样，我也可以到你那里去啊。我待在这里干什么呢？接替我父亲的位子开董事会，几乎一半的时间里都闷闷不乐？他们完全可以通过代理人知道我的投票结果，只是几个月的时间而已。"

我小心翼翼地让整件事情渐渐被淡忘。我更有底气了。短暂的逗留变成永久性居住。

我把结识他用的酒店房间退掉，在第二大街东五十三号那里租了一间一室的公寓。因为我被认为是初来纽约，所以是他帮我找的公寓。关于租房的费用问题，我很早就考虑过。为了不让他发现我的双重身份，我之前的居所便无法使用了。我觉得他和我之间现在，或者说不久便会进入到另一个阶段，因此我需要更多的私人空间。保持一定距离是为了更有效地将事情进行下去。

搬家的那天他就陪在我身边。事实上，是他开车送我过去的。

我心想："从拥有这间公寓的第一秒开始，第一次来这里他就应该在场，这说得通。终结这间公寓租约的那一天，和他的牵连也就结束了。仅仅是因为他，这间公寓才有存在的意义。一旦没有他，它也就不复存在。"

五十三号的这间小公寓，我希望自己能很快将它遗忘。

后面发生的事，我始料未及。

我能感觉到他的眼睛正盯着我，近距离观察我。终于我开口问道："你在看什么？为什么这样盯着我看？"

"我在想应该叫你什么。"

"现在才考虑这个问题会不会太晚了？"

"艾伯塔这个名字有些拗口，不太容易念。还记得我们第一次见面的那个晚上吗？我说自己一周后就会放弃这个名字，现在早都超过一星期了。我必须给你找个新的称呼，一个属于我的名字。站起来让我好好瞧瞧你，看看能不能想到一个。"他双手扶在我两侧，让我站在他面前。

他的眼神变得有些复杂，稍显落寞。我注意到这些变化，试图让他高兴起来："这是场最奇怪的受洗仪式啦。我年纪是不是有点大啦？身高也太高了一点？我应该被人牵着手，还要穿一条拖地的睡裙。应该由谁在我头上点圣水呢？"

"不。"他说，就这么一个字，口气焦急且严厉。

我不再说话，眼睛看向别的地方，等待这一切自我平息。

"把头朝这边转过来，冲着台灯，这样光线就能从另一边柔和地照在你的脸上。"

他倒吸一口气。

"这抹柔和的灯光照在你的脸上，就好像是——"

他在我面前缓缓站了起来,双手依然抓着我。

我莞尔一笑,等待着。

"我想到了一个适合你的名字,"他耳语道,"你有张天使般的脸庞。我要叫你天使脸蛋儿。天使脸蛋儿,以后我就这么叫你。"

瞬间那令人发疯般的痛苦袭上心头,我猛然把身子偏向一边。他伸出双手,试图重新拥我入怀。而我自始至终都躲着他,不仅仅是一步之遥,一米之远,而是尽可能远远地离开他,仿佛他现在手里正拿着一把刀,在我心脏的位置狠狠刺了一下。

我看见他双唇一张一合,但无法听到他在说什么。反正我也不想听。

后来他终于来到我跟前,将我紧紧捂住耳朵的双手拉了下来。

"我做了什么让你如此害怕?"他问,"为什么要那样捂着耳朵?瞧,你的皮肤那么白——眼睛那么大——"

"永远也不要再叫我那个名字,"我浑身颤抖地对他说,"不要第二次提醒你自己叫那个名字。再也不要说了,拉德,否则——否则你就再也不会见到我了。叫我其他的名字,什么名字都可以,除了那一个。"

"之前还有个人这么叫你,是吧?"

他和我的过往达成一致。

"你有一副这样的面孔,一定有人也这么叫过你。你又不是昨天才出生的。"

我倚着他的肩膀,闭上眼睛,在我眼前出现了一个人的脸,而他对此一无所知。

在此之后,当然,我无比庆幸自己去了那里。起初我并没奢望它会对我有任何益处。一切纯属意外,如此偶然,哪怕是最完美的计划也不过如此。我只是对他这个人感兴趣而已,而非他的家世、他的母亲或者妹妹,抑或是其他什么。

此外,我说服自己相信这件事情背后潜在的含义:他希望我在那种场合出现,是出于一种因嫉妒而生的殷勤。他在后面牵线搭桥,很大程度上违背了他们本来的意愿,简而言之就是硬生生地把我塞给他们。

那是他妹妹的生日晚宴。

邀请函自然被我随手扔在一边,不去理会。尽管是她亲手所写,但归根结底还是因为他。

请务必出席,很期待与你见面,常从拉德那里听到你的事情。

我把能想到的托词都说了一遍,希望不要卷进这种事情之中。

"我不属于这里。"

"你不属于这里!你是我的艾伯塔,我在哪里,你就属于哪里。你当我们是什么?土豪劣绅?"

"我不是这个意思,我是说我和参加晚宴的那些人没什么共同话题。"

"听我说,就算你去了,你也没什么机会跟他们聊天,因为你整晚都会陪伴我左右,没人能靠近你。这点我会小心提防,你知道吧。我不得不参加晚宴。难道你不想我给亲妹妹过生日?"

无奈之下,我不得不说出那个老掉牙的借口。

"我没适合的衣服穿。"

"你最近一直都跟我进进出出的,也从来没有因为衣冠不整而被捕呀。"

裙子送来的时候,我把它退了回去。后来我们见面时,我对他说:"以后不要再这么做了,年轻人。否则你恐怕要胳膊上挂着绷带去参加晚宴了!"

他报以微笑。"我就知道那条裙子不适合你。之前我在卡内基礼服店的时候就是这么跟他们说的。"

"别忘了这要以你那条胳膊为筹码。"我不怀好意地说。

甚至在晚宴开始前,她还亲自给我打了电话,但我仍然告诫自己:"是他强迫她这么做的。"

"我是莉拉·梅森。你不会对我如此残忍的,对吧?我花了好大力气才让拉德把你带来的。嗯——哦,千万别告诉拉德哦,他对自己的朋友特别小气。来嘛,就当是给我个面子吧,好不好呀?"

挂断电话后,我不免有些动摇了。也许他妹妹根本就不想邀请我，可听她的口气不带丝毫恐吓的意味。她是真的想见我。为什么呢？

我还是去了。

不出意料，一切和我的预想相差无几。除了那些数也数不清的房间——当然你也可以愚蠢地一直数下去，还有那种特殊场合才用到的水晶吊灯，像是个倒挂的结婚蛋糕。这种吊灯在年收入超过两万五千美金的家庭聚会中才能见到。

他的母亲则完全出乎我的预料。我本以为她会是个盛气凌人、珠光宝气的贵妇，没想到却是个弱不禁风的瘦小老妇人，长得就跟德累斯顿出产的陶瓷一样脆弱，不堪一击。她的体重大概只有九十磅左右，说话时就像扎苏·皮茨那样，一直晃动双手。看样子她在家里的地位就跟波斯猫一般无足轻重，我注意到哪怕是宾客从她身边经过时，也只是轻轻拍她一下，然后就和其他更重要的人继续聊天。

他妹妹才是关键。她是一个高挑可爱的女孩，根本就是拉德的翻版，充满个人魅力，同时还具备身为女性某种附加的特点。她双手握住我的手，热情地跟我打招呼。

"噢，你真的来了！在这种场合，你反而无法和真心想要邀请的人待在一起，但它有助于破冰。记着，无论发生什么事，哪怕是这栋房子着火了，我们也要在它倒塌前坐下来好好聊一聊。拉德，一定让她待在这里哦。"

"我会的。"

她匆忙离去,临走时还不忘指着我,认真地说:"记得哦,我们约好啦。"

"她很迷人。"我对他说。

"还行吧。"他用兄妹间典型的不以为然的语气答道。

只有拉德,拉德,一整晚全是拉德。他一直让我陪伴在他左右,简直都有些可笑。我们在超大的舞池中央跳了一会儿舞,舞池一角有四五个人奏乐曲,然后又喝了点香槟,在周围溜达。他还带我参观了几个房间。

"这儿到底有多少房间啊?"我问。

"哦,我也不清楚,"他不屑一顾地说,"我只是在最靠近门口的屋子里睡个觉而已。"

我听得直笑。

如我所言,我们之间所有的对话都没什么特别之处。我从不期待自己会从中得到任何线索,只是打发时间,希望晚宴早点结束。

快到十二点半的时候,人们开始陆续离去,又过了半个小时,所有房间这才再次清晰可见。我差点把她忘了,以为那只不过是随便恭维我而已。他看了看表,说我们的任务完成了,让我收拾一下,送我回家之前再开车出去兜兜风。

直到最后这一刻,他才把我从自己的监护中释放。我猜这是因为我要去的那个房间,几乎不会有其他什么男人。不管怎么说,我在一个堆满了貂皮大衣、锦缎包装盒的房间里坐了一会儿。

我不知道她是否一直都在警惕地留意我的行踪,看到我走进这个房间,还是说在我离开后她没找到我,又碰巧看到我进来。总之,没隔几分钟,她也冲了进来。

她尚未喘口气便一把抓住我。"跟我来,"她说,"这里可不行,我知道一个更适合咱们聊天的地方。"她把我带到她自己的一间很私密的小房间——并未对宾客开放——然后拨通内线电话让人拿酒过来。

"咱们就在这里喝点香槟吧,"她说,"可以吗?今晚我都没机会喝完一杯香槟。"

我说没问题,内心的确想喝上一杯。

现在我可以近距离观察她。就和在晚宴上看到的一样,她十分可爱,不过这倒不是重点。她的可爱表现为内在思想和外在容貌的统一。她很有教养,而非冷冰冰的、一脸书呆子气。我猜她应该是在瑞士或巴黎这些地方接受的教育。多数像她这样在欧洲留学的人只是徒有其表,可她尽管年纪轻轻,却深得欧洲教育的精髓,成熟且稳重。她谈吐得体,体现出良好的修养。

香槟端来之后,她给我们各自倒了一杯酒,然后掏出香烟。她坐下来,松了松凉鞋的鞋带。她佩戴着一枚蝴蝶结钻石胸针,我恭维了几句作为开场白。她说那是拉德给她的生日礼物。

然后那件事就发生了,就这样堂而皇之地发生了。

我们两个都没拿火柴，只好四下翻找。

"我刚才应该问他——"她一边说，一边走过去拉开了一个抽屉。

我坐着没动。

"平时我桌子上会放盒火柴的，可能有人动过了。"她说。她合上第一个抽屉，接着又拉开第二个。"我出去找火柴。"她说，突然又道，"噢，不用啦，这里还有盒之前打开过的。"

她在我身边坐下，为我们点燃香烟。

之前的对话早已被我抛在脑后，无非是些姑娘们的话题。我直勾勾地盯着她随意拿在手里的东西。

一个印着"M"标记的蓝色火柴盒。和我在米娅·默瑟公寓的门缝里找到的那块火柴盒残片一样。

我假装自己的香烟熄灭了。"借用一下可以吗？"我问道，然后把火柴盒拿了过来。我划了一根火柴，事实上只是为了能近距离仔细观察它。

的确一模一样。他们把柯克的衣服送回来的那个晚上，我坐在家里的床上，从皮包夹层里找到的火柴盒残片和这个一模一样。

我急切地问她："这是你的吗？"

"其实是拉德的。有次圣诞节，我送了他超大一包。有点傻，是吧？我要是没记错，当时是因为我想到他的时候，早把自己的圣诞节资金用光了。所以就让我父亲的香烟零售商做了一大包火柴盒，这样就能记在他的账上。其实他根本就没太用过这些火柴，弄得家里到处都是。我想我们可能永远也用不完了。"

我一直拿着那盒火柴，像她一样，茫然不知。今晚离开的时候，我要把它也一同带走。

胜利令人费解地泛着青灰色，黯然无光，一点也不振奋人心。

突然她的神色变得十分严肃，虽然我没留意到她是如何说起这件事的，但显然是关于我和拉德的事情。"你根本不知道你对他来说意味着什么，"她说道，"噢，亲爱的，我不知道你对他是什么样的感觉，我本没有资格这样问你——"她顿了一下，继而又说，"他不会告诉你这些的，但我必须告诉你。不要让他太过迷恋你，千万不要。这是为你自己好。事出有因——事情一旦牵扯到拉德，就一定要把握分寸。"

我花了点时间才回过神来。不是老生常谈：你和他般配吗？以后会幸福吗？事实上，她是在警告我提防他。我能感觉得到这点，她浑身都在传递这个讯息，我是不会弄错的。

突然，他出现在走廊上，朝屋子里探头张望，看神情不是很高兴。"你跟艾伯塔都说什么了？"他的声音听上去有些干涩，甚至有一丝紧张。"有什么是我不能听的？莉拉，你该不会是在说我的坏话吧？"

她试图笑着搪塞过去。"拉德，你不该像那样探头探脑！说不准我们是在讨论连裤袜或是其他什么呢。"

他问我："我们可以走了吗？"

"可以，"我说，"我们这就走。"没必要留在这里了，已然没有任何留下来的理由了。

我很纳闷她究竟想要表达什么。

回家的路上，我几乎没跟他说几句话。

"干吗这么闷闷不乐的？"

我淡淡地笑了笑。"没什么，"我说，"没什么啊。"

我心想："我终于找到你了，没错吧？"

紧接着我就去找了弗勒德，就在这件事之后的第二天。他听我交代完前因后果，问道："那你现在有什么证据吗？"

我把火柴盒拿给他看。

他仔细看了看，然后摇头说："这些火柴毫无价值，还不足以用来定罪。一来，之前在门缝里夹着的火柴盒残片，你并没有交给我们，反而扔掉了。所以你现在说这两个火柴盒一模一样，也只是你的一面之词。二来，就算这个火柴盒能证明当时有场派对，然后把火柴落在那里了，但是它本身并不能作为铁证。可能有其他什么人把它带到派对现场，这也说得通。你现在需要的是直接——"

"这我知道。"我回答说，"证据可能随时会出现，所以我才来找你。我希望你能有所准备。我不知道该如何设套，在他承认的时候就能获取证据，而不是在这之后复述给你听——我希望能获取更加有力的证据。"

"你必须这么做。"

"你建议我怎么做？"

他略做沉思。"你现在是自己住吗？"

"就我一个人。"

"你肯定会掌握到什么证据？"

"看到这些火柴之后——是的，我确信。"

"我会让我们的技术人员给你家里安个装置。我们带东西过来的时候，一定要确保没有外人在。"

这周内装置就已安装就绪。弗勒德也和他们一起来了，看着他们安装。

我问："这是什么？看起来就像是个嵌入式旧式手摇留声机。"

"它就是。"他对我说，"被改装了一下，跟有时候在办公室安装的监听设备是同一原理。"

我回答说："哦，我明白了。在它前面就可以录音了吗？"我不禁觉得有些毛骨悚然，也说不清为什么会这样。

"只要在它前面，任何位置都可以。我会告诉你大致的监听范围。你正常说话时不能超出这个距离，否则声音会变得模糊不清。"他用脚标出分界线，"要让他在这个范围内说。"

他还把家具重新布置了一番。"把这张沙发椅挪得离装置近一些，这样你抬手就能打开它。"

我感觉两颊发烫，也说不清为何会这样。

"好啦，你不需要每次都去开启装置，我已经把连接线给你弄好了。瞧，这头有个按键。需要录音的时候，把它按下去就可以了。我就把它装在机器后面，按键就在那两个绿色和橘色靠垫之间。记清楚位置。很容易操作的，把手塞进去就行了。"

"是挺容易的，"我心想，"简直易如反掌。"

出于一种男性对完美主义的本能要求，他说："现在我们试试吧。我们在实验室已经测试过了，不过我还是想看看在这间屋子里的效果如何。"

他在机器盖子下面鼓捣了几下，并没有动隐藏的连接线。"说几句话，不要提高声音，就像你平时和他说话那样。"

我紧张地十指紧扣："我不知道要说什么啊。"

"随便什么都行。"

房间里传来轻微的嗡嗡声。

"要是他听到这个怎么办？"

"告诉他是水管的声音，或是其他什么东西。"他关掉开关，"我们没办法把那个声音完全消掉。"说完，他又鼓捣了几下。"现在好好听一下回放。"他放开手。

一个声音不可思议地飘过来。"说几句话，不要提高声音，就像你平时和他说话那样。"

紧接着是一个女性软糯的声音："我不知道要说什么啊……要

是他听到这个怎么办?"

"告诉他是水管的声音,或是其他什么东西。"

我根本听不出自己的声音。人们说你永远也听不出来,因为人很少会听自己的声音。

他关掉装置。

"你打算把录好的这些话就这么留在磁带上?"

"他听不到的。下次会接着录好的地方开始录的。"

"要是磁带用完了怎么办?我怎么知道还能录多长时间?"

"你用不完的,还能录很久,只要你不浪费。我是说,不要整小时地录音。你觉得是时候了,再开始。"随后他又说,"发现情况随时跟我联系。"说完就朝门口走去。他都走到门口了,仿佛是临时起意,问我,"顺便问你一句,他是谁啊?"

我答道:"我不想提前告诉你他的名字。我觉得是他,但如果不是,告诉你他的名字也没什么用。如果真的是他,到时候我会告诉你的。或许一切都已经被录下来了。"

"果然是典型的女性思维。"他随手关上门。

我站在那里,看着绿色和橘色的靠垫,不知道自己心情为何会如此低落。

我接过戏票,随手把它们扔在一边。

"我可是托关系才搞到的,"他兴高采烈地说,"票早都售罄了,最早到七月四号才能买到。"

"今晚我不想去,我改主意了。"

"我又重新认识你了。突然这么可爱,这么居家。瞧,光线微暗,威士忌也准备就绪。绚烂的礼花,还有三明治!你总能改变一些东西,不是吗?你让我觉得自己已经结婚十年了,当然是指好的那一面。"

"别取笑人家。"我可怜兮兮地央求道。这么做是为了设定好情绪,为我们即将玩的游戏定好基调——甜蜜而苦涩,而非打情骂俏。

"过来躺在这里,把脚搭上去。不是啦,搭在这边,我要坐在你旁边。"橘色和绿色的靠垫之间。"今晚是为了我们能进一步了解对方,是回忆之夜。"

我感觉自己此时正在霍霍磨刀,随时准备走向待宰羔羊。

我们喝了点酒,随便聊了一会儿,直到营造出我想要的那种气氛。我们彼此低语,灯光昏暗,背叛的阴影斜斜地映在墙壁之上。

"虽然俗不可耐,但事实上的确如此,"我继续说,"女人并不希望是男人的初恋,因为那时的他还太过年轻。所以别让我失望,拉德,千万不要让我难过。别让我觉得你缺少我希望的那种完美。我允许你有两个,或者三个——你说应该让你有几个呢?——在我之前。"

他并没有回避这个话题。"两个就足够了,"他喃喃说道,"如果你一定要刨根问底的话。"他的声音满是倦意，追寻被遗忘的记忆。"她叫帕齐，我那时才二十岁，刚开始谈恋爱。她住在哥伦比亚大街，那时候广告牌正好就安在她家客厅窗户正下方。不，不是客厅，他们叫前厅。我记得你总是会在地铁进站前把话说完，否则中间要等太久，话也就被分成两部分了。"

他犹豫地问："这种事情谁也说不清楚，是吧？"

"可你爱上她了。"

"是的，我猜自己一定是爱上她了，否则我不会一直记得这件事。我们交往了大概有一年左右，那是一段美好的时光。也许是因为我那个时候才二十岁，她也就十八岁，不可能再那样年轻了，彼此都不可能。我每个星期日都会去哥伦比亚大街的公寓吃饭，一连好几个月，一次都没落过。

"后来我犯了个错误，不该带她去那个派对的。和童话故事正好相反，灰姑娘是不应该参加派对的。我为她感到骄傲，很乐意向朋友们炫耀她。我记得回家的时候，她哭了。我什么都没注意到，但她说他们嘲笑她，不是男孩们，全是女孩。那件事之后，她再也不愿意跟我出去，甚至都不愿意再见我。

"突然有一天她让我带她再去参加另一场派对，而且要和参加第一次派对的那群人一起。我安排好后去接她。我还记得她从门口走出来的时候，穿着一件很漂亮的皮草外套。灰姑娘的故事终以苦涩完结。她说外套是她姑姑和表兄妹们，还有一些我不知道的人凑钱给她买的。

"派对那晚她一直都穿着那件外套。趁人不注意的时候她把窗户全打开了。房间里凉飕飕的,这样一来她就有借口不用脱掉它。这一次没有一个人嘲笑她。我想是因为那时候的我们都太年轻了。

"那晚我开车送她回去的路上,她十分开心,带着一种古怪的愉悦。她狂热地吻我,仿佛我们再也不会相见。

"我们的确再也没有见过面。第二天两个警察出现在她家,她因盗窃被判入狱,关在州立女子监狱。"

他突然起身走开了。这我理解,谁不想重返二十岁呢?突然他站在那里,就在那台装置旁边一动不动。我心跳漏了一拍。

"咱们听点什么吧。"他说。

"那个坏了,电源有问题。"

我的音调明显抬高,但我必须马上阻止他,他的手已经快碰到盖子了。"拉德,过来这边,坐在我旁边。我跟你说话的时候,别跑来跑去的。"

"我不知道你想让我待在你旁边。"

老天知道我确实想让他待在我旁边。我对他如是说:"我现在希望如此。"

他随即走过来,坐在我旁边,伸出一只胳膊搂着我,说:"如你所愿。"

我心里默默松了一口气。

后来他又告诉我第二任女朋友的事儿。他刚起了个头,我就知道不是她,几乎没怎么听。这个故事十分简短。他更加成熟,心肠也更加坚硬。

"然后呢——?"

"没有然后了。其他的都是些逢场作戏,你不会感兴趣的。"

"只有两个吗?"她还没有出现。

"只有两个。"

"你说了很多你爱的人,现在跟我说说你恨的人。当然不是指男人,而是女人,一个让你恨入骨髓的女人。女人对男人最感兴趣的就是:他爱过的人——以及他恨过的人。"

有那么一瞬间,我以为他是不会告诉我的。他好一会儿都默不作声,并非因为要花时间试图回想,而是记忆本身足够纷乱。"确实有这么一个人。"他终于开口说道。

"她是怎样的一个人?"

"一个烂人。从里到外彻底腐烂,甚至连腐烂这个词都不足以形容她。"他还在寻找措辞,言谈间依然还有恨意。"要是她的外表能够反映她的内心,她早就因为传染病被关进医院里了,可她并没有。人们总是不能——"

一切来得猝不及防,就这么开始了。他一开口,我几乎就知道了。

"她在一家夜总会上班——"

我小心翼翼地把一只手伸到背后按下开关。事情进展得并不顺利，差点破坏掉他营造的吐露心事的氛围。

"这是什么声音啊？"他问。

比起白天弗勒德在的时候，现在房间十分安静，机器运转的声音更加明显，我有些担惊受怕地想。我们离它太近了。"是冰箱除霜的声音。接着你刚才的继续说。"

"她是唯一一个让我——"

"让你怎么样？"

他又顿了顿。

"怎么说呢，唯一一个让我希望死掉的女人。"

我等待着。

之后，如果我的理解没错，他用一种奇怪而阴森的语气说道："好吧——她现在已经死了。"

"她叫什么？"

"你为什么想知道她的名字？"他有些懊悔地问我。

"因为这和你相关啊。爱上一个人，就会想知道和他有关的一切。了解得越多越好啊。"我抬头望着他，一只手轻抚他一侧的脸颊，"告诉我她的名字。"

"一个叫默瑟的无赖。"

"这是她的姓？"

"她叫米娅·默瑟，很可能只是艺名，我也不知道。"水到渠成。

就算现在我不再继续追问,真相也会自然而然地浮出水面,如同是脱去收拢雨伞的外罩,最难的部分已经完成,剩下的事情也就不费吹灰之力了。

"刚开始只不过是一夜情而已。人这辈子都会有的。在某个地方遇到一个人,比如说酒吧,一夜风流之后偶尔见个面。相信我,从始至终这都和爱情无关。只不过那时候还达不到恨她的程度。我觉得她是个不错的床伴,只不过有些费钱——长长的账单。她们这种人没有灵魂,所以必须拥有看得到也摸得着的东西,那是她们唯一的天堂。

"后来有天晚上,她发现了我的一些事情。"

又一次,解开线团的过程中出了个小插曲。

"是什么?"我急不可耐地追问道。

"哦,没什么好说的——有天晚上,我在她家生病了——她多少有些害怕,打算送我去看医生——类似这样的事情。"

我不知道他是什么意思,但我觉得还是不要过多干扰他。

"不幸的是,她发现了莉拉的存在。那时候,莉拉刚刚和一个从英格兰远道而来的人订婚。怎么说呢,这对她很重要,任何差错都会要了她的命。莉拉为人很单纯——她一直在欧洲求学。虽说是我妹妹,但她对我的事情并不十分了解,因此整件事情才会显得更加卑鄙无耻。我猜那个蠢货并不愿相信这点,但不管她相信与否,估计这对她而言也无关紧要。"

我依然一句也没听懂,感觉他是在刻意闪烁其词,让我听得一头雾水。

"突然这个女人,这个恶魔——估计是她某个医生朋友给她出的主意——我发觉她整个人发生了些许变化。一开始,她对我大献殷勤,殷勤得都让我觉得有些腻歪。我不介意把她那里当作凌晨三点还能喝杯酒的去处,可她开始缠着我,一直刺探我的事情,尤其对莉拉以及她即将举行的婚礼抱有极大的兴趣。终于我有必要直接告诉她:'再见,今后你不会再见到我了。'紧接着她就变了,依然殷勤,但不再继续诱骗我,而是直接说出一个异想天开的数额,两万五千或者三万五千美金,还问我知不知道她从哪里可以搞到这笔钱。

"我直截了当地告诉她,我不知道。

"'那么,也许莉拉会知道?'她问我。

"'莉拉也不会知道的。'我径直告诉她。

"'那么,那位尊贵的先生,某位伯爵的长子,也就是莉拉的未婚夫,会不会知道呢?'

"我感到事情不妙,但强忍着没有和她摊牌。她依然柔声细语,漫不经心地继续说着:'他应该不希望被人告知莉拉身体可能有问题吧,就像你之前在那种特殊的情况下犯病一样。这可能会让莉拉的未婚夫很担心。'

"'你要是敢说出去一个字,'我说,'我就杀了你!'"

我心跳加速，几乎无法呼吸，他从我身后搂着我，居然没感觉到。

"这里面并没有任何威胁的意味，你要明白这一点，正如我告诉你的那样。我指的是她。她非常老练，假惺惺地放弃了这个计划。哦，我当时并不明白她的意图。她只是说出内心的疑惑而已，问我或者其他什么人，她从哪里才能得到那笔钱。她这么说并没有所指，没什么特别的含义。我不应该得出这个结论的。'我们就忘记这件事吧，好吗？'她亲切地送我离开，说，'两三天后我们再见。我到时会见到你的，对吧？'她最后说的话十分可笑，'两三天后我们再见。'

"我告诉她我不会再到她那里了，让她记住这点。可她宽宏大量地冲我笑着说：'拉德，不要现在就把我抛弃了。我无法承受这点。我是不会让你这样对我的。''现在'这两个字表达了她想说的一切。我带着这粒种子回到家中，让它在我心中慢慢萌芽。

"她让我熬过地狱般的一夜。第二天我就告诉了莉拉，我觉得那是我能做的唯一一件像样的事情。他们两个是多么出色的孩子啊。他自己也还是个孩子，两颊像苹果般红彤彤的年轻英国人。我求她不要在意，不要让这件事影响到她。我说：'别让这事儿吓到你们，这根本不算什么事儿。相信我，这和你没关系。我只有过那么一两次感到不舒服,总共只有一两次而已。你从来都没生过病，对吧？所以说，这和你根本没有关系。不管怎么说，你总要回英

国的,也许我们好几年都不会再见面了。你现在把这一切说出来,只不过是在自寻烦恼,无端生事而已。'

"只有老天知道说服她有多难,但我终究还是让她相信这件事无伤大雅,让她向我保证不会把这事儿说出去,不要毫无缘由地毁掉自己的整个人生。我并没告诉她我打算掏钱让她置身事外,我压根儿就没跟她提过那个女人的事情,只不过让她相信我会搞定那个女人,不让她有任何机会利用这件事要挟到她。

"这之后我东拼西凑,终于搞到一笔钱,然后去了她那里,就在她被杀那天的中午。我费尽口舌才让她开了门,等我进去后发现她有些惊恐不安。看样子与此同时还发生了其他什么事情,让她改变了主意。当时我还以为她是因为我才会那么害怕,但现在回过头想想,也许是因为别的什么原因也说不定。我告诉她我会给她一大笔钱,尽管金额没有她所暗示的封口费那么多。可她放弃了这笔钱,甚至连碰都不愿意碰。她坚持说是我误会她了,她根本就不是这个意思,只是随口说说而已。不知是什么原因,她吓坏了。我试图把钱留在她家,但她把钱退还给我,坚持让我把它带走。我认为唯一的解释就是她突然失去了勇气,担心是我给她设的套。一旦她把钱据为己有,便会因勒索罪被捕。

"她接下来的行为让我很不舒服——迫不及待想撵走我。从她的表情我看得出来,如果我之后再来她家,她是不会让我进门的。于是趁她不注意的时候,我在门那里做了点手脚,把一张纸片塞在门轴那里，确保我再到那里的时候还能进去。

"我回家后发现莉拉像个雕塑般站在房间中央等我。她改了主意，把事情和盘托出，可她还是棋差一着，一切都太晚了。他已经从其他渠道得知这件事了，已经有人告诉过他了。

"我问莉拉他是不是那种临阵脱逃的人。

"她微微一笑，告诉我不是，他不是那种人。从始至终他说的都是：'我更希望由你亲口告诉我这些，亲爱的。'她回答说：'我让他走了。他并不想让我这样做，但我必须如此。爱情已死，一去不复返。他也许会坚持下去，但我不希望这样，仅仅剩下一个空壳。我和母亲会发表声明的，拉德。爱情就如同蛋壳一般，不是吗？一旦破碎就再也无法复原了。'

"我从来不曾见过莉拉流泪抑或是消沉，或是畏缩不前。她昂着头面对这一切。之后又过了一两个月左右，她不远万里乘邮轮去南美洲散心。她再也不会爱上别人了，我很清楚这点。

"他们两个人的生活都被彻底毁了。几个月后，他也乘飞机去了中国。

"总之，那天，就是事发那天，我又去了她家。不难猜出他获知这一切所谓的'其他渠道'指的是哪里。可能是她无意间说漏了嘴，时间上出了点问题。我这才反应过来她上次为什么那么害怕。我曾经警告过她一旦她把这事说出去，我会怎么对付她。我就是去那里做那件事的。"

"你去她家是要杀她?"

"我就是去了结她的性命的。就算有二十个证人在场,我也会杀掉她的。"

我简直无法承受,胸口起伏不定,"然后呢——?"

他苦涩地笑了笑。"我进屋的时候,她已经死了。有人抢先了一步。她躺在地上,压在枕头下面。我俯下身,挽起袖子,仿佛要碰触什么不洁净的东西一般,把手放在她心脏上,确认她是否还有心跳。她已经死了,如我所愿。于是我站起来向那个做这件事的人致意,感谢他为我省去麻烦。然后我走出去,关上门,任凭她那样躺在那里。我记得她的猫跟在我后面也跑出来了。甚至连她的猫都无法忍受和她待在一起。"

"这么说你并没有杀死她。"

"我是想杀她的,只不过没有机会而已。"

我叹了口气,如释重负。直到叹息过后,我才意识到这点。这声叹息如此深沉,似乎无法消逝。

他说:"除了你,我并不奢求别人也相信我,但事实就是如此。"

我相信他说的。没错,独自在这样的房间里,面对心爱之人,人都会说实话的。

我摸索着按下开关,似乎这是拇指自己的意愿。我们已然习惯的嗡鸣声消失了,接着是很长一段沉默。我感觉自己仿佛是一个刚刚游到岸边的人,筋疲力尽,刚才这番他不会轻易说出口的话在我脑子里嗡嗡作响,渐渐失去意义。

我抬眼环视四周,周围的一切像是全新的景象,之前从未被发现。不知为何灯光突然比之前明亮了许多。瞧,它们还闪着光,熠熠生辉。我的心宛如香槟酒瓶上随时会弹开的软木塞,那么轻松愉悦,虽然很傻,但仿佛要"砰"的一声从我嗓子眼飞出去。音乐又是从哪里传来的?轻快的、幽灵般的小号声毫无预兆地传来,也许并没有人吹奏音乐,但是那曲调就连哈利·詹姆斯本人都会嫉妒。

他没有做这件事,没有做,这事儿不是他做的!

许久他都沉默不语。放在我身上的手变得沉重,于是我稍微挪了挪,他的手就那么垂了下来。我及时抓住他的手,轻柔地将它放下,然后我从他身边离开,站了起来。

我站在那里,盯着他看了有一分钟之久,这才慢慢走到一旁。我把手放在机器的盖子上,过了一会儿才缓缓收回手。

"你要离开这里,"我沮丧地命令自己道,"你必须离开这里,听到了吗?"

他稍微动了一下,找到一个舒服的姿势,完全脱离了我,然后睡意蒙眬地看着我:"亲爱的,我好困。我能在这里睡一会儿吗?就一小会儿,我晚点走。给我找点东西盖上,亲爱的,我不会给你添麻烦的。"

他的眼睛再次合上。

我轻手轻脚地收拾东西，不紧不慢地从这里拿点什么，又从那里拿个什么，之后把它们全装进一个轻飘飘的小手提箱里。这是之前为了蒙混过关，我从酒店拿来的那个小箱子。我站在门口，再次朝他走去。

我讨厌写字条，但我又不希望他浪费时间等我。他或许会以为我还会回来，但我永远也不会。只是——

别了，亲爱的。

你不曾认识我。

而我也不曾认识你。

我没有关灯，这样他醒来后就不会觉得太过孤单。他已经很孤单了，但至少他不会陷入黑暗之中。

我缓缓地合上门，透过门缝，最后一眼看到的，是灯光下他的面孔。我把这一幕也一同带走了。虽然我不想这样，但我似乎无法忘却。记忆如此深刻，就像是捕蝇贴一般粘在我的心上。

我单手提着轻飘飘的手提箱，一头扎入夜色之中，沿着马路往下走，不知道要走向何处，唯一确认的是——离开这里。永远地离开，不再回头，离开这个只要再多待一刻就会陷入爱情的地方。

"最好还是能跟他本人说。"

"麦基去他的夜总会了。有什么事不能跟我说吗?"

我尽量使自己听起来更加友善热情:"嗯,也行,不过最好还是能跟他本人说。对了,我记不清了,能告诉我夜总会具体是在什么位置吗?"

"你连具体在什么地方都不知道,只能说明你就不认识麦基,老妹儿。"

听声音这个人并不是管家,否则他不会如此称呼我。我眼前瞬间浮现出一个狂妄自大的家伙,坐在可以俯瞰不远处第五大道的飘窗边,嘴里叼着雪茄,漫不经心地翻看报纸。夜总会,或者说很可能是那种作为某种政治交往、供人们打牌之类的俱乐部。

"哦,我当然认识麦基。他本来让我打给夜总会的,但我把电话号码弄丢了,所以才打了这个电话找他。"

那个声音道:"你咋知道这个电话号码的?他从来不会把这个号码给别人。"

"噢,我当然有我的办法啊。"我故作轻松地答道。

电话那头换了个人,声音更为深沉,口气冷漠,甚至有些粗俗:"你在找啥?跳舞的活儿?先到我们这儿来,我们给你面试一下。"

所以说的确是夜总会。他说是"他的夜总会",也就是说他是老板。

他们轮番跟我聊天,都聊得热火朝天。"就是嘛,过来面试下。经过我们的面试之后,你才知道啥是真正的面试。"

另一个声音插嘴道:"带上练舞时穿的短裤。"

我说自己在镇上跳舞,跟他们实在太有缘分啦。这大概是结识他们最好的途径了。"噢,拜托了,帅哥,发发慈悲。你们知道的,我一个小姑娘必须要干活才能挣到钱嘛,可现在到处都是可怕的地方。"

两个人在一旁窃窃私语,但对话还是传到我耳中:"要不要告诉她?"

我不知道另一个人是怎么回答的——毕竟还是有些远——但我依旧知道了结果:"好吧,是九十夜总会。"之后又传来一阵奇怪的笑声，听上去傻乎乎的，有些瘆人："别说是我们告儿你的。"事实上，他说"告儿"这个词的时候一本正经，我一直以为只有在连环画或是舞台上用来戏仿某些角色的无知时，才会用到这个词儿。

夜总会实际的门牌号是八十八号，我猜之所以会在设计时出现这么奇怪的错误，是因为"九十"这两个字占据的空间相对小一些，节省入口处的霓虹灯。

侧门入口处站着个人，眉头紧锁，仿佛是刚从里面出来透口气。"来找工作的？绕过巷子，从第二个安全出口那里进去。"

我绕过巷子，来到第二个安全出口处。我敲了敲门，有个人拉开沉甸甸的铁皮门，我根本没兴趣注意门后的那张脸，也不想知道他是谁。房间半明半暗，身后那道白色的裂缝没维持多长时间，就听到铁皮门"砰"的一声被人关上了。

恐惧袭上心头——我也说不清是因为什么事情或是什么人——后来才逐渐消逝。或许是因为那道被关上的门。我将只身前往一个新世界。

这个地方看起来很凄凉，弥漫着一股子霉味。桌子三三两两堆叠在角落，摇摇欲坠。一张桌子被抽了出来，旁边坐着一个男人，外套内衬外翻，搭在椅背上。他坐在那里无所事事，仅仅是在昏暗之中坐着等待。大概有八个还是十个姑娘也同样百无聊赖地围在他身边，站着等待，有几个还穿着无袖上衣。不过，所有人都光着腿。

荒谬的裸露，近乎下流。愉悦总是意味着将内里翻出来给别人看，一贯如此。

坐在桌子旁边的那人说："你是来应聘的？把裙子脱了。"

"就这么放在地上？"我有些畏缩。

所有人哄堂大笑。他说："清洁女工会帮你收好的。她现在不在这儿。事儿可真多。"

我还是妥协了，把衣服整齐地叠好后，放在靠墙的灭火器上面。

她们兴致勃勃地聊着什么，毕竟我和她们不一样，所以也不明白她们究竟是在笑什么。

终于一个有些憔悴的深肤色女人走到我面前，饶有兴致地上下打量了我一番。

"你是不会通过的，"她说，"你最好还是把衣服穿上，免得浪费时间。"

"为什么？凭什么这么说我？"我和颜悦色地问。

"凡是来这里面试的人，还没有不把练习短裤穿在外衣下面的。看看你周围的人，难不成你想在这里换衣服？"

我穿着自己那套白色的人造棉内衣，不知所措地缩成一团。

她轻蔑且同情地看了我一眼，背过身挡着我："行啦，快点换。"

我在她身后边换衣服边问："能不能给我透个口风，他们要是问我之前在哪里跳舞，我该怎么回答？我真的很需要这份工作。"

"就说是在城外的什么地方。"之后她又补充道,"那对你更好。"在她转身重新回到那些更有经验的面试者中间时,最后对我说的是:"我再跟你说一遍,你是不会通过的。我一看你就知道结果会如何。"

可我感觉还不错。

一扇门被人推开,进来一群男人。先进来的五个男人中的一个,刚进门就直嚷嚷:"老板,我有主意啦。在所有报纸的正中间就写上'九十'这两个字,连续三四天,直到人们开始议论这究竟是什么意思——""好啊,要是我能补上亏空,这也还不错。可我现在也已经快完蛋了——""我跟他说过,如果他没办法接受我们的价格,我就会找其他人,可他还是要坚持到最后一刻,看看是否——"之后他们分开,各忙各的。隐约看到还剩下一个人,看不清长相,借着他身后的光线大致能看出他的体型。他个头很高,高得都有些诡异,不过也可能是因为他们把这个地方搞得过于昏暗,才会给人这样的错觉。

他说:"好啦,多兰。你那里准备好了没?"

坐在桌边的那个男人答道:"哈里,给我们这里打点灯。"

于是在我和他之间仿佛出现了一条耀眼的小路,周围充满了不安的因素。但总而言之,就是这样一条路:仿佛我就站在路的这头,他在另一头,而我必须经过它。我迟早都会走上这条路的。

剩下的事情我也记不清了,只记得自己一直努力朝他那边望去。他慢条斯理地点上烟,出现在我的视线范围内,走进这个可笑的故事——也是我的生活之中。我感到灯光缓缓变亮,他的身影也逐渐变得清晰。

他很高,大概超过六英尺,但并不笨拙,仿佛每个关节都上过润滑油一般;他有一双黑色的眼睛,头发也几乎是黑色的,只不过在头顶灯光的照射下,头发表面呈棕色;一张酷似爱尔兰人的脸称得上英俊帅气,却十分冷酷,不过不是那种穷凶极恶的冷酷,如果你能理解其中的区别,就会明白这种冷酷之中流露出的激情,尽管这种激情有些反常。但就是这种冷酷杂糅着冷漠和确定,一旦你有所妨碍,就会被一种不可抗拒的力量毫不留情地摧毁。

我目不转睛地盯着他看,审视着他的双手。一只手插在裤兜里,一只手扶在门把手上,随时准备关上他刚刚经过的那扇门。的确,或许就是这双手干的。没错,这双手之前也一定干过——不止一次,而是很多次。我看着他的眼睛,这双眼睛肯定见过他犯下的事儿,无所畏惧,正如它们现在大剌剌地盯着台上的这群女孩一样。我必须要走上我们之间延伸的这条耀眼的小路,答案就在路的那头等着我。

有人把钢琴从靠墙的地方拉了出来,坐在钢琴旁,用胳膊肘拭去琴键上的灰尘。钢琴的盖板不见踪影,他每每按下琴键,都能从侧面看到钢琴内部的金属丝跟着移动。

坐在桌边的男人命令道:"好啦,全都站成一列,做节奏步。"

我试着照他说的做。其他所有人看样子也是同样的打算。我开始排在第三,然后被挤到第四的位置,横跨一步来到第五的位置,又被人用胳膊肘推到第六的位置,接着绕到后面排在第七。这队人仿佛是一条蠕动的虫子,歪歪扭扭。我极度紧张,最终站在离他很远、倒数第三的位置。我的脸火烧火燎,一定红透了。

这么做是为了淘汰那些显然无法胜任这份工作的人,之后才会进行下一轮面试,单独进行筛选。我是第一个被淘汰的。每一次他说抬左脚,我都会抬起右脚;让抬右脚的时候,我又抬起左脚。一开始我就弄错了,然后再也调整不过来了。

终于坐在桌边的那个男人说:"嘿,你,三号,站出来。你把整个队伍都搞乱了。"

我站了出来,眼睛朝上看,并没有看他。他指向消防通道,疲倦地说:"穿上衣服走人。"

站在办公室门口的那个高大男人懒洋洋地开口道:"再给她一次机会。"他比他的手下要仁慈多了,我猜这是为了表现出他本人对此事相当认真。

"你是做什么的?"他问我,语气冷淡但还算友善,"有什么特长?独舞之类的会吗?"

这是麦基第一次与我说话。尽管我的两颊依然红彤彤的,但一只脚已然踏上了那条耀眼的小路。

如果我说没有,就意味着我只能从消防通道离开。"是的,"

我说，"我——我能跳独舞。"

"你要什么伴奏曲？"坐在钢琴边的那人问，把雪茄脱落的烟丝吐了出来。

我毫无头绪，突然想起一首柯克曾经最喜欢的歌曲。不过我只知道歌名，根本不知道接下来该怎么做。"《月光与玫瑰》。"我结结巴巴地说。

琴声响起，我才意识到这首曲子过于舒缓，我什么都跳不了。我对跳舞一窍不通，如今只有两件事能做：像芭蕾舞演员那样单足旋转，还有就是尽量把腿往高抬。于是我旋转、抬腿。第三次我抬得太高了，一屁股坐在了地上。垂直往下，直挺挺地坐在地上，几乎没有多余的动作。

全场哄堂大笑，连站在门口的人都笑了起来。我手忙脚乱地站了起来，这一次不用他们吩咐，自觉地朝放着我裙子的灭火器走去。

突然他神色一滞，把手伸向自己的脸，仿佛是要摸它，又缩了回去。他惊奇地问坐在桌边的那个男人，像是发现了新大陆："等一下，刚才我笑了吗？"

"难道有人没笑吗？"

"我这个人可不容易被逗笑，还从来没在自己的夜总会这样笑过，也没在别家夜总会笑过。如果她能把我，还有这里所有的人都逗笑的话，那些初来乍到的观众就更不是问题了。"然后他对我说："回到你原来的位置。"

我待在那里不动。他稍做考虑，问我："你每个晚上都能这样做吗？踢上三四次之后就像那样坐到地上。大概五分钟左右？"

"当然可以。"我回答说。

"美女们，你们将有个特别的伙伴啦。她被录用了，周薪七十五美元。"

身后传来一阵带有敌意的嘘声。

之后我留下自己的姓名和住址。我并没有立即离开，而是在他周围闲逛。可这并没有什么用，他再也没有多看我一眼。

待一切都结束后，她们挤在一起换衣服的时候，我离开了。他已经从正门走了。临出门之前，我绕到那个深肤色的女人那里，用手肘碰了她一下，轻声说："谁说我通过不了的？"

接下来的一周我根本没有机会接近他，只是偶尔能远远地看到他。他再也没有看过排练，毕竟这不是他的工作。他规划好演出效果，之后就交给多兰具体负责了。

我排练的时候，在臀部周围系上了缝着钢丝线的保护层，以防脊柱受损。要是没有这层保护，我在四十八小时内铁定要被送进医院。之后他们做好演出服，在它周围嵌入沉甸甸的衬垫，就像是那种有裙撑的裙子一样，这样保护层就不会被人发现了。整件事情看起来还挺可爱的，宛如迷雾般朦胧的黑色烟云。我的手腕上系着两根饰带，当我伸展胳膊时，它们便像翅膀一般展开。我头顶上还戴着一个像光环一般的银质圆弧。人总是会遇到意想不到的伙伴。

摔跤对我而言变得越发熟稔。他们为迎接开张还给舞台涂上一层蜡，于是摔跤变得更加容易了。多兰警告我不要摔得太过熟练。"如果过于熟练，看起来就像是排练好的，就没那么有趣了。试着还像第一天那样，无意间摔倒。"

正式公演那天，大概下午五点的时候我们带妆彩排，我第一次穿上演出服，而在这之前我一直都是穿着短裤练习的。

我觉察到有些异样，至少是在我看来，有事情要发生。我只希望这些事能在自己的掌控之中。

首先是负责缝制演出服的那位老妇人。那是她的工作，一来她年纪也大了，再加上疲惫不堪，所以她根本不会在意演出服的上身效果，只关心它是否合身。她帮我穿上演出服，跪在地上整理裙摆。大概是想看看是否合身，她碰巧抬头看了我一眼，然后突然愣住了，就那样跪着盯着我瞧。

"怎么了？"我问。

她呼吸变得急促，说道："在这个地方这么说实在是罪过，但是你看起来——就像是教堂圣坛上的幻景。"之后她帮我别好别针，表现得仿佛是惧怕靠近我。

又有人走了进来。因为我是新人，所以是第一个到的。来人正是之前见到过的那个深肤色女人。也不知道她是怎么了，双脚像是生了根，一动不动地站在我身边，过了好一会儿才回过神来，嘟囔道："你还是第一个穿上简做的衣服，比不穿好看的。今晚他们最好还是准备好担架，免得到时伤亡惨重。"

第三个暗示是从多兰那里得到的。之前曾听他说过他对那些漂亮的女孩子们早都厌倦了，宁愿去动物园盯着笼子里丑陋的猴子。当看到我站在台前，他大吃一惊，下巴都要脱臼了，就那样惊讶地张着嘴巴。过了好一会儿，他才开口道："你就是那个干巴巴的小——？"他没有继续说下去，说什么都无关紧要了。

我心想："如果我对他的冲击力也如对他们的一样，那就说明我现在已经抵达那条耀眼小路的另一端了。"

在夜总会里，没有什么比取悦首晚演出的观众更难的了，这种话我听她们不厌其烦地说过一遍又一遍。我刚登上舞台便明白了她们话里的含义。我倒是不在乎这个，毕竟也不需要我背什么台词或是唱什么歌。而且我的表演只为一个人而已，和台下的人们一点关系也没有。

灯光和面孔变得有些模糊。这里仿佛是一个刚投产的机械车间。没人盯着舞台看，他们全都隔着桌子天南海北地闲聊，服务生端着酒水穿梭于我和观众之间，就算是卖烟的姑娘也比我更吸引观众的目光。

终于有人注意到我了。坐在后排的某个人冲我吹了一个长长的口哨。之后喧闹声渐渐减弱，一下子安静了许多。紧接着夜总会里变得鸦雀无声，像死一般沉寂。

你肯定会有所觉察。我不清楚自己现在被打扮成什么模样，事已至此我也不想知道了。我唯一能确定的是，正是因为我他们才会有如此反应。既然我什么都没有做，那就一定是因为我在舞台上的模样。

我听到一个离我不远的醉汉说：“这是真的吗？伙计，再给我来点好酒，换个口味！”

一种古怪的沉默将整个地方覆盖，有些怀旧的气息，十分伤感。只有音乐还在继续，柔和且高雅，还有些许忧郁，这都是我们刻意安排的。为了形成最强烈的反差，我要在典雅轻柔的音乐中摔倒，而不是在那种喧闹、搞笑的乐曲中。

我踢腿，跟着摔倒，听到人们倒吸一口气。之后我又做了一次。虽然笑声姗姗来迟，但终究还是来了。那笑声仅仅是因为这荒唐一幕的反复上演而产生。我知道自己正在摧毁什么东西，但我并不在乎。那并非我所求，亦非我所愿。我又不是个演员。

我下台的时候只有一件事想问多兰，他是我们的导演，一直站在那里观看。"麦基先生看了吗？他觉得怎么样？他说什么了？"

"直到你出场的前一分钟，他都在的。"他说，"然后他去接了个电话，有人要祝贺开幕表演。后来他一直在这里，整场演出只有你的表演他没能看到。他人就在那里，刚回来。"

我转身灰溜溜地朝更衣室走去。即使穿着这身演出服，我也只不过是个干巴巴、仿佛被人鞭打过的小东西。没日没夜的辛苦全是白费气力，身上的淤青亦是徒劳。

每次我下台的时候都会问："麦基先生今晚来了吗？他看到我的表演了吗？"

有时候他们会说："他今晚还没来呢，可能要晚点才会来。"

就这样五个夜晚过去了。

第六个晚上，我下台之后还穿着那身衣服，就那样坐在更衣室里等待着。负责演出服的女人过来让我把衣服脱下来，我说："我就要穿着它。"

"你不能这么做，"她说，"算了吧。现在就脱掉，把它给我。"

"我就再多穿一会儿！"我威胁地吼道。

她们都陆陆续续地走了进来。"嘿，你还在等什么？返场吗？演出都结束啦，你不知道吗？"

是的，我是在等待返场，或者说是初次公演，但不是她们以为的那种。

那个老女人缠着我不放："我还要回家呢，把衣服给我！"

"你要是想要，就从我身上一片一片地扒下来。"

那个深肤色的女人经过更衣室门口时，停下来看了我一眼，接着朝外走。之后她又改变主意折了回来。"我想我明白你的意思了。"

她边说,边把头朝门口偏了偏。"他就在那里。结束前刚刚回来的。"

我像是没听到她说的话,一动不动。

当最后一个人离开后,我才站起来,不理会那个老女人试图阻拦的颤抖的双手,拉开门走了出去。我在更衣室的通道口站了一会儿,窥探舞台那边的情况。他坐在舞台左侧场边的桌子旁,在乐队的另一边。有两个人跟着他,就是常常跟在他身边的那两个人。

最后面靠墙的地方摆着一张小桌子,最近才被搬出来。那并不是一个好位子,我绕路朝它走了过去——这样我就可以经过他那一桌。

我从他们身边经过的时候,他们正聊得热火朝天。

看到我过来,他们的谈话戛然而止。

"我可以的。"我心下默念。

我听到他低声问:"那个收起翅膀的天使是谁?"

我坐在靠墙的位子上,没有抬眼看向大厅里的任何人。又过了几分钟,一抹隐约的阴影遮住了我白色的衣裙。

"我之前见过你吗?噢,在你回答之前,我知道这很老套,但我是真心诚意地问你,绝不是什么风凉话。"

"麦基先生,我是你这里的员工啊。"

"我付给你多少钱?"尚未等我回答,他对一个人说:"让多兰过来一下,他还在这里吗?"

多兰很快就来了。

"给这位年轻的女士付双倍的工资。对了,她叫什么?"

"艾伯塔·弗伦奇小姐。"

"她表演什么节目?"

这一次轮到我回答。"表演坐在地上,麦基先生。从我进来后,直直穿过整个大厅,一直到我下台。您不记得我了吗?第一次是我不小心摔倒的,现在他们让我每晚都这么做。"

这些话让他有些恼火。这是他自己的主意,他却忘得一干二净。"今晚是你最后一次表演这个。你们一个个都怎么回事?难道都没有脑袋吗?"

多兰匆忙开溜。

他接着说:"到我这桌坐一会儿。能和天使坐在一起可不常见。我要让他们瞧瞧。"

他对自己的两个手下没多费口舌。"就这样吧。"他对其中一个简略地说道,又对另一个说:"再聊吧。"二人立马起身离开,没有丝毫延迟。

在他们超出我的听力范围前,我还是听到其中一个对另一个说:"是时候了,已经过去很久了。"他说这些话时听不出任何恶意,反而是一副十分冷静的口吻。

等香槟端上来的时候,我想起了柯克。一个声音微弱地穿进我的脑海:"哎呀,你看起来很悲伤。我从没见过如此可爱的人。"某人或是其他什么人的声音打断了我的沉思,那个当下我甚至无从判断究竟是谁的声音。

想要在家门口摆脱他极其不易。

"语言是很奇妙的东西,对吧?"我终于进了屋,关门时我透过门缝对他说,"你说出来的话往往和你心之所想恰恰相反。喜欢上一个人,不断想起某个人,其实是把自己的想法强加于人,这只会让他们不快乐,更为痛苦,甚至会伤害到他们,让他们觉得尴尬。难道不是这样吗?我一定要把这点牢记于心,直到此刻我才深有体会。"

他低头看着地板,声音几乎轻不可闻:"是啊。"突然,他似乎回过神来,有些懊悔,看起来香槟酒的酒劲过去了。

"晚安。"我亲昵地说道,慢慢地合上门。他的脸只剩下一半,四分之一,再就完全看不见了。我拉上了门闩。

过了很长一段时间,我听到门外的人离开的声音。我一直都在回想柯克,有那么一瞬间内心深处竟然想不起他究竟是谁了。有的人形容憔悴,而有的人却守候在门的另一边。

在家门口摆脱他不费吹灰之力。

"别站在那里这样看着我,麦基。就算你是这副表情,我也无能为力。你知道的。"

"别对我发火。你就像是即将消失的天使。关上门之前,再对我笑一次吧。这个要求过分吗？关门之前的一个笑容而已？"

我慢慢合上门，露出半张笑脸，四分之一，直到完全看不见了。我拉上门闩，过了很长一段时间，我才听到有人离开的声音。我想起了柯克，却不确定他究竟是谁。也许仅仅是门另一边的某个人。

我见到他的那晚后，一直上演的"一屁股坐在地上"的表演终于结束了。现在我只需要站在一排姑娘前面就行了。虽然不是真正地站在那里，但事实上也跟那个差不多。他找了个人教了我几个简单的旋转、踮脚和下腰的动作，这足以让人产生我在跳舞的错觉。"你在台上的时候，除了你的脸，人们不会看其他东西的，所以你在台上随便动一动就行了。"多兰如是说。

没人在后台说三道四。然而，压抑的情绪产生骚动和暴力，随便划根火柴就会让事态变得一发不可收拾。有人曾在我化妆台的镜子上，用眉笔写下"杜巴丽［译注：杜巴丽夫人为法国国王路易十五的首席情人］"三个字。没想到这种地方的人居然还这么有文学素养。我毫不在意，有什么好在意的？

此后的某个晚上，连这种安排也结束了。就像他做过的其他事一样，戏剧性地结束了。

当时我们刚跳了一半，他正好进来，当然不会是一个人，斯基特和基特斯两个人跟在他身后。他在那里站了片刻，看着我。有什么事情让他变得恼羞成怒。我也不知道是什么——嫉妒，占有欲，还是别的什么。

突然间他怒吼一声，声音盖过了伴奏的音乐声，像是一颗扔在地上的手榴弹一般："关掉音乐！关掉聚光灯！嘿，你，到后面把她身上的聚光灯移开，听见我说的没？你敢不做，信不信我过去把整个舞台拆了当柴烧！"

音乐戛然而止。聚光灯也暗淡下来。我身后的姑娘们也不跳了，站直了身子。我也停了下来，令人眩晕的黑色薄雾笼罩着我。

他怒目圆睁，而我惶恐不安，搞不清楚是怎么一回事。不是因为酒精，尽管他神色复杂，可他的头发、领带、衣服都整整齐齐，一副完美的清醒状态。

他大声嚷嚷，吼声将这个封闭场所的墙壁都震得直响。

"把他们全都弄出去！收拾桌子！别管他们的账单，全都撵出去！不许他们再看到她！我再也不允许他们每晚这样看着她了！"

斯基特伸出胳膊试图拉住他，但动作又不敢过猛。我猜他是担心麦基会把枪掏出来。

下一秒整个地方乱糟糟的，局面令人恐慌。人们分成两列匆忙离开。一些胆小怕事的客人朝前门入口处走去，而舞台上的姑娘们则回到后台，朝化妆间走去。

"出什么事儿了？喝多了？"我听到其中一个人惊恐地问另一个，就在我身后。

我也听到了答案。

"不，是爱情。"

我第一次走进这里时，感受到的那种冷冰冰的恐惧再次袭上心头。我像是生了根一般站在之前的位置上，几乎是此处唯一一个不曾逃跑的人。

夜总会经理恳求道："麦基先生，请不要这样！生意会一落千丈的。麦基先生，想想您做的事情吧。只要您愿意，就把那位年轻的女士带走——我让人把她的衣服拿来——但现在至少容我招待客人，让他们彼此跳跳舞。这又有什么坏处呢？"他对他连哄带骗，"好不好啊，麦基先生？好不好？麦基先生？"一遍又一遍。

"好吧！"终于他的怒气消退，"就让他们跳吧，喝到视线模糊，我才——管他们呢！但是再也不许他们看到她！谁也不能看到她——除了我！"

夜总会经理急忙打了个响指。"小伙子们！快换伦巴。快点，在我们失去更多的客人之前！"

有人从我身后为我披上外套，我身上还穿着天使的那套裙子，大概有三四双手把我推向他，动作温柔但迫不及待，仿佛是把午餐小心翼翼地送进发怒的狮子的口中。

我踩着有些凌乱的步子走下舞台，离他仅仅几步之遥——我终究还是踏上了那条通向他的耀眼小路。他站在路的另一头，伸开双臂迎接我，保护我，禁锢我。

我走到他面前，和他一起站在人群之中——我也不知道——

他变得如此温顺，如此懊悔。他再次变成了平时的模样，可以任由我摆布。

他为我整理外套，然后从背后搂着我的腰。"走吧，天使，别怕。"他说，由于担心，声音都变得有些沙哑，"我只是想带你离开这里。"

我终究还是做到了，但我现在满脑子想的都是之后我该如何安排回程的旅途——再次离开他——当离开的时刻来临时。

他家很奇怪，在一个不可思议的地方：中央公园西侧的一个角楼之上。我猜纽约应该也有几处像这样的房子，但是应该没有几个会允许外人进去好好参观一番。很难说清楚我为什么要用"奇怪"这个词儿来形容它，也很难找出另外一个合适的词儿来形容它——并不是因为它的面积，梅森的公寓甚至比它还要大；也说不上来究竟是哪里反常或是怪异。似乎他把所有的工作都交给设计师来做了，这本身并没有错，但多少导致房子整体上的设计有些拘泥于形式，冷冰冰的，尽管这种工作通常都会如此。问题是这里有些不协调。设计风格和居住者难以融合，某种不协调感随处可见。

驻足于那间无可挑剔、氛围适宜的客厅之前，只需一眼，一个坐在那里、没穿外套的男人周围的所有一切全都灰飞烟灭。他的胳膊随性地从马甲袖孔中穿过，脚边还放着一瓶啤酒。他正在膝盖高的嵌入式桌子上玩着纸牌。

又或许你正好走到客卧，一间考究的男性化居所，每处细节堪称完美。他会把半掩着的门完全敞开,带着一种可以理解的骄傲向你展示。"只不过是其中一个小子的房间。"

他口中的小子——基特斯或另外那个——大概会斜躺在床上,一只手拿着烟斗通条,另一只手镇定自若地拿着一把左轮手枪。他调转扳机,冲着枪眼吹了口气。墙上原本挂着几幅精心挑选的狩猎画的地方,赫然贴着一张裸体海报,一看就知道是从某种艺术杂志上剪下来的。

于是我的这位房主突然怒喝:"把那个东西遮住——你是怎么回事?——我在带她参观你的房间!"

房间的主人从床上下来,走到海报跟前,伸手捂住海报中间的位置,就那样一直站着,等待我们参观结束。

我既没有感到尴尬,也没有暗自发笑,只是觉得愚不可及。毕竟,我是个在夜总会上班的人。

就是诸如此类的事情。居住者和周遭环境之间存在的某种不协调感。

他并没有企图做什么。

他仅仅是在某一刻对我说,自己并无冒犯之意:"这一切你都可以拥有。"

我并未假装自己没有听到,只是短暂地合上双眼,又再次睁开。

我在那里待了大概有一个小时。

回到家,我脱掉外套,把它随意地扔在一旁,隐约听到衣兜里有轻微的响声。

我从衣兜里掏出一张支票。去他家之前,衣兜里并没有支票。支票上签着"杰尔姆·J·麦基",为了打消我的顾虑,后面还写着几句话:"用作专业表演的补偿,预付一年的薪水。九十夜总会。"这是一张一万美金的支票。

一夜之间,我就成为纽约薪酬最高的舞女了。

我知道怎样才能最有效地利用它。他这是把我自己的武器交到我手上了。

我把邮票贴在信封上,准备把支票寄给他。我涂上口红,在支票背面印下唇印,并在下面写下"但我不需要",然后把它塞进信封并寄了出去。

这意味着我将用这笔钱得到最高的回报。

接下来的几天里,他每天都要给我打两次电话,跟我讲参加派对的事情,提醒我之前答应过他会参加,敦促我不要食言。我也搞不太明白他为什么要这样做。我想大概是出于对我的尊重,但他一再强调的态度似乎远不止于此,就仿佛是我和他一道发起这次派对一样。

"我希望你打扮得漂漂亮亮的,早点到这里。我会派车过去接你。大概六点吧,怎么样?"

"你没必要这么做。我可以自己过去——"

"我反对。没有商量的余地,你要坐车来。"

然后他又继续说道:"你能帮我个忙吗?再穿一次那套天使的裙子。裙子还在吧?我希望他们也能像我一样看到那样的你。"

尽管还在跟他通电话,我暗自思量:"保险柜就在那间小书房或者什么地方的壁炉之上,我之前在那里见到过。"

"好的。"我说。

他就像个孩子一般,我从没听过有人会这样对我说:"我简直等不到晚上了。哎呀,离晚上还要好久呢。夜晚来临之前,我该怎样打发时间啊?"

"会来的。"我平静地说,心想:"该来的总会来的。"

我到的时候,看见他穿着礼服,饭厅里挤满了花商和酒会承办者。他站在一张能坐二三十个人的长桌那里,指挥他们布置餐桌。

他仍像个孩子一般。斯基特恭谦地站在他旁边看着他。趁麦基走过来跟我打招呼的时候,斯基特鬼鬼祟祟地靠近餐桌。麦基立马一副义正词严的模样,怒气冲冲地对他说:"我跟你说过不能再吃了,你再拿一颗盐渍杏仁试试?小心我一拳打碎你的下巴,让你饭也吃不成!"

斯基特老老实实地退回到原来的位置。

我必须时刻提醒自己:"这些人可都是杀过人的。"

"这是什么情况啊?你的生日吗?"我问他。

"比那个棒,棒太多了。我先不告诉你,到时候你就知道了。"

他的另一个手下，基特斯走了过来，一脸愁容："嘿，这条领带我总是系不好。可能是我太过紧张了。之前我们从没举办过这么正式的酒会，总是吵吵闹闹的。"

"过来，我帮你系。"我说，如此一来麦基也许会觉得我魅力十足。

他走近我，一股剃须膏的味道扑鼻而来。"多奇怪啊，"我不免有些惊讶，"他们和其他人并没有什么不同，只是没有道德观，而这点从外表是看不到的。"

我帮他系好领带，麦基一脸阴郁地站在我身侧。他自己的领带，我发誓上一秒还系得好好的，此刻却松散地耷拉着，十分惹眼。他甚至在嫉妒自己的手下！

之后的半个小时里，他的过往在我面前苏醒过来，三三两两地从门口走了进来。不，不是过往。当他站在我旁边招呼这些客人时，谁又能知道此时此刻他的过往到底是在何处？某处石灰坑里腐烂的麻布袋里装着的一具蜷缩的尸体；还是脚下坠着水泥块沉入港口、随波逐流的那具尚未被发现的尸体；又或是在将来的某天从车库水泥地板下挖出的那具骷髅，而曾经那无法无天的岁月早已被人遗忘。

接着他的现在也在我面前苏醒过来，三三两两地从门口走了进来，多少有些扭捏不安、惺惺作态，显然这种新发现的体面依然让他们有些不自在。男士们过于恭谦，过于客气，你还没来得及调整座椅，他们就会挪动自己的座位来适应你。女士们沉默寡言，始终保持完美的笑颜，仅仅是为了微笑而微笑，如同男人们携带的玩偶。通常女士带给派对的兴奋的声音和活泼的行为，在她们身上是看不到的。一次失态可能会使这种过于高雅的氛围变得更加友善一些，但她们个个吓得连一次也不敢尝试。

他让我站在他右侧。

我一直在想："保险箱在书房里，就在那边，我的右手边。今晚就是个好机会。有这么多人，总比我一个人来这里的时候安全。"

他的声音打断了我的思绪："我没为你准备这个，因为——你可不是什么宾客，稍后我为你准备了其他的礼物。"

我朝四周看了看，她们全都对着手里那个小小的纯金粉饼盒尖叫不已。我甚至从来都没想过也要一个。

那些对话滑稽可笑，但我不是来这里消遣或是参加社交活动的。我究竟是谁？我自问。我仅仅是坐在她们中间的那个不顾一切、鬼鬼祟祟的人，比她们还要没有安全感。

然后其中一位夫人出来打圆场，她这么做也许是源于一段长期以来难以忘怀的记忆：一次小小的争论后来变得一发不可收拾，终以悲剧收尾。"噢，我们还是别讨论政治了。饭桌上不是谈论政治的地方。不管怎么说，我们全是品行兼备的美国人，这点我很确定。你同意我的观点吗，弗伦奇小姐？"

"您说得对。我们当然是。"我善意地笑了笑。

她们有太多的禁忌了。对其中半数人而言，她们新获得的显赫权势与地狱无异。

他站了起来。

基特斯对身边的人做出"嘘"的手势。斯基特同样朝坐在他对面的人做出"嘘"的手势，"老板有事要说。"

他先看了看我，继而又望向众人。"我有几句话要对大家说。我想你们都很好奇为何在今晚这个特殊时刻齐聚一堂。好吧，其实是这样的：每个人都在寻觅另一半，但是大多数男人只是找到了女人。我是众人之中唯一一个找到天使的人。"

他们全都望着我，优雅地鼓掌。

"把手给我，天使。"

我机械地把手伸了过去，在明白即将发生什么事之前，已经开始感到有些害怕了。

上一秒它还不在那里。我不知道是有人把它从他椅子后面递给他的，还是它一直就藏在桌子上某样东西的下面。一个奢华的盒子突然出现在那里。"啪"的一声，盒子打开了。一瞬间，内层的缎面闪过一道光芒，紧接着盒子就空了。

一个冷冰冰、像死亡一样冰冷的东西滑过我的手指，让我心底阵阵战栗。

现在光芒从这里扩散——光芒四射，永久地在那里闪耀。我从没见过这么大的钻石。

它被放到他的唇边,又被放下,现在他的吻就跟那枚戒指一样,也让我战栗不已。

"我宣布,我和艾伯塔·弗伦奇小姐订婚了,我们准备结婚了。"

我眨了眨眼睛,瞳孔仿佛变成两个被拉长的紧绷的惊叹号。在周围的掌声和祝贺的喧闹声的掩盖下,他俯身对我说:"你也跟大家说几句吧。怎么了?我吓着你了?你看,你脸色多苍白啊。这对你来说太突然了吗?别怕——"

我不断告诉自己:"这不是真的,不应该是这样。"

喧闹声渐渐平静下来,他们都在等我开口。他也在等。我必须做点什么。如果突然有人告诉你你订婚了,你会怎么做?难道要跳起来说"不,谢谢,我无福消受",然后逃离现场?

"跟他们说几句。来吧,说几句吧。"他用胳膊肘碰了碰我。

要是柯克的脸不会挡在我面前就好了。

我突然发现自己站在那里,也就是说我一定是站起来了。我既没有看他,也没有望着他们。我高高举起香槟,举得那么高,直到我能透过酒杯看到天花板上的灯变成金黄色。我没有朝他敬酒,而是敬向高处,穿过灯光,穿过天花板,朝着——不管是上面的什么东西。

"敬我的丈夫。"我冷静地说道。

"戴着嘛,"他在书房里对我连哄带骗,"你想就这样把它摘下来吗？我记得曾经在哪里听过一个说法，这样做会招致霉运的。"

"那说的是结婚戒指啊，"我胡编道，"举办了结婚仪式才算，而不是这个。我有点担心，今天有这么多人——世事难料。瞧，它本来就有点松，我不想发生任何不测。趁我在这里，把它放到你的保险箱里吧。我走的时候再把它戴上。"

他觉得我十分迷人。如果我坚持己见，他就会发觉我极具魅力。"所以这就是你为什么要和我单独聊聊的原因。真是个敏感的小女人，是吧？没想到你心思这么重。好吧，把它给我，我帮你放进去。"

我继续努力让自己变得更具魅力："我想自己放进去。它是我的戒指。"

我把手放在刻度盘上，站在那里等待着，一副无可奈何却充满信任的表情。

有那么一瞬间，他那种与生俱来的谨慎阻挡着他的心意。他略有所思，冷静地看了我一眼，稍做犹豫，几乎没有被人察觉。

我瞪大眼睛，说："我以为这是一枚订婚戒指。"

他抬起我的手，印上一个吻作为赔罪。"是订婚戒指没错。"他说，"稍等，我把门关上。"

他再次走了过来。

"除了你，我不会为任何人这么做。先把它稳住，让那个小箭头指向正上方。就是这样。然后就像这样转动它，直到它对准11——"

送走最后一位客人后，他回来了。

"嗯，喜欢这次的派对吗？我给你准备的是怎样的派对啊？你能一直留到最后真好，之前我还担心你会——"

"这是我的派对啊。他们没走之前，我怎么能走呢？"我掩上嘴巴，不经意地打了个哈欠。

"累了？我现在送你回家好吗？"

"我累得都回不去了。"我疲惫地说，再次掩上嘴巴，又打了一个哈欠，"折腾回去好麻烦——"

他想到一个主意，源于自己的担心，又或许是因为我的哈欠："嗯，你可能不想——？因为我在这里的缘故，我猜你应该会觉得在这里过夜不太合适吧，如果不是这个原因——"

我朝周围看了看，仿佛是突然留意到他的提议。"你知道的，这个主意也不算太糟——只要你不要误解我，我完全不会介意。"

"但凡是你的决定，我怎么可能会误解呢？"他带着一种近乎耀眼的真挚反驳道，"你和我之间的那个阶段早就过去了，不该对我说这样的话，现在你应该是了解我的。你待在我这里和回到自己家里同样安全。"

"那我想我要留下来，"我任性地表示赞同，"毕竟我们两个都订婚了，而且我实在太累，没功夫理会外人会怎么看。"

从他手忙脚乱的热切反应来看，我对他所表现出的信任对他而言是不小的恭维。他简单地吩咐下去，打了个电话，然后过夜所需的一切物品就都送到了——我不知道这个时间点他究竟是从哪里拿到这些东西的,可能是从某个酒店——十五分钟之内就送到了。

在为我准备的房间门口,我和他道别。我最后对他说:"现在你不会做任何让我后悔的事儿,对吧?"

我知道他不会的。只需看他一眼,我就知道。他宁愿去亵渎神明。

被他崇拜——尽管当时我并没有意识到这点——远远要比仅仅被他渴望危险得多。

"好梦。"他略显窘迫,婉转地对我说,甚至克制着不与我吻别,唯恐那样做可能会破坏我们之间微妙的平衡关系。

我听到他过去找他那两个手下。就在我住的地方,我听到他进去对他们说:"给我听好了,不许再喝了,你们两个。今晚有位女士在这里过夜。我不希望你们两个声音太大打扰到她。"

鸦雀无声。他们非常清楚在什么情况下需要避免不合时宜的假笑或是反驳。他们一定非常了解他,知道他什么时候是在说笑,什么时候是认真的。

先把它稳住,让那个小箭头指向正上方,然后就像这样转动它,直到它对准11——

保险箱很容易就被打开了。这间豪华公寓里的人都睡了,周围十分安静，保险箱打开时也没有发出多大声响。

首先我把挡在前面的戒指盒子挪在一边，然后小心翼翼地把后面的一个铁盒子拿了出来，尽量不让它剐擦到其他东西。我把它放在桌上，掀开盒子正面凸起的盖子。债券，厚厚一沓债券，但这些并不是他的，而是登记在一个叫迈克尔·J·狄龙的人名下。债券下面还有各种法律文件、契据或是抵押文书，以及其他一些东西，我也看不太明白。我迅速翻了一遍，并没有我需要的东西，于是我把盖子重新合上。保险箱上层还有一个内置的小盒子，我把它也取出来放在桌上。

现金，一沓一沓的现金，就像银行那样用马尼拉纸紧紧地捆成一沓，上面还写着具体金额。我没理会它们。现金下面放着几叠用回形针固定在一起的支票，避免在支票上留下针眼。我快速翻阅，浏览收款人姓名。

我往后又翻过了好多页，突然她的名字从我眼前闪过。我只好又倒回去查找，终于把它找了出来。"米娅·默瑟。"二百五十美元。是她的薪水还是其他什么东西？支票上再没有其他信息。

我猛地把盒子盖好，手忙脚乱地把它放回保险箱里，但一开始我没对准上面的凹槽，盒子塞不进去，我不得不把它拉出来一点，这才把它重新塞了进去。

我终究还是慢了一步。

"麦基先生不会喜欢你这样做的。"他的声音从门口传来，流露出些许遗憾。

我把保险柜的门合上,但并没有关紧,避免保险柜上锁时发出的"咔嗒"声再次将我出卖。房门大敞,原来是基特斯。他身穿一件深色的法兰绒睡袍,双手插在兜里。

我面无血色,像硬纸板般僵硬。

"我的戒指在里面,我只想看看它是否安然无恙。我刚才做了个噩梦,所以——"

他这个人虽然头脑简单,但和其他所有头脑简单的人一样危险且精明。"但它就在你面前,你却把其他的东西拿了出来。我从门缝里都看到了。"

我几乎万念俱灰。

"我这么做并没有恶意。你知道的,女人的好奇心有多重。别——别把这件事告诉他。"

顿时我便意识到自己犯下了一个多么大的错误。

他面露狞笑,然后走了进来,像之前那样把门虚掩着。"好吧,这是你我之间的事情。"他猛地发出一阵短暂又刺耳的笑声,就和我第一次在电话里听到的一模一样。

他朝我走了过来,我连忙把保险柜的门关上,试图抹去罪恶的痕迹。

他盯着我的眼睛,看都没看保险柜一眼。

他有些不对劲,这点我早就有所察觉。我也说不清究竟是什么地方,但绝非一般意义上的残忍。此时我才想起来之前曾见过他,但现在没时间思考这件事了。他突然一把将我拽到他身边。

"要是我告诉麦基你想吻我,你知道他会怎么对付你。不要——求你——啊,求你了,不要!别给我们两个惹麻烦。"

"我才不会亲你呢。瞧,我这是要亲你吗?我又不喜欢亲吻。"

"那你为什么这样搂着我?让我——"

"让我把你的手稍微拧一下,像这样——要是弄疼你了,我会停手的。打从我第一眼见到你,就一直渴望——"

我奋力挣脱。"嘘!会被人听到的。别动!"

"不过是你手腕内侧松弛的皮肤而已,拧一下,就像这样。不许再这样做,不许叫!"

我惊声尖叫,更多是出于对接下来所要遭受的疼痛的赤裸裸的恐惧,而非因为他眼下对我造成的伤害。我终于明白他的问题是什么了。他是个疼痛崇拜者。幽冥世界滋生出的一种扭曲的冲动,因残忍而残忍,残忍不再是惩罚,而是挚爱。

他变得恼羞成怒。"我告诉过你不要尖叫,不是吗?一旦有人像这样试图阻止我,只会让我停不下来。现在我无法停手了!都是你自找的!"

我从未见过谁被如此残暴地殴打。基特斯被打得失去平衡,倒向一边,桌子都被撞翻过去。他跌倒在地,仰面躺着,两条腿在空中乱蹬,不停地挣扎,桌子的一角还死死地压在他身上。

麦基一反常态，并没有被怒火所支配，追过去继续攻击他，而是退了回来，一动不动站在他最初打基特斯的地方，如水泥一般坚硬，像是一台不可替代的、还在作业中的蒸汽压路机。

他用近乎窒息的声音对我说："离开这个房间，快点。等我把枪拿过来，立马一枪崩了他。我不想让你看到这一幕。"

说完麦基便残忍地转身去取枪，仿佛他刚才说的是"我要去拿条手帕"。

角落里那个缩成一团、不住发抖的家伙说："她在查看你的保险箱——被我抓了个现行——"说完就喘不上气了。

另一个手下姗姗来迟。

他不带任何情绪，近乎疯狂地对他说："去把枪拿给我，斯基特。你知道在什么地方。"

"你可以杀掉我，但那都是真的，麦基！她在查看你的保险箱。"鲜血从他的嘴角流了下来。

"是他看到的那样吗？"他在等我开口否认。我只需照做就行了，然后这件事也就到此为止了。

我被什么东西卡住了。我很清楚，如果自己否定，他会在接下来的三十秒内杀死那个男人。只要这么说就行了。可我不能，不能让自己变得如此不堪。人心中良善的本能竟会在最糟的情况下显露，最终导致一败涂地。

他又问了我一遍，语气流露出明显的偏袒："是他看到的那样吗,是吗?"

也没有必要再说什么了——风向发生了微妙的转向,我错失良机。

"老板,你看。"斯基特咕哝道,声音轻得几不可闻。他的手放在保险柜柜门上,门轻易就被拉开了,说明保险柜并没有锁上。

稍后他重新把门关上。

"他不知道密码,"麦基喃喃道,"他们两个都不知道。"这些话并不是冲着我说的,我无法判断他究竟是对谁说的。也许是自言自语,是一种哀伤的确认。

"我送你回你房间。"他对我说,声音亲密体贴,依然蕴含着那种专属于我的、一如既往的特殊情愫。

我挽着他的胳膊,转身和他一同往门外走去。我看到他的下唇有一丝颤抖,于是不敢再多看一眼。

走到半路,我突然停下脚步,双手抓着他恳求道:"麦基,你必须相信我。我没有看见任何不应该看到的东西。"

"没看到萨巴蒂诺的绯闻吗?"他冷冷地问道。

"没有。"

"康韦的东西呢?"

"没有,没有。除了一个叫迈克尔·J·狄龙的名下的一些债券外,我什么都没看到。我压根儿就没有——"

他是故意来套我话的。我知道这才是他想得到的名字,其他那两个只是他胡诌出来诱我说出口的。

"你甚至还记得中间名字的缩写,"他若有所思地挖苦道,"你应该知道,一旦这件事被捅出去,我可能会因此入狱,对吧?那个迈克尔·J·狄龙就是他们口中那个'贪赃枉法的狄龙法官'或是'老奸巨猾的法官'。他十一年前失踪了,这也就意味着我或许会面临更为严重的指控。"

我听说过他。这个国家里的每个人都知道他。姓氏前面出现的"迈克尔·J·"让我一时间没反应过来。

他说这些话的时候态度温和,一直用宠溺的口吻告诫我,但不管他怎么说,我都有一种笃定的预感,我即将在死亡判决书上签上自己的名字。

"我不会把你的事对任何人说的。"

"我知道你不会的。"他握住我死命抓着他的双手,像脱掉手套一样摆脱它们。他并非刻意为之,仅仅是一时的疏忽,仿佛是在说:"这些东西怎么会在我身上?"

他为我扶着门,用一种无声的命令,指明我要去的地方。

"晚安,天使。"他挖苦地说道,"黑衣天使。"

我刚进门,他便立马把门关上了,吓得我心惊肉跳。我蹲在地上仔细听外面的动静,却什么也听不到,不过我也没指望自己会听到什么。他们肯定是悄悄聚在一起商量这件事,如果他们真的要商量的话。或许他们并没商量。也许一切主意都由他定夺,他们只是一言不发地站在那里，等待被告知结果。

突然，我听到其中一人说了句安慰的话。也许他刚好改变位置，正好走到窗户或是什么地方，碰巧让我听到了这句话，之后就什么也听不到了。

"老板，别这么做。"

而他默不作声。

漆黑的夜色中，我感觉血正从我的脸上褪去。这个决定八成对我不利，否则他不会感到哀伤。我当时就想立即冲出去，整个人扑向他，在通过不可更改的判决之前，不顾一切地做最后一次上诉，但我知道一切为时已晚，这么做反而会适得其反。神像已然倾倒，再也无法重新回到原先的基座之上。拉德曾经说过的话浮现在我脑海之中："爱情就如同蛋壳一般，一旦破碎就再也无法复原了。"

漫长而令人窒息的等待。突然我又听到一条不该被听到的信息："在长岛的那个地方。"似乎是有人在向他建议。

他一定采纳了这条建议。一串模糊不清的脚步声朝远处散开，他们似乎已经结束了讨论，各自走开。在离我更近一点的地方，我听到一个人谨慎地低声问道："你和我们一起去吗？"再一次，我没能听到回答，或许他只是摇了摇头。

终于，紧挨着我所在房间的什么地方，开关被"啪"的一声打开，紧接着我听到了半句话："——把我的东西带上，快点。"

我内心深处警铃大作，无所顾忌的喧闹声刺痛了我的胸口。"我必须离开这里！"心底一个恐慌的声音尖叫着,"噢,怎样才能离开这里呢?"

警铃突然平息,铃锤令人窒息地中止了。他刚刚敲了敲门。

我痉挛得像老鹰一般张开双臂趴在门背后:"别进来,我——我没穿衣服。"

"我没打算进来,只有几句话跟你说。"

我躲在门后,把门拉开一条缝隙,仿佛害怕看见他。

"我让手下送你回家。"

"回家,"我心想,"地底下的家。"

"你之前不是说我可以——"

"我知道,但我必须离开这里,刚收到的消息。你应该不想独自留在这里吧。我觉得你最好现在就回去,不好吗?"

我能说什么呢?如果我试图抵抗,他很可能会闯进来,直接把我拽出去。"就——就给我几分钟的时间。我把衣服都脱了,必须——"

他有些轻蔑地把衣服扔了进来。"长夜漫漫,必死无疑。"我心想。"宝贝,别耽搁太久,我这两个手下还在等你,我还有其他事需要他们做——送你回家之后。"

"送你回家",多可怕的几个字啊,宛如敲响的丧钟,即使在他转身离开后的很长一段时间里,钟声也久久不曾消散。

我穿过房间跑到三连窗的窗户那里,懊恼的情绪在内心激荡,难受得想要呕吐。我们待的地方实在太高了，景色成为一种疯狂的罪恶，失去了所有的意义。黑暗中那串像珠子般的灯光不再属于曼哈顿，而是横跨东河的长岛之滨。海峡附近的东河大道仿佛近在咫尺，比脚下某处隐匿着裂缝的中央公园西大道还要近。尖声呼喊只能使我的声音徒然划过阿斯托里亚的夜空，却无法抵达这块丑恶巨石的底部。

我强迫自己离开窗户。房间里有个浴室，我走了进去。浴室另一边还有一道通向外部的门。当我还是女神的时候，我这边的门还锁着。现在，我打开门锁，侧耳倾听，全神贯注地通过微张的双唇吸入勇气，小心翼翼地把门打开，观察外面的情形。

房间里黑漆漆的，并没有人住。有那么一小会儿，我又充满了希望。除了我进来的那扇门以外，不远处还有扇门，是离开这个房间的唯一出路。要么从那扇门出去，要么坐以待毙。但当我走到门那里，轻轻拉开门，随着门柄转动的声音划破沉寂，一道光射了进来，仿佛是一个铅色的雷管被无声地突然引爆。

希望如同旋涡般从我身体中抽离，再度落空，令人不寒而栗。一个身穿短裤背心的人出现在我面前，他的一只脚正搭在椅子上，往腿上套袜带。我还没来得及离开，画面就变了，他的动作太快了。他把腿放了下来，展开衬衣，半空中张开的两侧衣袖宛如 X 形的稻草人。他压低声音，大概是对着隔壁房间的某人说道："带点氯仿，以防她在车上给我们惹麻烦。"

我再次把门悄悄合上,就像我之前打开时那样。铰链和门闩温顺地没发出任何声响,成为我唯一的救赎。

"一只落入陷阱的老鼠,"这个想法不停地敲击着我的大脑,"宛如一只落入陷阱的老鼠。"

我所在的房间里还有一台电话。我拉开浴室的门重新走进去的时候,借着晕开的灯光看到了它。它像只甲虫一般钉在墙上,黑得如同甘草汁一般,泛着贼光。

我和他之间仅隔着一扇脆弱的门而已,怎样才能打电话求救而又不被他发现呢?这个地方太过安静了,我一开口声音就会被放大。

我抵着墙,仿佛试图用整个身体遮掩电话。单单是把听筒从电话上拿下来,就"咔嗒"响了一声。嘘!警察?我也不知道。直到我用手捂着听筒,把它像救赎的圣杯一般放在我嘴边时,我还不确定应该打给谁。我只知道自己迫不及待地需要帮助,迅速且有效的帮助。

我以为自己的心永远也迈不过这个坎儿,去回应那个信号;而我也没有胆量再将听筒挂回去了。

之后,当它做出回应,似乎一切突然变得自然而然。在极度惊骇中,是我的心自己说出了那个它唯一铭记的电话号码。

"去叫拉德接电话！"（赶紧，接线员，赶紧！）

一个哈欠连天的人接起电话，应该是家里的仆人。

他听不懂我说的话，我太紧张了，声音都有些哽咽。噢，这个傻瓜，简直是在折磨我！我只好又从头讲了一遍。

"快点——拉德！我找拉德，不是你！去叫拉德接电话！别光杵在这里——"

"我知道,小姐,可现在是凌晨三点多。您要是能告诉我您是谁，我再看看是否——"

"跟他说是艾伯塔。这事儿十万火急。告诉他如果他还爱着我——如果他曾爱过我，就赶紧过来接电话。"

我不知道自己还能说些什么。生命中的某些东西已然随风而逝，谁也没办法把它再带回来了。

如果他爱我，曾经爱过我——噢，好吧，他一定还爱着我，因为他来得那么快。我能听到他光着脚慌慌张张跑过来的声音，以及什么东西倒在地上的声音——大概是撞倒了挡在路中间的椅子。我能听出他声音里的惊慌刺穿睡意，将它击得粉碎。

"怎么了？你在哪里？出什么事儿了？"

我像是一只落在陷阱中的小老鼠那样急促地尖声说道："嘘！仔细听我说。我只有一分钟的时间。我在中央公园西大道的一间公寓里。他们要对我不利。一些男人一会儿就要把我从这里带走。拉德，想办法救救我。我只能求你帮忙了——"

"警察。我马上让他们过去。我会和他们一起——"

"来不及了。他们不可能及时赶到的。等他们到了，我早就不在这里了。他们不会承认我曾经来过。没人会知道我在哪里——"

当你的心脏刚被一记上勾拳击中时，大脑是很难快速且清晰地运转的。但他可以，他必须可以。"他们要带你去什么地方？有什么线索吗？"

"我听到其中一个人提到长岛，但我也不能肯定。"

"十有八九会经过皇后区大桥。你现在在哪里？西大道的什么地方？"

"大约六十多号。"

"这么说，他们会带你从六十七号的公园那里抄近路穿过市区，这要比下到五十九号那里快不少，而且还没有路灯。或许我可以在那里截住他们——"

"噢，拉德，不管你做什么，都不要挂念我。他们可能会把我弄到那里关几天，又或许我永远也到不了那里。拉德，他的车——车牌号是072-027。记住它。"

我长舒一口气，仿佛正在努力爬上这面光秃秃的墙壁。

"拉德，他在敲门了，从里面的套间那里。他们已经准备好带我——"

即使只能和他通电话，即使我们之间还隔着整座城市，也总比束手就擒强。

"拉德，拉德，你还在吗？噢，不要离开我——"

他已经走了，甚至没来得及挂断电话。

我刚回到浴室通风口那边，麦基就从另一扇门里走了进来。他面露愠色，带有威胁的意味，似乎就在此时此刻，我会因为拖延受到惩罚。之后他脸色缓和了一些，问我："准备好了吗？"

我先于他迈过门槛，问他："麦基，你为什么要这样不光彩地送我回家？"

他似乎没有听到我的问话。

走到我的房间和等我的那俩人房间之间的地方时，我又问了一遍："麦基，你不会允许他们做任何伤害我的事情吧？是不是？"

这一次他冲我笑了一下，笑容十分古怪。我完全明白这笑容背后的含义："曾有一块柔软的地方，不久之前还在那里。不过现在已经太迟了，它已经被封死了。你还清楚地记得它所在的位置，不是吗？"

我们来到那个房间，他对两个手下说："伙计们，她有点害怕。别把车开得太快。"

就算我之前不知道，如今他们两个分别站在我的左右两侧，也清晰地传递了死亡的讯息。他们并没有真正地像哨兵那样站在我两边，但不管怎么说他们就那样站着，比之前任何时候离我都近。

突然他的声音从身后传来，如同套索一般将我们拽了回去。"等一下，我想跟她道声晚安。你们在外面等。"

我冷静地朝他走去，他们两个继续往前走。这是我所见过的最奇怪的事情了。尽管我是当事人，但我同时也是见证者，因为我本人并没有真正参与其中。我怎么能掺和到这种事情之中呢？

他用双臂圈住我，把我拉向他。我把头一偏，他没能吻到我的唇。

"晚安，"他声音沙哑，"晚安。"

自始至终我都很害怕，从他在保险柜那里布下陷阱开始，直到现在，我都哀哀怨怨，怯怯懦懦。现如今我感觉有一团冰冷、蔑视的火焰在内心缓缓燃烧，为我带来了些许勇气，让我敢挺胸抬头面对他。我很高兴。不管我离开这里之后会发生什么，至少，我还有那么多值得回忆的东西。

他收回手臂放开我,我笑道:"戒指如今在谁那儿?"

"哦——等等,把它也带走。我希望你能戴着它。"

他把它取了出来,戴在我的手指上。

我任由他这么做。

那两人就站在门口等我,我转身朝他们走去。

从一开始,它就有些松动。我轻蔑地把手朝下一甩,仿佛是要甩掉粘在手上的泥或是污垢一般。戒指朝下飞落,宛如一滴雨滴,坠落在豪华地毯的绒毛之上,闪闪发光。

此生最后一次,我们的目光相遇——他的和我的。

我经过的时候,从戒指上踏过,带着极度的蔑视把它踩在脚下。

"来吧,先生们,"我说,"送这位女士回家。"

斯基特让我和他坐在后座,由基特斯开车。我们快速从六十七号大街横穿而过。车窗两边,公园仿佛在我们身边泛起层层漆黑而凄凉的涟漪。即便是在凌晨三点半的畅通无阻且人迹罕至的主干道上,他们的车速也太快了。"他们打算尽快带我经过大桥。"我自忖。

我手里拿着他们给我的香烟——刽子手总是习惯这么做——既能堵住我的嘴,又能困住我的手。我们沿着马路疾驰,香烟的火花随着猛烈的风朝身后落下。

我们都没有说话，谁都没有。有什么好说的呢？

我们行驶在一条狭长的弯道上，前面的路恰好被挡住。当我们到达第五大道出口处朝西的那条车道上时，一辆出租车迎面停在那里，在它不应该出现的地方纹丝不动地停着。显然这是最后一座立交桥，也就是我们到达目的地之前要经过的最后一座。这些立交桥将公园和车道在空中纵向贯通，实际上在每个相连的地方，都形成了隧道。每个纽约人对它们都再熟悉不过了。

不知是无意还是刻意，我们一进入车灯照射范围之内，出租车的前灯就骤然打亮，车灯的光瞬间像是钙粉一般洒在我们身上。即使是在行驶中，借着洒落的光线，我们的车牌号也一定很容易看清楚——如果这是打开车灯的目的的话，尽管瞬间我们便冲破光线照射范围，驶入隧道之中。我注意到，出租车的喇叭一共按响了三次，每次时间都很长。喇叭声如同插着翅膀急速行驶的车辆一般紧随身后，直到我们驶出隧道还能听到它的声音。

没时间来分析这一切了，结局已然注定。我也曾想，虽然只是一晃而过，但是他坐在那辆出租车里。然而除了司机坐在前面，车上一个人也没有。

我们驶出隧道，行驶在亮堂堂的车道上。我们面前剩下的最后一圈狭窄道路，现在也渐渐变得更为宽阔。突然，一辆没开车灯的黑色轿车悄无声息地出现在车道中间，就在我们前面，不断斜着滑向路的右侧，使路变得越来越窄。

我听到斯基特惊呼:"小心,他要在那里拦截我们!"基特斯猛地打了一把方向,趁我们还有时间反应,在这个间隙尚未被完全堵住之前,试图从马路道牙和障碍物之间穿过。

这辆引起麻烦的轿车立即毫不费力地再次向后方滑动,似乎每次踩刹车时,车身都会颠簸几下,但这太迟了,对我们十分不利。现在它唯一能保证的就是尽量避免两辆车的侧挡泥板惨烈地撞在一起。我们已经偏离了方向。车子的两个内轮冲上人行道,发出一阵令人恐惧的刺耳声音。顷刻之间,车身掠过挡土墙,引起阵阵颠簸。

基特斯凭借奇迹般娴熟的刹车技术,在翻车前把车子停了下来。我们的身体猛然前倾,然后一动不动地停在那辆引起这一切麻烦、奇怪地乱穿马路的轿车的另一侧。

由于受到缓冲垫猛烈的撞击,我们三人头晕目眩地坐在车子里。基特斯脸冲下,用两条胳膊作为缓冲趴在方向盘上。他刚遭受了麦基的暴打,就遇到了这次碰撞,意识显然有些混乱。

"狗娘——!你知道他要干什么吗?"斯基特麻木地咕哝道。

突然我这一侧的车门,也是目前仅能打开的两扇车门中的一扇,猛地被人拉开。拉德就站在它旁边,近在咫尺,即使在黑暗中我也能马上认出他。

他什么都没说,没必要开口。我探出身子,打算从打开的车门出去,和他待在一起,但失败了。我仿佛被挂在松弛的细绳上,重新被拉回来，跌坐在原来的位置上。

"我没办法，拉德，他拿枪指着我！"我嘶哑地抱怨道。

"老老实实待在原地别动，不要靠近这里！"斯基特隔着我冲他警告道。

香烟还在我手上。我也不知道自己是怎么想到的。倘若我当时深思熟虑一番，就一定没有勇气这么干。然而我没有，只是听从了本能。他的手抵着我的侧腰，我简单把外侧的手一扫，把点燃的烟头深深地按在了他的手背上。

他像只海豹一样咆哮，把香烟一把抢走，枪顺势滑落在座椅之上。我从座椅上一跃而下，站在拉德旁边。因为自己突然这么一跳，枪从座椅上掉落在地上，落到了更远的地方。不过现在可不是查看究竟发生了什么事的好时机。

拉德关上车门，从敞开的车窗狠狠地给了斯基特一拳。他正弯腰捡手枪，面朝车窗，无端地挨了拉德一记重拳，顿时失去平衡。

我起先只看到那张脸，接着是拳头，然后车顶下面就没了人影。车子的前门开了，基特斯的小腿伸了出来，但身体的其他部位还没出来。我扭头沿着封闭陡峭的坡道朝我们来时的方向跑去。"这边，快点！我让出租车在隧道另一头等着我们。"我隐约听到拉德对我说。

"当心，拉德。我们还没跑到那里，他们就会开枪的！"

"你跑在我前面。"他言简意赅。他本可以远远地把我甩在后面，但他没有，他不会的——没有丝毫的犹豫，他搂着我的腰，把我推在他前面。我们仿佛是在暴风雨来临前一起逃离的牧羊人和牧羊女雕像——疾风中的天使。

没多久枪声便响了起来。即便我亲耳听见，还是有些难以置信——枪声竟然就这么出现在纽约城市主干道匝道的路中间。枪声不算响，我以为会比我听到的还要震耳欲聋。

一旦我们绕到车身另一侧——前一辆车，他的车——就能以它为庇护朝着隧道入口处狂奔了。但我仍然能听到隧道另一头他们急促的脚步声。

"他们正朝我们追过来，我们永远也上不了——"

听到我们的狂喊，一辆行驶在东向车道的卡车缓缓停在我们之间的空地上。

"阻止那两个人，他们要劫持我们！"我们从卡车旁边跑过去的时候，我冲着它胡乱喊道。

一个深沉的男性嗓音突然从驾驶座传来，声音洪亮且亲切："警察！站住！警——察！"不一会儿，我听到像是抛向空中的空易拉罐砸在什么东西上，发出铃铛般清脆的响声，弹落在地上。紧接着我听到一个长久的、慢吞吞倒地的声音，还能听到一个人拖着沉重的脚步声继续朝我们追来。

我们几乎就要抵达隧道入口处了。"他在那儿。他按我之前说的来支援我们了。"拉德气喘吁吁地说。尾灯发出夺目的红光迎接我们的到来。第二声枪声刚响,他便把我一把推进车内。我紧紧抱住自己,蜷缩成一团。出租车的某个地方发出一声沉闷的巨响,仿佛是有人正用木棍击打它。他死死地抓住车门把手,猛地一拉,仿佛要让它和我们一同跌入昏暗之中。拉德终于挣扎着跟在我后面上了车。"带我们离开这里!"我听到他对司机咕哝道,"一直往前开,不要管周围的事儿!"

第五大道的某处隐约传来微弱的警笛声,似乎满腹牢骚。一切都结束了。

我缓缓爬到座位上,懒洋洋地靠着他。他气喘吁吁,急促的呼吸撩动我的发丝。

直到来到距离公园路两个街区的阿姆斯特丹大道,我们才开口说话。

我问他:"刚才发生的一切是真的吗?我以后要是在报纸上看到类似的报道,再也不会有所怀疑了——"

他说:"你想让我带你去哪里?去我家吗?"

我说:"不,他们发现你的轿车后,很容易就能在你家找到我。带我回原先的住所吧,在那里我是安全的。他们不知道那个地方。就去那儿吧,如果它还能住的话。"

"它一直都在那里等你回去。"他说,"我保证它还能住。我不会允许他们收回房子。几乎每天我都会到那里转转,期待你迟早会——"

"现在我回来了。"我感慨万千,带着无以言表的满足感。

"永永远远。"他轻声说道。

不久天就要亮了。一夜间,纽约又老了些许。我并不记恨这座城市,我原谅了它。有他在我身边,温柔地伴我左右,原谅变得很容易。

"一切都结束了吗?好些了吗?"

"都结束了,我好多了。"我半闭着眼睛答道。

"你怎么会和那伙人搅在一起?"

"我想找到证据帮助柯克。"

"柯克?柯克是谁?"

"我丈夫。"我一时疏忽大意,顺嘴答道。

然后我转念一想:"哦,现在知道和以后知道是一样的,早晚他都会知道的。"我实在太累了。

"我是柯克·默里的妻子。他被判了刑,你知道的,我一直都在想方设法帮助他。仅此而已。我在米娅·默瑟的小本子上发现了麦基的名字,还有你们所有人的名字。于是,我就按着名单——"

我意识到自己的话伤害了他,于是没有再继续说下去。

"也就是说这一切都是警察授意你做的——难道是你自愿的?"

"是的,但是——别用这种眼神看着我,不要那样想我。"我懊悔地说。

"你和我在一起就是为了这个目的。我只是你名单上的一个名字而已。我是个嫌疑犯,而你是告密者。我并没有真正认识你、了解你、爱上你——"

我沉默不语。还有什么好反驳的呢?我们两个不再言语,也许这样更好。我发觉自己把他伤得很深,比我所预估的更加无可挽回。

他手里原本一直拿着个小玻璃杯,那个玻璃杯是第一个征兆。他的脸色并没有什么变化,身体也没动。突然传来"嘎吱嘎吱"的声音,像是谁在用牙齿咬碎坚果。他握着一小块白色的东西,类似红糖般的液体从他握有东西的手中渗了出来,之后棕色的液体缓缓地流了下来,逐渐变成一条鲜红色的细线,最后一滴一滴地滴落在地上。

我惊呼:"哦,你——"

他这才朝那红色的血滴看了一眼,似乎还没反应过来是怎么回事,然后抬头看着我,仿佛是想问我。他的眼神很怪,不太对劲。

他开始浑身颤抖,接着恶心干呕。这干呕深入喉咙,深入胸腔,深入肠胃,甚至一直蔓延到腿部,直到遍及全身。

他突然站了起来,第一个反应好像是要离开这里。而后他倚着什么东西努力克制自己,仿佛若不这样便无法控制住自己。然后他再次挺直身体,再次倚靠,再度挺直身体。

我站了起来。"怎么了?你哪里不舒服?"

他依然继续抽搐又再度挺直身子,十分可怕。

"都是因为你我才会这样。"他喘着粗气道,"你应该爱上我的。应该爱上我,就像我对你那样。这次发病,都是因为你。都是因为你我才会——"

我试图帮助他。"靠在我身上,我带你离开这里,去——"

"我跟你说过,她是个卑鄙无耻的小人,但至少她还让我有所防范,可你钻进我的血液里,我的大脑里。现在我既不能把你从我的记忆里赶出去,也不能拥有你。好吧,如果有必要,我能把你赶出去。总有个万无一失的办法。"

我还没反应过来究竟发生了什么事,他便试图扼住我的脖子。但因为他的反应力有些迟钝,应该说是出了故障,他动作起伏不定,仿佛是几股电流交互贯穿全身,中断了他每次意图扼住我的手,但这双手依然一次又一次地朝我伸过来。我不断往后退,开始只是被动地抵抗他,而后事情愈演愈烈,我不得不越来越激烈地反抗他。

"不要——这不是你,拉德!不,不是你!拉德,你生病了!不知道自己在干什么——"

突然他口吐白沫。

"我的确病了,"他声音干涩恐怖,"但我知道自己在干什么。我要——"然后他再次扑向我的喉咙,"——就算下一秒我会死掉。"

他把我压在某个坚硬的东西上——那应该是弗勒德给我的监

听器——整个机器连同我们二人一起来回晃动。

尽管在这个节骨眼上,我仍试图给他讲道理。我也说不清,不像面对莫当特和麦基那样,我对他并没有那么恐惧。和他在一起,我永远也不会感到恐惧。"不要——今晚我遭受的还不够多吗?"机器承受不住我们二人的重量,偏到一侧,我们双双挤进一个狭小的空间之中。地方不大,但足以置人于死地。

我始终努力盯着他那双红肿的眼睛。"你不可以这样。好好看看我,你爱我,不是吗?你不能这样对我!"

"我以前就干过,这次也行。我要杀了你,就像我杀死她那样。"

"你没有杀人。不记得了吗?你去那里的时候她已经——不是你干的。不,拉德,你说过不是你——"

"是我杀的。就是我。我跟谁都没说过,包括你。我担心这件事会横在你我之间。现在你都知道了,去死吧。你伤透了我的心。"

我单膝跪地。

"我上不来气了,拉德。上不——来气——"

房间忽明忽暗,一会儿宛如黑压压的乌云飘过,一会儿天又变晴了。

"空气——给我空气,拉德。就一口——口就……"

他没让我继续说下去,也没有让我呼吸到新鲜空气。

他把我的身体像布偶一般左右摇晃。我感觉双腿的骨头仿佛被人抽了出去,先是被甩到一侧,然后又被甩到另一侧。

突然他把我松开。我浑身绵软无力,独自瘫在地上,他不见了。微弱的光亮摇曳,如同稻草堆中的一个小火星,随时会熄灭。然后稻草堆被点燃了,房间重新变得灯火通明。生命得以复苏。

我一边干咳,一边用力扯着自己的喉咙。几个模糊的身影在我眼前出现,直到双眼能够再次聚焦,我才把他们看清楚。

他就站在敞开的窗户那里,身子已经探出窗外,一只手抓着窗框,身形摇晃。黑夜中,他病得如此严重,如此煎熬,如此孤独。我的心,这颗他曾试图摧毁的心,也随他而去。

门突然打开,几个被派来的人面色焦急,却都在进门的一瞬间脚下一顿,定格在原地。弗勒德就在其中,尽管有一瞬间我竟没有想起他是谁。

我唯一知道的是我必须说点什么,必须赶紧开口,他们一定要及时听到我说的话。我抓住喉咙是为了让它能顺畅一些。

"不要开枪,"我恳求道,声音焦急且刺耳,"不要朝那个男人开枪!"

我听到他们全都倒吸一口冷气,吃惊地叫出了声。我慢慢转过头朝窗户望去,我的眼睛告诉了自己早就知道的事实,窗户那里空无一人。

他们扶我起来。我一个人孤零零地蜷缩在椅子上,脸贴在椅背上,眼神空洞地盯着光秃秃的地板。噢,他们所做所说我都能听到,有时候他们甚至还会问我,可我几乎不曾回答。

"还好我们行动及时。"应该是弗勒德,我猜,可我连一眼都不想看。"今晚早些时候,警方调查六十七号大街枪击案时,在现场发现了一辆轿车。我收到消息,那辆车是他的。总之,先不说别的,从这里拿到的第一卷录音带足以让我们对他采取监视措施。在你离开之后,他依然常常在这附近出没。所以我们前去他家询问关于麦基的案子时,没有发现你两个人的行踪,于是我们就想到了这个地方。"

他终于放弃跟我继续讲下去,再次转身离开。我能感觉到他冲其他人摇了摇头,表示无能为力。

一度我听到有人对他说:"这是怎么回事?他离开之前表现得好像得了减压病。"

"我想应该是癫痫。"他低声说,"总之,我是这么觉得的。"

我想起他曾对我说过:"有天晚上我在她家生病了,她有些害怕,打算送我去看医生——"而且他妹妹也曾试图告诉我些什么:"他不会告诉你这些的,但我必须——"

这都不重要了,我永远也不会记起这最后的一幕。在这方面,我的心是如此善良,我只会记得在"蓝色猎人"里坐在我对面的那张神采奕奕的脸。仿佛已有一百年之久,又好像只过去了一分钟,那张脸将永永远远留在我心中。

我猛地站了起来,走到窗户那里。弗勒德不明白我的意图。"别往下看。"他试图警告我。

"我不会的,我要往上看——"我无法继续说下去。记忆中的人们最终都会去那里,在天上,而不是地下。

突然,就在我身后,有那么一两秒钟的时间,他们又把他重新带了回来。没有任何残忍的恶意,一定是某个人无所事事的手无意间碰到的。

我以前就干过,这次也行。我要杀了你,就像我杀死她那样。

不是你干的。不,拉德,你说过不是你——

就是我。现在你都知道了,去死吧。

"就是这里!"我听到弗勒德大喊。

虽然只有一两秒钟的时间,但我实在难以承受。我弓起背,试图远离这个声音,仿佛有一把匕首插进我的身体,我再次瘫软。

弗勒德站在我旁边,晃动着我的身体好让我听他说话。"你成功了!你救了你的丈夫。你无意间录下了这些罪证。全都在这里,一字不漏。你听到我说的话了吗?你明不明白?你如愿以偿了。他会重新回到你身边的。用不了几天他就会从中央监狱放出来——"

我像只鹦鹉一样,重复着他的话,这样他就不必一直摇晃我。"我如愿以偿了。他会重新回到我身边的。"

我突然回过神来,冲着他害怕地恳求,但和他说的并非同一件事。

"求你们离开吧。所有人。求求你们了！快点！我再也撑不住了。我还有些事要做，可我不想让你们知道。"

他迅速下达了一两个命令。"好吧，今天就到这里。把所有东西都原封不动地带走。她经历了太多，已经筋疲力尽了。"他命令其他人都离开，自己也跟在他们后面走了。

我关上门，但门外的那些人行动缓慢，尚未走远。有两个人落在大家后面。

泪水不仅仅是湿润的。它们如此沉重，硬生生地拽着我顺着门往下滑。我泪如雨下。

听到我的哭声后，他们悄悄询问彼此：

"她现在为什么这么难受啊？事情全都水落石出了啊。她也得到自己想要的了，不是吗？"

"我不知道。除非——或许——嗯，你怎么看？——她肯定是爱上他了。"

"肯定是。"这几个字一直在我泛滥成灾的悲伤中回荡。是啊，哦，是的，她肯定是。她肯定是的，没错！

终曲

　　今早他将再一次离我而去。他总是抛下我。我不知道他要去哪里,但是每一次他离开后,我都担心再也无法让他重新回到我身边。他的确还会回来,但那只是为了再次离我而去。

　　像往常一样,他又要离开我了。缓慢地、依依不舍地,以一种最为酸涩、最令人痛苦的方式离开。每一次他那样离开后,我都会再次听到我们在"蓝色猎人"初次见面时那个服务生所说的话:"最好的方式就是快刀斩乱麻,梅森先生。"

　　所有曾经说过的话、做过的事,只要是和我们相关的,就像那件事,都会反复出现,一遍又一遍。我们在一起的回忆屈指可数,所以一定要让它们继续下去。

今早他将再一次离我而去。他慢慢地、轻轻地走向门外，或许是觉得我正在睡觉，想尽量不吵醒我。现在他快走到门口了——那扇反复出现的门，但我却无法通过，不论我多么渴望、多么竭尽全力，就是无法通过那扇门。他扭头看着我。此刻他正缓缓地将身后的门合上。现在他一定又要离开我了。

我坐直身子，尽可能地朝他伸出双手，吸引他的注意力，告诉他我并没有睡着，不许他就这样离开，至少——"拉德，等一等！"我冲他喊，"不要走！再回来待一会儿！"门已经关上了。我依旧能看到他的脸庞缓缓消失在门背后。我一边在他身后大叫，一边伸出胳膊无助地恳求。每一次呼吸都让我心如刀割，"别抛下我！别抛下我！"

然后奇迹果真发生了。唯独这一次，我的恳求被听到了，我的呼求被回应了，他的脸转向我，变得越来越清晰。他停了下来，焦虑地坐在我身旁，握住我的手，试图安抚住我那双抓狂的手，把我拉向他，在我额头顺利地印上一个吻。

我睁开眼睛，发现自己正躺在丈夫的怀中。

我把脸埋在他胸前，感受着他用手指温柔地把什么从我眼角拭去，湿漉漉的。

"为什么你每次醒来都泪眼婆娑，就像这样？"他柔声问我，"你刚才叫的人是谁？是谁把你伤得这么深？"

"是我梦中的某个人,我猜。"

"我知道你经历了很多事。现在一切都结束了。"

"是啊,"我悲伤地认同,"一切都结束了。"

"天使脸蛋儿,请不要离开我。"

"好,你也不要离开我,好吗?我不想再次孤身一人。"

"你是如此忠贞不渝,你是我的。"

现在他倚着我,把脸庞贴着我的脸。我为他付出良多,但那就是代价,而我也不再吹毛求疵。

"天使脸蛋儿。"他轻声呢喃。

他总是如此叫我,这是他给我的特殊礼物。只要我们独处时,他就会这样叫我。

图书在版编目（CIP）数据

黑夜天使／（美）康奈尔·伍里奇著；薛璇子译
. —— 上海：上海文艺出版社，2019（2021.3重印）
（康奈尔·伍里奇黑色悬疑小说系列）
ISBN 978-7-5321-7284-9

Ⅰ. ①黑… Ⅱ. ①康… ②薛… Ⅲ. ①长篇小说－美国－现代 Ⅳ. ① I712.45

中国版本图书馆 CIP 数据核字（2019）第 135555 号

黑夜天使

著　　者：[美]康奈尔·伍里奇
译　　者：薛璇子
责任编辑：蔡美凤
装帧设计：周　睿
责任督印：张　凯

出　　版：上海文艺出版社
出　　品：上海故事会文化传媒有限公司
　　　　　（200020　上海市绍兴路74号　www.storychina.cn）
发　　行：上海文艺出版社发行中心
　　　　　（上海市绍兴路50号）
印　　刷：上海中华印刷有限公司
开　　本：889毫米x1194毫米　1/32　印张9.75
版　　次：2020年2月第1版　2021年3月第2次印刷
ISBN：978-7-5321-7284-9/I·5799
定　　价：35.00元

版权所有·不准翻印

上海故事会文化传媒有限公司 出品（00914）www.storychina.cn

想看更多精彩故事？
扫码下载故事会APP

上海故事会文化传媒有限公司所有图书可办理邮购，免收邮费（挂号除外）
汇款地址：上海市绍兴路74号(200020)，　收款人：上海故事会文化传媒有限公司出版发行部
联系电话：021-64338113
如发现本书有质量问题，请与印刷厂质量科联系 T:021-60829062